DER SCHWARM IST ZURÜCK.

Bisher erschienen:

Band 1: Cyber Code – Im Visier der Agenten

Band 2: Cyber Code – In den Fängen des Feindes

FSC
www.fsc.org
MIX
Papier | Fördert gute Waldnutzung
FSC® C014496

978-3-7432-1552-8
1. Auflage 2024
erschienen unter dem Originaltitel Swarm Enemy.
First published in Great Britain in 2022 by Hodder and Stoughton.

Bühlstraße 4, D-95463 Bindlach
Aus dem Englischen übersetzt von Hanna Reibert
Umschlagillustration: Tom Thiel
Umschlaggestaltung: Michael Dietrich
Druck und Bindung: GGP Media GmbH,
Karl-Marx-Straße 24, D-07381 Pößneck

www.loewe-verlag.de

Tim Peake & Steve Cole

CYBER CODE

IN DEN FÄNGEN DES FEINDES

BAND 2

Aus dem Englischen
übersetzt von Hanna Reibert

Loewe

Tim Peake – Für Aiden und Ruth,
eure Sterne *werden* immer hell leuchten

Steve Cole – Für Tobey,
auf dem Weg in die Zukunft

INHALT

SIE SIND HIER …

Als der Schwarm sich auf den Weg zur Erde machte, brauchte er dafür kein Raumschiff. Er reiste mit Lichtgeschwindigkeit, als Code, als pure, körperlose Intelligenz. Unser Planet befand sich in katastrophalem Zustand: Die Meere waren vergiftet, die Luft verschmutzt. Die globale Durchschnittstemperatur stieg in alarmierender Geschwindigkeit an.

In den Augen der Außerirdischen war die Lösung für diese Probleme erschreckend simpel: Homo sapiens musste ausgelöscht werden. Sie planten, die Menschheit in Form von digitalisierten Gehirnströmen in eine Cloud hochzuladen, sodass sich die Erde in Ruhe regenerieren konnte.

Zwei Jugendlichen namens Danny Munday und Jamila al-Sufi gelang es damals, die außerirdischen Besucher davon zu überzeugen, dass die Erdenbewohner noch eine Chance verdienten. Dass Menschen sehr wohl auch zu Gutem imstande waren und die Sache ins Lot bringen würden.

Da unterlief dem Schwarm ein folgenschwerer Fehler.

Bei seiner Abreise zurück in die unendlichen Weiten des Alls hinterließ er auf der Erde Spuren außerirdischer Technologie – winzige Code-Fragmente, die, wenn sie in die falschen Hände gerieten, den Planeten zu zerstören vermochten.

Technologie hat uns immer schon Fortschritt ermöglicht, auf ihr beruht unsere Zivilisation. Zugleich besteht die Gefahr, dass Menschen sie aus Habgier für ihre eigenen Zwecke missbrauchen – oder in Prozesse eingreifen, die sie nicht zur Genüge begreifen.

Ihr müsst verstehen, dass wir in den Augen einer hochentwickelten Intelligenz wie dem Schwarm nicht viel mehr sind als brabbelnde Kleinkinder. Babys, denen der Umgang mit gefährlichen Technologien untersagt werden sollte.

HEUTE IN SECHS JAHREN …

1. SPRUNG INS UNGEWISSE

Habt ihr schon mal eure beste Freundin beim Probetraining für die Leichtathletik-AG angefeuert? Mit Klatschen und Wuhuu-Rufen bei jeder Hürde im Hindernislauf? Auch wenn ihr deshalb abschätzige Blicke von den coolen Kids kassiert?

Und habt ihr es dann schon mal erlebt, dass besagte beste Freundin durch den letzten Hindernisbalken hindurchsprintet, als sei er aus Luft?

Vermutlich nicht.

Mir hingegen, Danny Munday, ist an einem verhangenen Mittwochnachmittag an der Tartanbahn – ihr habt's erraten – genau das passiert. Ich war live dabei, als die Beine meiner besten Freundin Jamila das Unmögliche möglich machten: Sie rauschten schnurstracks durch den Metallbalken *hindurch*.

Herr Sunaki, der Leichtathletik-Trainer, sah aus, als sei er soeben dem Weihnachtsmann höchstpersönlich begegnet. „Das war spitze, Jamila. Ich hätte schwören können, dass du bei der letzten Hürde nicht mal abgesprungen bist."

Jamila wirkte so verwirrt, wie ich mich fühlte. „Na ja, quer hindurchgerast bin ich nicht. Oder?"

„Wohl kaum." Herr Sunaki blinzelte. „Obwohl es den Anschein hatte. Muss wohl eine optische Täuschung gewesen sein."

Schön wär's, dachte ich mit einem mulmigen Gefühl. Mir fiel da nämlich noch eine ganz andere Erklärung ein.

Mit merkwürdigen Vorkommnissen hatten Jamila und ich, wie ich euch gleich noch erzählen werde, viel Erfahrung.

„Jamila", sagte Herr Sunaki nach einem Moment des Schweigens, „der Flop."

„Was?" Unwillkürlich sprang ich auf. „Das ist nicht fair!", rief ich. „Sie können ihr doch nicht die Aufnahme ins Team verweigern, nur weil der eine Sprung gefloppt ist. Ich meine, sie hat doch nichts gemacht. Jedenfalls nichts Seltsames oder so." Ich verstummte kurz. „Stimmt doch."

„Jamila soll mir als Nächstes die Flop-Technik an der Hochsprunglatte vorführen, Danny", erwiderte Sunaki mit hochgezogener Augenbraue. „Kurze Verschnaufpause, dann sehen wir uns an der Matte, Jamila, okay?"

Ups. Ich spürte, wie ich rot anlief, ließ die Schultern sinken und versuchte, unter den Augen der coolen Kids nicht vor Schmach im Erdboden zu versinken.

Jamila kam zu mir herübergetrabt und reckte mit einem sarkastischen Grinsen die Daumen nach oben. „Schön, dass du von Anfang an meinen Ruf ruinierst, Dannyboy." Ihr dickes schwarzes Haar hatte sie zu einem zerzausten Pferdeschwanz zusammengebunden, der bei jedem schnaufenden Atemzug auf und ab wippte. Dann grinste sie. „Hast du mich beim Hindernislauf gesehen? Na, wie war ich? Mega, oder?"

Ich lächelte unsicher zurück. „Ähm ..."

„Muss ich dir wie üblich auf die Sprünge helfen? Ich glaube, was du soeben gesehen hast" – sie kratzte sich scheinbar grübelnd am Kinn – „war *ganz großes Kino.*"

„Hast du dich beim Laufen normal gefühlt?", tastete ich mich vor. „Nicht irgendwie seltsam oder so? Der letzte Sprung war ..."

„Ganz großes Kino", beharrte sie. „Das ist der Ausdruck, den du suchst."

War es nicht. Doch was mir eigentlich auf der Zunge lag, schluckte ich hinunter. Bestimmte Themen waren für mich tabu, denn vor fünf Monaten hatten Jamila und ich einander hoch und heilig geschworen: Nie wieder reden wir über den Tag, als die Aliens kamen.

„Wir können nicht ständig in der Vergangenheit festhängen“, lautete damals Jamilas Entschluss. „Was uns passiert ist, war einfach zu krass. Es war komplett unglaublich. Wir müssen die Erinnerung daran begraben, sonst kannst du es vergessen, dass sich unser Leben je wieder normal anfühlen wird.“

Mit dem Kopf durch die Wand – das war ich bei Jamila gewohnt. Mit dem Fuß durch die Hürde – das war neu. Bei dem Gedanken daran, was Jamilas „ganz großes Kino“ wohl zu bedeuten hatte, verkrampfte mein Magen.

„Du warst echt schnell“, brachte ich hervor. „Wie … Wie geht es dir?“

„Supergut.“ Theatralisch warf sie sich in Siegerpose. „Jetzt muss ich bloß den Hochsprung hinkriegen. Und dann noch eine der Wurfdisziplinen meistern.“

„Rauswurf?“, schlug ich vor.

„Hammerwurf.“ Sie verdrehte die Augen. „Und wenn du nicht aufpasst, schmeiße ich dir das Teil an die Birne, verstanden?“ Dann schwankte sie auf einmal, kniff die Augen zusammen und griff sich an den Kopf.

„Autsch. Gerade fühlt sich's an, als hätte *mir* jemand den Hammer über den Schädel gezogen."

„Setz dich vielleicht lieber", sagte ich besorgt. „Komm. Hier neben mich."

„Kannst du ohne mich nicht mehr leben?", spöttelte sie. „Nee, im Ernst. Ich kriege das Training schon hin. Ich weiß, dass ich es schaffe. Und meine Mum meckert schon die ganze Zeit, ich würde nicht genug Sport machen."

„Fällt Zocken und mit mir Nachos futtern etwa nicht darunter?"

„Seltsamerweise nein", erwiderte Jamila. „Sie will, dass ich was Sinnvolles mache."

„Sinnvoll", schnaubte ich. „Jam, du hast die ganze Welt geret–"

„Ich will kein Wort mehr hören, Munday." Auf einmal war sie total aufgebracht. „Wir waren uns einig. Das Thema ist abgeschlossen."

„Ich sage ja nur, dass –"

„Lass es einfach." Sie machte auf dem Absatz kehrt und preschte zu den dicken blauen Sprungmatten, wo Herr Sunaki bereits auf sie wartete. Die Latte hatte er bei etwa einem Meter vierzig eingehängt. Dass Jamila im Sportunterricht gute Noten bekam und einen super

Gleichgewichtssinn besaß, wusste ich. Schließlich hangelte sie sich an den meisten Abenden nach ihrer Zubettgehzeit heimlich von ihrem Schlafzimmerfenster zu meinem, wobei es unterwegs unter anderem eine Regenrinne zu überwinden galt. Aber wie sie im Hochsprung abschneiden würde, konnte ich absolut nicht einschätzen.

Herr Sunaki deutete vage in Richtung Latte und hakte etwas auf seinem Klemmbrett ab. „Bereit?"

Jamila lief in einer leichten Kurve an. Die letzten drei Schritte vor der Latte beschleunigte sie ihr Tempo.

Und dann brach sie die Gesetze der Physik.

Mit dem Sprungbein katapultierte sie sich in die Höhe und drehte sich im Flug, sodass sie mit Armen und Rücken zuerst über die Latte glitt – so weit, so gut. Doch mit der Ferse, das sah ich, hätte sie die Stange eigentlich streifen müssen. Als ihr das bewusst wurde, ging durch ihren Körper ein Ruck, so als würde er an unsichtbaren Schnüren nach oben gezogen. Mit gut zehn Zentimetern Abstand überwand Jamila die Hochsprunglatte. Sie flog weiter durch die Luft, schoss über die Bodenmatte hinaus, vollführte dabei noch eine halbe Schraube und landete schließlich, das Gesicht voraus, mit einem dumpfen Aufprall im Gras. Ironisches Klatschen wurde laut.

„Jam!", rief ich und raste zu ihr – hätte Herr Sunaki mich gesehen, wäre ich garantiert auf der Stelle als Sprinter ins Leichtathletikteam aufgenommen worden. Er kniete jedoch bereits neben Jamila und half ihr in eine sitzende Position. Sie blutete aus dem linken Nasenloch und wirkte total benommen.

In meiner Hosentasche fand ich ein zerknittertes Taschentuch und reichte es ihr. „Igitt", sagte sie, nahm es aber trotzdem entgegen.

„Ist alles in Ordnung, Jamila?", fragte Herr Sunaki schockiert. „Wie du eben gesprungen bist … So was habe ich noch nie … Ich meine, bist du …? Wie …?"

„Mir ist irgendwie schlecht." Jamila hielt sich den Kopf.

„Du hast noch Glück gehabt. Bei dem Sturz hätte dir auch was Schlimmeres passieren können."

„Es geht gleich wieder", versicherte Jamila.

„Nichts da. Das war's für heute mit dem Probetraining. Du gehst jetzt erst mal heim." Herr Sunaki warf einen Blick auf seine Armbanduhr. „Der nächste Bus fährt erst in einer Dreiviertelstunde. Meinst du, deine Mum könnte dich abholen?"

„Die muss meinen großen Bruder zur Arbeit fahren", sagte Jamila.

„Oder vielleicht deine Eltern, Danny?“ Der Trainer sah mich erwartungsvoll an.

„Nett, dass Sie fragen, aber mein Vater ist Astrophysiker und lebt seit der Scheidung in Hawaii, während meine Mum als Radioastronomin geschätzte 24 Stunden am Tag mit dem Lovell-Teleskop am Jodrell-Bank-Observatorium verbringt. Von daher, nein, sorry, keine Chance“, hätte ich gern geantwortet. Stattdessen legte ich nur die Stirn in Falten und schüttelte den Kopf.

„Wir könnten ein Taxi rufen“, schlug ich vor. Der Sportplatz befand sich fünf Kilometer vom eigentlichen Schulgebäude entfernt – wir teilten ihn uns mit einer anderen Schule. Einfach heimlaufen kam daher nicht infrage. „Bis der Bus kommt, dauert es ja noch ewig.“

„Ich schaue mal, was ich machen kann“, versprach Herr Sunaki. „Danny, setz du dich mit Jamila auf die Bank vor dem Sportzentrum, ja?“

„Hast du gehört, Jam? Eine Bank. Die ist bestimmt voll gemütlich.“ Ich half ihr auf die Beine und flüsterte ihr ins Ohr: „Ist dir schlecht? Hast du Magenkrämpfe? Fühlt es sich an, als würde dein Blut Blasen schlagen?“

Als ihr klar wurde, worauf ich hinauswollte, wurde sie böse. „Danny. Lass es.“

„Hör endlich auf, so zu tun, als wäre alles normal“,

gab ich zurück. „Warum willst du nicht mit mir darüber reden?"

„Weil ich es nicht kann", zischte sie und schob mich unsanft weg. „Du verstehst es einfach nicht. Ich war im Internet gefangen. Ohne Körper. Du hast keine Ahnung, wie es ist, wenn man versuchen muss, nicht den Verstand zu verlieren, während das eigene Gehirn als Dunstwolke durchs WLAN wabert. Und das alles wegen *denen*." Ihr Lächeln von vorhin war komplett verschwunden. Sie sah erschöpft aus. Unglücklich.

Eine Antwort blieb ich ihr schuldig. Ich hatte sie immer wieder gedrängt, sich mir anzuvertrauen. Doch jetzt fiel mir einfach nichts ein, was ich dazu sagen konnte.

Es ist eine schwierige Situation, wenn man die Welt gerettet hat (ja, wirklich!), es aber niemandem sagen kann, weil es einem sowieso keiner glauben würde. Jam und ich hatten die Erde vor einer außerirdischen Schwarmintelligenz gerettet, die dachte, unser Planet wäre ohne Menschen besser dran. Natürlich nicht allein. Ein Mitglied des Schwarms hatte uns geholfen.

Ihr Name war Adi. ADI, das stand für *Alien Digital Intelligence*.

Und um uns zu helfen, hatte Adi uns *verwandelt*.

Wie soll ich euch das erklären? Wenn ihr zum Beispiel eure Hausaufgaben am Computer macht, dann existiert davon eine digitale Datei. Die könnt ihr speichern, kopieren, herunterladen, verschicken und so weiter. Oder aber ihr druckt sie aus. Die Papierversion ist dann allerdings nicht mehr digital, sondern analog. Ein echter, handfester Gegenstand.

Na ja, und jetzt stellt euch statt eurer Hausaufgaben etwas Gruseligeres vor: Aliens. Es gibt Außerirdische, die als formlose, masselose, digitale Superintelligenz existieren. Im All bewegen sie sich mit Lichtgeschwindigkeit fort, genau wie Radiowellen. Erreichen sie einen Planeten mit einer relativ hochentwickelten Zivilisation, können sie sich in dortige Technologien – wie zum Beispiel unser Internet – einschleusen, Kopien von sich erstellen und sich ungehindert ausbreiten. Und jetzt stellt euch vor, diese Aliens würden Maschinen bauen, mit deren Hilfe sie sich wie mit einem 3-D-Drucker ausdrucken könnten. Dann existieren sie als Wesen aus Fleisch und Blut – allerdings mit besonderen, übermenschlichen Fähigkeiten, die es ihnen erlauben, die Realität um sich herum zu beeinflussen, zu verformen, zu verbiegen.

Für so ein Alien ist es zum Beispiel ganz einfach, eine Hindernislaufhürde für Sekundenbruchteile verschwinden zu lassen oder mit purer Gedankenkraft Metall zu verbiegen.

Klingelt's?

Total *creepy*, habe ich recht?

Ich könnte euch noch 100.000 andere Dinge über den Schwarm erzählen, aber ich will eure mickrigen Menschenhirne (nur ein Scherz!) nicht überfordern. Fürs Erste müsst ihr nur Folgendes wissen: Wenn man den Körper eines Menschen digitalisiert und ihn dann später wieder in seine normale Form zurückführt, dann kann es dabei zu … na ja, zu Komplikationen kommen.

Und glaubt mir: Mit Komplikationen kenne ich mich aus.

2. EINFACH UMWERFEND

„Alles wird gut, Jam", murmelte ich, als könne ich allein durch das Aussprechen dieser Floskel dafür sorgen, dass meine Worte wahr wurden. Immerhin bog wenige Sekunden später tatsächlich ein weißer Kleinbus auf den Parkplatz vor dem Sportzentrum ein.

Am Steuer saß eine Frau Mitte zwanzig mit rot gefärbten Haaren. Sie ließ die Fensterscheibe heruntergleiten und rief uns mit einem Zahnspangenlächeln zu: „Seid ihr die Kinder, die nach Hause gefahren werden sollen? Einem von euch geht es nicht so gut?"

„Ja, das sind wir." Ich sprang von der Bank auf. „Der gute alte Herr Sunaki. Komm, Jam. Das ist zwar kein Taxi, aber macht ja nichts."

„Wenn ich fest genug daran denke, kann ich das Ding vielleicht in ein Taxi *verwandeln*", brummelte Jamila, während ich ihr beim Einsteigen half. „So wie du, als du Aliensaft intus hattest."

„Je mehr du den ‚Aliensaft‘ benutzt, desto mehr tut es weh“, erklärte ich ihr. „Wie du vermutlich gerade selbst bemerkst.“

Jamila ist selbstverständlich keine Außerirdische. Sie ist der menschlichste Mensch, den ich kenne. Aber den Aliens haben wir es zu verdanken, dass wir erst in Daten umgewandelt und später wieder ausgedruckt worden waren. Bei mir hatte der Vorgang damals dazu geführt, dass meine Gene mit außerirdischer Energie aufgeladen wurden: Eine Zeit lang hatte ich daraufhin sogenannte *Energene* besessen. Sie verliehen mir Fähigkeiten, von denen Menschen normalerweise nicht mal träumen. Ich konnte mich durch feste Objekte hindurchbewegen und die Materie um mich herum verändern. Allerdings nur unter Schmerzen. Wenn ich die seltsamen Kräfte einsetzte, wurde mir kotzübel. Es dauerte nicht lange, bis ich sie aufgebraucht hatte – und danach war ich wieder normal.

Jamila war wesentlich länger in digitaler Form unterwegs gewesen als ich und außerdem von einem anderen, technisch ausgereifteren Gerät ausgedruckt worden. Bislang war ich der Ansicht gewesen, es hätte Jamila zu hundert Prozent in ihrer alten Form wiederhergestellt.

Aber was, wenn ich mich täuschte?

Was, wenn sie nun Energene besaß? Oder etwas noch Stärkeres? Etwas, das jetzt zum Ausbruch kam?

Ich bugsierte Jamila auf eine der hinteren Sitzbänke und rutschte neben sie. „Hör zu", sagte ich. „Vielleicht ist es bloß falscher Alarm. Mag sein, dass ich überreagiere. Aber wenn tatsächlich irgendetwas mit dir sein sollte, dann kannst du es mir sagen, okay? Ich bin für dich da." Als ich aufsah, begegnete mir im Rückspiegel der Blick der Fahrerin.

„Auf der A 34 ist Stau", verkündete sie. „Ich fahre euch über die Landstraße nach Didsbury."

„Danke", gab ich zurück. Jamila schwieg. Ihr waren die Augen zugefallen – sie schlief. Der Gedanke, dass sie möglicherweise kurz davor stand, ihre eigenen außerirdischen Kräfte zu entdecken, erfüllte mich mit einem Anflug von Neid. Auch wenn die Erinnerung bereits verblasste, wusste ich noch genau, wie aufregend und beängstigend dieser Moment für mich gewesen war und wie unglaublich phänomenal es sich angefühlt hatte, das Unmögliche zu tun.

Jam so leiden zu sehen, rückte jedoch alles in ein ganz anderes Licht.

„Wie geht es deiner Freundin?", fragte die Fahrerin. „Ist alles in Ordnung, Jam?"

„Jamila", korrigierte ich sie automatisch. „Ich bin der Einzige, der sie Jam nennt."

„Entschuldige", erwiderte die Fahrerin. „*Jamila* sieht ziemlich mitgenommen aus."

„Ihr geht's bald wieder besser", versicherte ich, auch wenn ich es insgeheim selbst nicht glaubte. Jamilas Stirn war schweißbedeckt. An manchen Stellen zuckte es unter ihrer Haut, als feierten die Muskeln eine Party, während sie schlief.

„Es wäre mir sehr unrecht, wenn sie sich im Bus übergibt", sagte die Fahrerin streng. „Pass gut auf und sag mir Bescheid, falls es losgeht, ja? Dann fahre ich links ran."

„Nicht kotzen, Jam", flüsterte ich ihr ins Ohr. Sie bewegte sich und stöhnte. „Sprich mir nach: Ich werde nicht kotzen. Ich werde nicht ko–"

„Hammerwurf", entfuhr es Jamila plötzlich. Sie riss die Augen auf. „Ich muss den Hammer werfen." Verwirrt schaute sie sich um. „Wenn ich es vergeige, werde ich nicht ins Team aufgenommen."

„Heute nicht mehr, Jam", redete ich beschwichtigend auf sie ein. Doch meine Freundin ballte die Hand zur Faust, als ob sie einen Gegenstand umklammere. Mit geschlossenen Augen und immer noch sitzend schwang sie den Arm über dem Kopf im Kreis, wie Thor, wenn er mit Mjölnir zum Schlag ausholt. „Jam, was tust du? Herr Sukani würde bestimmt auch sagen, dass das nicht …“

Ich verstummte. Durch die Kreise, die Jamila mit dem Arm beschrieb, tanzten blaue Energiefunken, so als beschwöre sie gerade in einem Videospiel einen Zauber herauf. Das Herz schlug mir bis zum Hals. Die Fahrerin bestaunte das Spektakel mit offenem Mund.

Angst hatte sie keine – in ihren Augen las ich Ehrfurcht. Sie konnte den Blick nicht abwenden.

„Vorsicht!“, rief ich. Der Minibus war auf die Gegenspur geraten, wo uns ein dicker Lkw hupend entgegenkam. Unsere Fahrerin stieg auf die Bremse und riss das Lenkrad herum. Wir schlingerten zurück nach links.

Da öffnete Jamila die Hand, in der sie ihren imaginären Hammer hielt.

Die Wucht ihres Wurfs riss ein klaffendes Loch in die Seitenwand des Fahrzeugs, das Fenster darüber zersplitterte. Ich rechnete damit, dass der Minibus umkippen und sich überschlagen würde, doch die Fahrerin brachte ihn wieder unter Kontrolle. Von der Hauptstraße waren wir auf einen asphaltierten Weg abgebogen, der durch ein Industriegebiet führte.

Wir rasten weiter.

„Stopp, anhalten!", rief ich.

„Ich kann nicht!", brüllte die Fahrerin. Sie drückte wie wild auf die Pedale und kämpfte panisch mit dem Schalthebel. „Nichts funktioniert mehr."

Wir pesten geradewegs auf die Außenmauer eines Fabrikgebäudes zu.

„Bereit machen!", schrie die Fahrerin.

Bereit machen? Zum Aufprall, oder was? Ich vergewisserte mich, dass ich angeschnallt war. Dann wandte ich mich Jamila zu. „Wach auf!" Ich rüttelte sie an der Schulter. Sie warf den Kopf in den Nacken und verdrehte die Augen, sodass nur noch das Weiße zu sehen war. „Lass den Mist!", herrschte ich sie an.

Sie antwortete nicht. Der aufheulende Motor übertönte meine Stimme. Die Wand aus roten Ziegelsteinen kam immer näher auf uns zu – wie ein Tsunami, der jeden Augenblick über uns hereinbrechen würde.

„Um Himmels willen, Jam!" Dieses Mal schrie ich die Worte direkt in ihr Ohr. *„Bitte!"*

Ich schüttelte meine beste Freundin ein letztes Mal. Dann kniff ich die Augen zu.

Das Motorengeräusch erstarb. Ein heißer Luftschwall umfing mich.

„Un-glaub-lich", raunte die Fahrerin. Pures Staunen sprach aus jeder Silbe.

Alles um uns herum schien in Zeitlupe abzulaufen. In der Ziegelmauer öffnete sich ein Loch, durch das der Minibus ganz langsam hindurchglitt. Zum Glück stand die Fabrik offensichtlich leer. In der Wand auf der anderen Seite des Gebäudes entstand eine weitere Öffnung, die uns wie magisch anzog.

Ich hielt mich an Jamila fest wie ein Ertrinkender an einem Strohhalm, bis der Kleinbus auf einer Art Vorplatz endlich wieder zum Stehen kam. Ich hörte eine Autotür zuschlagen. Als ich mich von Jamila löste, war unsere Fahrerin schon nicht mehr im Bus. Ich sah ihren roten Schopf in wahnwitziger Geschwindigkeit davonsausen. Wer konnte es ihr verübeln?

Schlaff wie ein vergessenes Salatblatt sank Jamila in sich zusammen. „Hey." Ich stupste sie an. „Alles in Ordnung. Wir sind in Sicherheit."

Sie schlug ihre großen, dunklen Augen auf. „Ich habe mir ein Loch in der Mauer vorgestellt – und dann *war da plötzlich eins*."

„Hm." Vor Angst und Erleichterung schlotterten mir die Knie. Ich half meiner Freundin, aus dem Fahrzeug zu klettern. „Eins muss man dir lassen, Jam. Du warst nur halb wach und trotzdem hast du uns gerettet."

„Ja, nachdem ich uns fast umgebracht hätte." Jamila biss sich auf die Unterlippe und starrte auf den übel zugerichteten Bus. „Ich dachte irgendwie, ich müsste einen Hammer werfen."

„Geschichten, die das Leben schreibt." Ich wagte ein vorsichtiges Grinsen. „Komm jetzt. Die Fahrerin hat das Weite gesucht und wir sollten hier auch nicht länger herumstehen." Ich warf einen Blick auf das riesige Loch in der Wand. „Es tauchen garantiert bald Leute mit tausend Fragen auf, die wir nicht beantworten wollen."

„Wie recht du damit hast", erwiderte Jamila und deutete himmelwärts.

Dort schwebte eine Drohne mit nach unten gerichteter Kameralinse.

„Wo kommt die denn her?", flüsterte ich. „Jemand beobachtet uns."

„Aber nicht mehr lange", sagte Jamila und wedelte lässig mit der rechten Hand, woraufhin die Drohne in ihre Einzelteile zerbarst und ein Schauer aus Metall- und Plastikteilen auf uns herabregnete.

„Wow. Die wären wir los." Unauffällig beäugte ich Jamila. „Wie fühlst du dich?"

„Meinst du, da fliegen noch mehr von den Dingern rum?“ Sie sah sich hektisch um. Auf ihrer Stirn standen Schweißperlen. „Wer auch immer uns beobachtet, ist vielleicht nicht weit entfernt.“

„Lass uns gehen“, schlug ich vor.

„Nein. Ich muss erst sichergehen.“ Jamila streckte beide Hände in Richtung der Fabrikhalle aus, woraufhin das gesamte Gebäude zur Seite kippte wie ein umgeworfenes Legohaus. Der Lärm war ohrenbetäubend. Wolken aus Betonstaub erhoben sich, Ziegelsteine flogen durch die Luft. Ich musste husten und hielt mir die Ohren zu. Da fing Jamila an zu pusten, als würde sie die Kerzen auf einem Geburtstagskuchen ausblasen, und der Staub legte sich. Den Schaden, den sie angerichtet hatte, betrachtete sie wie eine Zweijährige, die ihre Spielsachen aus dem Kinderwagen geworfen hat.

Weitere Drohnen waren nicht in Sicht – doch die waren im Moment auch nicht unsere größte Sorge. „Wir müssen hier weg. Auf der Stelle. Komm.“ Ich fasste Jamila am Arm und wollte sie wegziehen.

Doch auf einmal konnte ich mich nicht mehr bewegen. Mein Körper war wie versteinert.

„Ich muss *gar nichts*, Munday“, sagte Jamila leise.

Selbst meine Lippen versagten den Dienst. Atmen

oder Schlucken waren unmöglich. Es fühlte sich an, als hielte alles an mir die Luft an. Ich versuchte, die aufsteigende Panik zu unterdrücken und gegen die Lähmung anzukämpfen. Mein Herz schlug noch und in meinen Schläfen pochte das Blut. Aber was, wenn auch das bald aufhörte?

Da konnte ich mich auf einmal wieder bewegen. Ich stolperte nach vorn und fiel zu Boden. Ungeschickt rollte ich mich ab, wandte mich sofort wieder Jamila zu und wollte sie anschreien, wie ich noch nie in meinem Leben irgendwen angeschrien hatte.

Doch sie sah so unglücklich, so *entsetzt* zu mir herab, dass ich meinen Plan sofort wieder verwarf. Tränen strömten über ihre Wangen. „Heilige Makkaroni, es tut mir so leid. Das wollte ich nicht, Danny. Irgendwie hatte ich mich nicht unter Kontrolle."

„Alles andere aber sehr wohl", gab ich heiser zurück. „Eine ganz schlechte Kombi. Gleich sind uns sämtliche Polizisten der Stadt auf den Fersen. Können wir jetzt bitte gehen? Bitte? Du musst dich echt ausruhen."

„Ja, okay", sagte Jamila. „Ich glaube, da vorn an der Ecke ist eine Bushaltestelle." Ein wenig unbeholfen stakste sie los, raus aus dem Katastrophengebiet. Ich rappelte mich auf und folgte ihr. Aus Angst, sie könne ihre Kräfte erneut gegen mich verwenden, hielt ich einige Meter Abstand zu ihr.

Es war ein Unfall, redete ich mir selbst ein. *Als Adi* dir *Energene verliehen hat, hast* du *auch jede Menge Mist gebaut.*

Genau das war jedoch der Punkt: Meine Kräfte waren *Adis* Kräfte gewesen. Und Adi nutzte sie, um anderen zu helfen oder sie zu beschützen. Nach der Maxime hatte auch ich gehandelt. Jamilas Kräfte hingegen stammten von Agenten des Schwarms – von außerirdischen Soldaten, die das menschliche Leben auf unserem Planeten hatten auslöschen wollen.

Konnte es sein, dass der Bodyprinter Jamilas Verstand beschädigt hatte? Oder verändert? Und falls ja, was sollte ich tun?

Oh, Adi, dachte ich kläglich, *wärst du doch hier!*

Doch Adi befand sich in einer fernen Galaxie, irgendwo ganz weit draußen. Weil ihr Wunsch nach Unabhängigkeit dem Schwarm als Verrat galt, hatte man sie zurück ins All beordert, wo sie nun den Preis für ihr revolutionäres Denken zahlen musste.

Was genau mit Adi geschehen war, diese Frage hatte ich mir tausendfach gestellt – so wie auch jetzt, während ich an der Bushaltestelle wartete. Jamila war mit dem

Kopf auf meiner Schulter eingenickt. Als eine ganze Kolonne von Polizeifahrzeugen an uns vorbeiraste und auf das Industriegelände abbog, versteckte ich mein Gesicht. Die Beamten würden ein wie von Geisterhand umgeworfenes Gebäude neben einem verlassenen Minibus vorfinden. Lange konnte es nicht dauern, bis sie die Spur zurück zu Herrn Sunaki und unserer Schule verfolgen und wir eine Antwort auf die Frage „Was um alles in der Welt geht hier vor sich?“ brauchen würden.

Endlich kam der Bus. Ich half der schläfrigen Jamila beim Einsteigen. Ganz hinten waren zum Glück zwei Plätze frei. Als der Bus aus der Haltebucht ausscherte, fiel mein Blick auf die digitale Werbefläche an dem Wartehäuschen.

Es war eine Anzeige für eine Antifaltencreme oder so was in der Art. Aber das Gesicht des Supermodels flimmerte. Mein Herz pochte wie wild, als statt des Models plötzlich etwas anderes zu sehen war: ein jüngeres Gesicht, auffällig symmetrisch. Hohe Wangenknochen. Weit aufgerissene, hellbraune Augen. Ein leicht verschwommenes, flackerndes Bild.

Ich klappte den Mund auf. *Halten Sie den Bus an*, wollte ich rufen. *Ich muss mit ihr reden. Sie ist die Einzige, die uns helfen kann …*

Doch da war das Gesicht bereits wieder verschwunden.

„Verdammt." Ich boxte in die Rückenlehne meines Sitzes und sackte frustriert zusammen.

„Was ist los?", murmelte Jamila verschlafen.

Ich antwortete nicht. Kaute bloß auf der Unterlippe herum.

Ja, ich war mir ganz sicher: Was ich soeben als elektronisches Flimmern auf der Werbetafel gesehen hatte, war Adis Gesicht.

3. UNMÖGLICHE SIGNALE

Irgendwie schaffte ich es, Jamila nach Hause zu bringen. Sie hatte hohes Fieber und konnte sich kaum mehr auf den Beinen halten. Ihre Mutter schloss sie in die Arme, steckte sie ins Bett und machte sich sofort daran, etwas für sie zu kochen. Die leckeren Gerichte, die sie der Kranken servieren wollte, waren ihrer Ansicht nach imstande, jedes beliebige Wehwehchen zu kurieren.

Feste Überzeugungen sind eine gute Sache, dachte ich betrübt, *aber gegen das, was Jamila hat, gibt es kein Hausmittelchen.* Ich trabte die Stufen vor dem Haus der al-Sufis hinab, betrat unseren Vorgarten und schloss die Eingangstür auf. Mum war noch auf der Arbeit. Die Räume lagen so leer und einsam vor mir wie der nahende Abend ohne Jamila. Ich fragte mich, wie lange es wohl dauern würde, bis die Polizei bei uns klingelte. Unsere Fahrerin war doch garantiert zur nächsten

Wache gesprintet, um zu erzählen, wen sie da hatte chauffieren müssen. Die kranke Jamila konnte einer Befragung vermutlich erst einmal entgehen. In anderen Worten: Es lag nun an mir, eine stimmige Story aus dem Hut zu zaubern.

Das wird schon, sagte ich mir. *Niemand, der bei klarem Verstand ist, verdächtigt zwei Kinder, ein Loch in einen Minibus zu reißen und ein Fabrikgebäude umzuwerfen.*

Aber die Drohne mit der Kamera hatte uns gesehen. Wer auch immer sie lenkte, wusste Bescheid.

Wo befand sich dieser mysteriöse Jemand jetzt? Beobachtete er oder sie uns noch immer?

Und war auf der Werbetafel wirklich Adis Gesicht aufgetaucht oder hatte ich mir das nur eingebildet?

Ich schloss die Vorhänge, setzte mich mitten im dämmerigen Wohnzimmer auf den Boden, schlang die Arme um die Knie und wünschte mir, meine Mum würde bald nach Hause kommen.

Ein paar Stunden später hatte das Universum endlich ein Einsehen. Ich schreckte hoch, als die Haustür auf- und wieder zuging und meine Mum in den Flur gestürmt kam. „Danny?", rief sie. „Wo bist du? Mann, was für ein Tag. Was für ein Tag! Danny?"

O nein, die Polizei ist schon bei ihr gewesen, dachte ich.

„Äh …“ Ich stand auf und öffnete die Wohnzimmertür. „Alles in Ordnung?“

„Du wirst nicht glauben, was heute passiert ist.“ Mit zerzausten Haaren und irre funkelnden Augen fegte meine Mutter in die Küche und pfefferte ihren leeren Thermo-Kaffeebecher in die Spüle. „Am Jodrell-Bank-Observatorium brennt die Hütte.“

„Was?“, entfuhr es mir.

„Nicht im wörtlichen Sinne“, schob sie eilig nach. „Was ich sagen will, ist: Die Flamme der Wissenschaft lodert hell.“ Sie öffnete den Kühlschrank und prüfte den eher kümmerlichen Inhalt. „Hm. Sag mal, hatten wir nicht noch Reste vom Lieferservice?“

„Da haben wir vor drei Wochen zuletzt bestellt“, erklärte ich ihr. „Jegliche Reste haben sich inzwischen vermutlich zu einer höheren Lebensform weiterentwickelt, die Kühlschranktür aufgestoßen und das Weite gesucht.“

Sie wirbelte herum. „Daher kamen wohl die komischen Signale, die wir heute empfangen haben.“

Ich runzelte die Stirn. „Was?“

„Fast Radio Bursts, Danny.“ Über beide Ohren grinsend trat Mum auf mich zu. „Wir haben heute einige sehr ungewöhnliche FRBs aufgezeichnet.“

Ich spürte einen dicken Kloß im Hals. Zwei Dinge wusste ich über FRBs. Erstens: Es handelte sich um kosmische Energieblitze, bestehend aus sich wiederholenden Radiowellen, die mit Lichtgeschwindigkeit aus fernen Galaxien auf die Erde trafen. Und zweitens: Der Schwarm nutzte FRBs, um unerkannt durch die Tiefen des Alls zu reisen.

Dann war das an der Bushaltestelle garantiert Adi, schoss es mir durch den Kopf. Zum ersten Mal wünschte ich mir, sie hätte ihre außerirdischen Kräfte nicht dazu verwendet, Mums Erinnerungen an den Schwarm vollständig auszulöschen. Denn das hieß, dass ich meiner Mutter jetzt weder erklären konnte, warum ich Angst um Jamila hatte, noch um Hilfe im Kampf gegen denjenigen bitten durfte, der mir und Jam die Drohne auf den Hals gehetzt hatte.

Gegen denjenigen oder *dasjenige*.

Ich täuschte ein gelangweiltes Gähnen vor. „Wo kamen diese Fast-Radio-Dingsbumse denn her?"

„Na ja, genau deswegen sind wir alle so von den Socken." Mum drehte eine der Gasplatten an und knallte einen Topf mit Wasser auf den Herd. „Ihr Ursprung lag nämlich ganz in der Nähe. Und damit meine ich nicht ‚ganz in der Nähe' wie damals, als mithilfe des europäischen Langbasisinterferometrie-Netzwerks mehrere FRBs entdeckt wurden, deren Ursprungspunkt irgendwo in der Galaxie Messier 81 lag." Ihr Blick driftete in weite Ferne, so als schwelge sie in einer glorreichen Erinnerung. „Aaah, weißt du das noch?"

„Da war ich acht, Mum."

„Es war unglaublich. Einfach erstaunlich. Das Signal stammte aus einer zwölf Lichtjahre entfernten Galaxie. Ziemlich weit weg – und trotzdem war der Ausgangspunkt vierzigmal näher an der Erde als bei allen je zuvor aufgezeichneten FRBs." Mum schüttete eine Packung Fusilli in das lauwarme Wasser, wobei mehrere der Spiralnudeln ihr Ziel verfehlten und auf die Arbeitsplatte regneten. „Jetzt rate mal, woher das Signal heute kam. Da kommst du nie im Leben drauf." Sie hob eine der trockenen Nudeln auf, steckte sie in den Mund und kaute mit immer größer werdendem Enthusiasmus auf ihr herum.

Ich zuckte die Achseln. „Keine Ahnung. Vom Ende unseres Sonnensystems?"

„Ha! Falsch." Mum grinste. „Aber mach dir nichts draus. Niemand, der seine sieben Sinne beisammenhat, würde je darauf kommen. Es ist nämlich eigentlich unmöglich – mit annähernd hundertprozentiger Wahrscheinlichkeit handelt es sich um einen Fehler im System." Sie hielt mir eine trockene Fussili hin. „Willst du auch?"

„Nee, danke." Ich kniff die Lippen zusammen. „Also, woher kamen die FRBs?"

„Von der *Erde*", erwiderte Mum. „Vielleicht wirklich das zum Leben erwachte Essen vom Lieferservice, hm? Na ja, das Jodrell hat die Signale als einziges Radioobservatorium abgefangen. Mithilfe von Kommunikationssatelliten in erdnaher Umlaufbahn, die beim Überqueren von Großbritannien die merkwürdigen Signale reflektiert haben."

Als pflichtbewusster Sohn versuchte ich, die neuen Informationen zu verarbeiten. „Das heißt, die FRBs wurden ... von der Erde aus ins All geschickt, sind aber teilweise an den Satelliten abgeprallt?"

„Verrückt, oder?" Mum wirkte auf einmal ernüchtert. „Die Daten müssen fehlerhaft sein. Eine andere Erklärung gibt es nicht. Es ist kindisch, an eine große Entdeckung zu glauben. Ich darf mich da nicht hineinsteigern." Missmutig knabberte sie an einer weiteren trockenen Nudel herum. „Aber weißt du, manchmal braucht man im Leben einfach ein bisschen Aufregung und –"

„Mum“, unterbrach ich ihren Gedankengang, „wann habt ihr das Signal empfangen?“

„Heute Nachmittag“, antwortete sie. „Deshalb komme ich auch schon wieder erst so spät nach Hause – entschuldige, Danny. Pasta ist doch okay für dich, oder? Soße haben wir leider keine, aber ich glaube, irgendwo ist noch Ketchup.“

„Aber um wie viel Uhr?“, bohrte ich nach.

„Kurz nach 17 Uhr, wenn du es genau wissen willst“, erwiderte Mum.

Ich hatte es gewusst. Vage erinnerte ich mich daran, dass im Minibus die Nachrichten gelaufen waren. *Es ist fünf Uhr*, hatte der Radiosprecher verkündet, kurz bevor Jamila mit ihren Energenen ein Loch in die Wand gerissen und unseren fahrbaren Untersatz geschrottet, die Drohne in die Luft gejagt und die komplette Fabrikhalle aus ihrem Fundament gerissen hatten.

Was wiederum bedeutete, dass die Fast Radio Bursts von niemand anderem als Jamila ausgegangen waren. Dann war sie vermutlich auch diejenige, die Adis Gesicht auf die Werbetafel gezaubert hatte.

„Was wird dein Team jetzt unternehmen?“, fragte ich. „Vermutlich gar nichts, oder?“

„Oh, im Gegenteil, wir setzen alle Hebel in Bewegung,

das Rätsel zu lösen." Mum schüttete Salz in das mittlerweile köchelnde Nudelwasser. „Die Nachtschicht prüft gerade die Daten der Satelliten. Wenn wir ihre Positionen triangulieren, müssten wir in der Lage sein, den Ursprungsort dieser theoretisch unmöglichen Radioblitze festzustellen und die Zone dann auf weitere ungewöhnliche Vorkommnisse hin zu untersuchen."

Wie wäre es, wenn ihr eure Suche gleich in Jamilas Zimmer im Nachbarhaus startet? Völlig erschöpft schloss ich die Augen.

Meiner Mutter blieb das nicht unbemerkt. „Hey, Danny. Alles wird gut. Es gibt eine ganz normale Erklärung dafür, darauf kannst du dich verlassen. Du musst keine Angst haben."

Hatte ich aber. Erst die Drohne, dann die Polizei und jetzt das Radioobservatorium – Jamila schwebte in immer größerer Gefahr.

Ich ging an diesem Abend früh ins Bett. Mein Kopf schwirrte und die Ketchupnudeln lagen mir schwer im Magen. In der Hoffnung, Jamila könnte vielleicht wach sein, klopfte ich an ihre Wand. Das machten wir oft – auf diesem Weg schickten wir uns verschlüsselte Nachrichten in Morsecode.

Doch heute antwortete niemand.

Um Viertel vor zehn knipste ich meine Nachttischlampe aus, kuschelte mich unter meine Decke und hoffte, der Schlaf möge meine Ängste vertreiben.

Um zwei Uhr morgens schreckte ich hoch: Jemand hatte meinen Fernseher angestellt. Der Bildschirm flackerte und ließ gespenstisches Licht über die Zimmerwände tanzen.

Und plötzlich starrte mir, in trübem Schwarz-Weiß, Adi entgegen.

Sofort saß ich kerzengerade im Bett. „Adi", flüsterte ich. „Bist du das?"

„Ja, Danny." Adis Lippen bewegten sich erst, nachdem ich ihre Worte bereits gehört hatte. Ihre Stimme klang verzerrt und kam von weit weg. „Hör zu", sagte sie. „Gefahr! Gefahr bahnt sich an."

„Wer ist in Gefahr? Ich? Jamila?"

„Ihr beide", erwiderte Adi. „Die Erde. Alle."

4. EIN GEIST

Ein paar Sekunden lang hielt ich mich an der Hoffnung fest, dass ich vielleicht nur träumte. Aber in Träumen war mir niemals derart kalt. „Von was für einer Gefahr sprichst du, Adi?“, flüsterte ich. „Was ist passiert? Seit wann bist du wieder auf der Erde?“

„Diese Version von mir hat die Erde nie verlassen“, erwiderte Adis flackerndes, zuckendes Abbild. „Ich bin ein Schatten meiner selbst. Eine Gefangene.“

Ich schüttelte den Kopf. „Was? Ich verstehe dich nicht.“

„Hör gut zu.“ Auf einmal füllten Adis Augen den gesamten Bildschirm aus. „Erinnerst du dich an die Lagerhalle, in der mein Digiscanner stand?“

Ich schluckte. *Digiscanner.* Bei dem Wort zog sich in mir alles zusammen. Adi und ihre Artgenossen aus dem Schwarm verwendeten diese Geräte, um lebende Organismen in digitale Daten zu verwandeln. Wollten sie ihnen später wieder Gestalt – zum Beispiel in Form eines menschlichen Körpers – geben, brauchten sie einen Bodyprinter. Ich selbst hatte über drei Wochen lang als Digiscan existiert, als komprimiertes Datenkörnchen, das mit Lichtgeschwindigkeit durch unser Sonnensystem raste. Meine Erinnerungen sowohl an diese Zeit als auch an den Moment, in dem ich eine brandneue Hülle bekam – einen Körper, der nicht geboren, sondern *erzeugt* wurde –, sorgten bei mir nach wie vor oft für Alpträume.

Adis Abbild schimmerte. „Als wir zurückkamen, war dein Handy plötzlich weg. Erinnerst du dich?“

Ich nickte. Wie konnte ich das vergessen? Ich war wochenlang ohne Smartphone herumgelaufen, weil Mum es nicht hinbekam, mein altes zu ersetzen. „Ich vermute, die Agenten haben es an sich genommen. Oder es ist mir irgendwo aus der Tasche gefallen.“

„Du hast es in der Lagerhalle verloren“, sagte Adi. „Vor einer Weile wurde es von gefährlichen Personen gefunden. Sie haben im Betriebssystem Spuren von mir entdeckt. Von meinem Code.“

„Also eine Art Back-up von dir?“, fragte ich.

„Auch gelöschte Daten können wiederhergestellt werden, vorausgesetzt, man hat ein wenig Talent und die nötigen Werkzeuge." Adis Haut wirkte statisch aufgeladen. Ihre Stimme klang blechern und war eigentlich nur ein ferner Hauch. „Es ist ihnen nicht gelungen, mich vollständig wiederherzustellen. Sie haben aber genügend einzelne Fetzen von mir zusammengebastelt, um mich als *Geist* zum Leben zu erwecken."

Mir schwirrte der Kopf. Ich kam mir vor wie Spiderman, der einen Schurken wittert. Über das Handy hatte Adi damals Kontakt zu mir aufgenommen. In ihrer digitalen Form war es ihr wie gesagt möglich, von verschiedenen Geräten Besitz zu ergreifen. Das Bild auf meinem Fernseher sah aus wie Adi, aber es war nicht Adi. Genauso wie ein Foto von einem Rennwagen kein Rennwagen ist.

„Als Geist?" Ich kletterte aus dem Bett und näherte mich dem Bildschirm. „Tut ... Ich meine, tut es weh?"

„Schmerz ist eine Sinnes- und Gefühlsempfindung, Danny. Sie wird durch sensible Nervenenden hervorgerufen, die jedoch nur in organischen Lebew–"

„Okay, okay, ich hab's verstanden. Und was ist dann ... das Problem?"

„Ich bin unvollständig. Machtlos", flüsterte Phantom-Adi. „Und ihr seid in Gefahr. Wer auch immer dein Smartphone gefunden hat, weiß, dass es dir gehört. Du und Jamila werdet beobachtet. Ich habe das Drohnenvideo gesehen. Es wurde auf demselben Festplattenlaufwerk gespeichert, auf dem auch ich mich befinde."

Mir lief ein eiskalter Schauer über den Rücken. „Jetzt verstehe ich, wieso das Ding plötzlich bei der Industrieanlage aufgetaucht ist. Es ist uns von der Sportanlage aus gefolgt. Das heißt also, wer auch immer uns hinterherspioniert, hat auch mitbekommen, wie Jamila mit ihren neugefundenen Kräften gespielt hat, stimmt's?"

„Ja. Ich habe noch … versucht, euch zu erreichen … Euch zu warnen …"

„An der Bushaltestelle?"

„Euch zu warnen …" Jetzt war das Bild komplett weg. Nach einigen Sekunden Stille tauchte es flackernd wieder auf, aber schwächer als zuvor. Adi war wirklich ein Geist geworden. „Sie wissen … von Jamilas Energenen."

„Wer? Wer weiß davon?", fragte ich. „Und was wollen diese Leute?"

„Was sie wollen, ist klar." Von Adi waren nur noch einzelne Pixel zu sehen. „Wer über Energene verfügt … hat das Werkzeug … um die ultimative Waffe zu entwickeln."

„Da magst du recht haben", pflichtete ich ihr bei. Mit

Energenen war es ein Leichtes, die Welt – wortwörtlich – um den kleinen Finger zu wickeln. Von Point-and-Click hin zu Point-and-*Think*. „Was haben sie wohl vor? Jamila zu entführen?"

Adi nickte. „Das ist unausweichlich. Und jeder Versuch, die Energene zu extrahieren, wird Jamila mit hoher Wahrscheinlichkeit Schäden zufügen."

„Was du eigentlich sagen willst, ist: Sie könnte dabei *sterben*, oder?" Mein Herz raste wie wild. „O nein. Nein, nein, nein. Das darf nicht sein. Was machen wir, Adi? Was machen wir denn jetzt?"

„Dieses Mal gibt es kein Wir", antwortete Phantom-Adi traurig. „Ich bin gefangen."

„Aber du bist doch hier", hielt ich dagegen. „In meinem Fernseher."

„Was du siehst, ist nur ein Echo von mir. Und selbst das Fehlen dieses Echos wird ihnen auffallen, wenn ich nicht bald in mein Gefängnis zurückkehre."

„Wo hält man dich denn gefangen?", fragte ich.

„Das weiß ich nicht. Auf diese Information habe ich keinen Zugriff."

„Adi, komm schon. Irgendwas wirst du doch tun können!" Den letzten Satz schrie ich beinahe. Dann hielt ich mir erschrocken die Hand vor den Mund. Was, wenn meine Mutter mich hörte und in mein Zimmer geplatzt kam? Ich lauschte. Auf der Treppe war kein Knarzen zu hören, im Haus war es völlig still. „Bitte, Adi", fuhr ich in geringerer Lautstärke fort. „Geh nicht weg. Hilf mir. Irgendetwas muss uns doch einfallen." Ich klopfte energisch an die Wand. „Keine fünf Meter von hier entfernt liegt Jamila. Und sie schwebt in Gefahr."

„Gefahr. Ja. Danny, Gefahr geht nicht nur von den Beobachtern aus", sagte der Geist vor mir ernst. „Die Energene, die gerade in Jamilas Körper aktiviert werden, stammen aus einem Bodyprinter für Schwarmagenten. Das … stimmt doch, oder?"

„Ja, natürlich", bestätigte ich. Wenn Adi *das* nicht mehr wusste, war sie wirklich unvollständig.

„Die Energene sind überaus mächtig. Sie verändern Jamila. Ihr Verstand und ihr Körper werden es nicht schaffen, die außerirdische Energie unter Kontrolle zu bringen."

Mir stand wieder vor Augen, wie Jamila mich an diesem Nachmittag hatte versteinern lassen. *Ich muss gar nichts, Munday.* Tiefes Grauen kroch durch meine Eingeweide. „Dann gibt es nur eine Möglichkeit, sie zu retten", sagte ich. „Wir müssen sie in einen Digiscanner stecken und noch mal ausdrucken – aber dieses Mal ohne Energene."

„Ich bin nicht mehr imstande, einen funktionstüchtigen Digiscanner zu konstruieren, Danny." Das Fernsehbild war jetzt so dunkel, dass ich es kaum noch erkennen konnte. „Ich bin nur ein Abklatsch der früheren Adi. Viel von meinem Know-how habe ich verloren. Ganz abgesehen davon wüsste ich auch nicht, woher ich die nötige Hardware nehmen sollte. Gibt es etwas, das *du* tun kannst?"

„Ich wünschte es." Mir war zum Heulen zumute. „Es ist alles unsere Schuld, Adi. Jamila hat sich nur deshalb digitalisieren lassen, weil sie uns retten wollte."

Uns retten.

„Moment. Da fällt mir was ein." Ich musste an Jamilas Beschreibung davon denken, wie sie damals mithilfe des Bodyprinters ihren Körper verlassen hatte und als Upload in den Schwarm gereist war: *Ich habe nur meine SIM-Karte reingesteckt, genau wie es in Adis Nachricht stand. Sie hatte schon irgendwas eingefädelt – ich musste also nichts weiter tun.* Die SIM-Karte hatte ich noch.

Ich stolperte zu meinem Nachttisch und riss die Schublade auf. „O bitte, bitte, bitte, sei noch da ... *Yes!*"

„Danny?", flüsterte Adi. „Was hast du gefunden?"

„Die Technologie, die du auf Jamilas SIM-Karte hinterlassen hast, damit sie einen Bodyprinter in einen Digiscanner umwandeln konnte." Stolz hielt ich das kleine Kärtchen hoch. „Wenn ich dir die Daten hiervon irgendwie zukommen lasse, meinst du, dann findest du einen Weg, um Jamila zu retten?"

„Danny, ja! Das heißt, eigentlich nur, wenn du mir auch noch die Bauteile besorgst." Geister-Adi leuchtete nun kerzenhell. „Schnell. Leg die Karte in dein Handy ein. Die Daten kann ich über euer WLAN absorbieren."

„Echt?" Das konnte ich kaum glauben. „Ich dachte, du bist eingesperrt?"

„Ja, aber auf der SIM-Karte sind weitere Spuren von mir. Die werden mich stärker machen."

„Wollen wir's hoffen", murmelte ich. Schon pfriemelte ich eine aufgebogene Büroklammer in das winzige Loch, über das sich der SIM-Karten-Schlitz an meinem Smartphone öffnen ließ.

„Munday?", ertönte hinter der Wand eine dumpfe Stimme.

„Jamila", flüsterte ich und zog gleichzeitig meine alte SIM-Karte aus dem Gerät.

„Schnell, Danny", drängte Phantom-Adi. „Ich brauche die Daten. Gefahr naht, ich spüre es."

„Munday!“ Jetzt brüllte Jamila. „Was tust du da?“

„Pssst.“ Ich schob Jamilas SIM-Karte in den Schlitz, startete das Gerät neu und eilte im selben Atemzug auf die Wand meines Schlafzimmers zu. „Jam, du musst leise sein.“

„Sie ist hier, habe ich recht?“ Auf einmal glitt etwas durch die Wand – und eine zitternde, schwitzende Jamila stand vor mir. Sie würdigte mich keines Blickes, sondern wandte sich sofort dem Fernseher zu. „Adi“, grollte sie, „das habe ich alles *dir* zu verdanken. Wegen dir bin ich zum Freak mutiert. Du bringst mich um.“

„Ich bin nicht Adi.“ Das gespenstische Abbild flackerte, dann wurde es plötzlich schärfer. „Jamila, hör mir zu. Du musst zusehen, dass du von da wegkommst, und zwar schnell. Danny –“

Das Bild fror ein, so als hätte sich der Fernseher aufgehängt. Dann bekam die Scheibe auf einmal einen Sprung und das Display wurde schwarz. Entsetzt sah ich mit an, wie das Gerät zusammengeknüllt wurde, als wäre es bloß ein Stück Papier in den Händen eines Krabbelkinds. Jamila hatte die Hände zu Fäusten geballt.

„Jam, nicht!“ Ich fasste sie an den Schultern. Sie starrte mir ausdruckslos ins Gesicht, ihre Augen waren glasig. „Dir geht's nicht gut", versuchte ich, zu ihr durchzukommen. „Du musst dich ausruhen."

Sie riss sich los und schwebte rückwärts von mir weg. In der Wand öffnete sich ein Schlitz, der sie verschluckte.

Kaum eine Minute später ertönte aus dem Nachbarhaus ein dumpfes Pochen und Krachen. Ich hörte Jamilas Mutter laut aufschreien.

Trampelnde Schritte näherten sich: Jams Vater. „Was ist los?" Er klang verstört. Angsterfüllt. Genau so, wie ich mich fühlte.

„Ruf den Notarzt", rief Jamilas Mum. „Sie atmet kaum noch. Ich glaube, sie stirbt!"

5. IM KRANKENHAUS

Nicht einmal meine Mum schaffte es, die ganze Aufregung zu verschlafen. Sie saß schon im Morgenmantel neben mir auf dem Sofa, als Jamilas Vater einige Minuten später an unsere Haustür hämmerte. Er sah fix und fertig aus. Krank vor Sorge.

„Wir fahren mit Jim-Jam ins Krankenhaus, Lydia", erklärte er meiner Mutter hastig. „Es tut mir echt leid, dich aus dem Bett zu klingeln, aber würdest du auf Farid und Daria aufpassen? Sie sind ganz aufgewühlt. Es wäre wirklich gut, wenn sie nicht allein bleiben müssten."

„Selbstverständlich", beeilte sich Mum zu sagen. „Was ist denn los mit Jamila?"

Doch Herr al-Sufi rannte bereits wieder zurück zu seinem Auto. „Wir wissen es nicht", rief er nur noch.

Da kannst du von Glück reden, dachte ich verdrossen. Jamilas Vater sprang auf den Beifahrersitz und seine

Frau trat aufs Gaspedal. Als der Wagen davonbrauste, erhaschte ich einen Blick auf Jamila, die in Decken gewickelt auf der Rückbank kauerte.

„Es ist bestimmt nichts Schlimmes", verkündete meine Mutter. „Ich gehe mal eben rüber."

„M-hm", sagte ich und schloss mit schwerem Herzen die Tür hinter ihr. Mein einziger – schwacher – Trost bestand darin, dass Jamila von Ärztinnen und Pflegepersonal umgeben sein würde und auch ihre Eltern bei ihr waren, was es potenziellen Kidnappern erschweren sollte, überhaupt bis zu ihr vorzudringen.

Aber ob man im Krankenhaus ansonsten irgendetwas für sie tun konnte? Ich bezweifelte es.

Mein kaputter Fernseher kam mir wieder in den Sinn und eine Welle der Müdigkeit rollte über mich hinweg. Ein weiterer Vorfall, den ich niemandem erklären konnte. Mir wurde bewusst, wie wütend ich auf den Schwarm war, und wie verbittert über all die obskuren, unerklärlichen Dinge, die seit seiner Ankunft Teil meines Lebens waren. Monatelang hatte ich an Adi denken müssen, sie vermisst und gerätselt, wo sie wohl stecken mochte. Und jetzt, wo ich sie – oder zumindest ein Abbild von ihr – endlich gesehen hatte, fühlte ich mich noch elender.

Ich schlich zurück in mein Zimmer. Gerade als ich mich auf mein Bett fallen ließ, vibrierte mein Handy.

Eine Nachricht von einer unbekannten Nummer, die viel zu viele Ziffern enthielt, um echt zu sein.

Deine Mum nebenan, sehr gut, stand da. *Wir können ins Krankenhaus.*

Ich runzelte die Stirn und tippte: *Adi?*

Teile von medizinischen Geräten für Bodyprinter leihen, schrieb sie zurück.

„Das können wir nicht machen“, sagte ich laut. „Das sind Apparate, die für die Patienten gebraucht werden.“ Ich fing an, eine entsprechende Nachricht zu tippen, aber das war offensichtlich unnötig. Adi hörte durch mein Handy zu.

Jamila retten, war ihre Antwort.

„Hmm …“, murmelte ich.

Wieder vibrierte das Telefon. *Anziehen*, stand in der nächsten Nachricht. *Ich rufe ein Taxi.*

„Musst du mich so herumkommandieren?“, meckerte ich. Aber eine Antwort darauf blieb mir Adi schuldig und so tat ich schließlich wie geheißen. Die Idee, im Krankenhaus die Bauteile für einen Bodyprinter zu borgen, ergab durchaus Sinn. Adi hatte damals in der Lagerhalle ein Gerät zusammengebastelt, das mit seinen an allen möglichen Stellen angeschweißten Maschinenteilen an Frankensteins Solarium erinnerte. Das Herzstück war eine Art Kernspintomograph gewesen. Ihr wisst schon: Das sind diese großen Röhren mit einer Pritsche in der Mitte. Auf denen muss man mucksmäuschenstill liegen, während mithilfe von Magnetfeldern und Radiowellen ein Bild vom Körperinneren erstellt wird, um mögliche Krankheiten zu erkennen. Ja, richtig gelesen, Radiowellen. Das klang nach dem Schwarm.

Ich wartete nun also auf das Fahrzeug und hoffte inständig, dass Mum es nicht hören, zur Tür kommen und mich einsteigen sehen würde. Als es endlich vorfuhr, war es eines dieser autonom fahrenden E-Taxis.

„Da setze ich mich nicht rein", verkündete ich kategorisch.

Alle technischen Kontrollen und Sicherheitschecks wurden bestanden, simste Adi. *Bist du noch nie mit einem E-Taxi gefahren?*

„Doch. Mit dir", zischte ich. „Du hast mich unter Vorspiegelung falscher Tatsachen in so ein Ding gelockt. Hast du das etwa vergessen?"

Lange Pause. Dann kam endlich das erwartete Vibrieren.

Ja.

Ich stieg ein. Was war nur aus uns geworden? Als Adi, Jamila und ich das letzte Mal als Team unterwegs gewesen waren, hatte ich mich hochgeputscht, beinahe siegessicher gefühlt. Wie im Rausch, weil es uns gelang, selbst den widrigsten Widrigkeiten zu trotzen. Aber jetzt war alles anders. Jetzt waren wir schwach, krank, kaputt. Wir stolperten durch die Dunkelheit, ohne Plan, ohne Strategie, fast ohne jede Zuversicht.

Das Taxi fuhr die Hol- und Bringzone vor dem Krankenhaus an. Mit pochendem Herzen stieg ich aus. „Wohin als Nächstes?"

Radiologie, schrieb Adi.

„Können wir nicht erst mal nachsehen, wie es Jamila geht?", fragte ich.

Das Telefon summte. *Radiologie.*

Ich verstand: Diskussion zwecklos. Jams Eltern waren bei ihr und wenn sie mich sahen, würden sie das meiner Mutter brühwarm weitererzählen, wodurch sich unser heimlicher Hightech-Klau erledigt hätte. Mir grauste zwar bei der Vorstellung, lebenswichtige Geräte zu stehlen. Aber noch schlimmer war der Gedanke, dass Jamila Schmerzen litt und in großer Gefahr schwebte. Ich wusste, was ihr fehlte – und ich konnte ihr helfen. Die Geisterversion von Adi mochte nur ein Schatten ihres eigentlichen Genies sein, aber vielleicht reichte das ja schon, um sich die Widerlinge vom Hals zu schaffen, die sie gefangen hielten? Es wäre schließlich nicht das erste Mal, dass sie in einer ausweglosen Situation steckte und doch einen Weg fand, diese zu meistern. Und Adi hatte immer auf mich und Jam aufgepasst.

Ein kleiner Funken Hoffnung keimte in mir auf. Wir konnten die Sache zum Guten wenden. Ich wusste es einfach.

So. Und wo zum Henker war jetzt die Radiologie? Eine Hinweistafel verwies mich an die grüne Linie auf dem Fußboden. Ich folgte ihr – ohne zu wissen, was ich antworten sollte, falls mich jemand fragte, was ich hier tat. Die Linie führte mich in einen ruhigeren Trakt des Krankenhauses. Gut, um drei Uhr morgens standen die Leute vermutlich nicht Schlange, um sich einer Magnetresonanztomografie zu unterziehen, es sei denn, es handelte sich um einen Notfall.

Bei Jamila handelte es sich um einen Notfall.

Ausgelöst durch einen Bewegungsmelder sprangen die Neonröhren an der Decke an. Sofort fielen mir die Überwachungskameras ins Auge, die das Geschehen auf den Gängen filmten. Halb rechnete ich mit einem Aufgebot an Sicherheitsleuten, die jeden Augenblick auf mich zustürmen würden. Doch dieser Gebäudeteil lag leer und verlassen da. Keine Patienten in Sicht, kein diensthabendes Personal. Das einzige Geräusch, das gelegentlich die Stille durchbrach, war ein entferntes Klirren und Scheppern.

Nächster Gang links, simste Adi, *Zimmer B34.*

Ich ließ das Handy in meine Jackentasche gleiten, folgte ihren Anweisungen und bog ab. Dabei näherte ich mich dem nicht näher identifizierbaren Klopfen und Hämmern. Mussten wohl Wartungsarbeiten sein, vermutete ich. Bestimmt waren die Untersuchungsräume tagsüber nonstop belegt, sodass Reparaturen nachts durchgeführt wurden.

Die Türen entlang des Korridors waren beschriftet. B19 … B22 … Mein Blick blieb am Display eines Snackautomaten hängen, der in einer Nische stand. Drei Pfund für ein Päckchen Saft – nein, danke.

Das Geklopfe und Gehämmere von der Baustelle wurde lauter, wobei es mittlerweile nicht mehr so klang, als würde etwas instand gesetzt, sondern eher demoliert. Aber wenn Adi und ich gleich Teile von einer MRT-Röhre abschrauben wollten, dann lenkte der

Krach da hinten vielleicht von uns ab. War also gar nicht so schlecht.

Überwachungsraum stand an der Tür zu Zimmer B34. Um sicherzugehen, dass *mich* gerade niemand überwachte, schaute ich ein letztes Mal über die Schulter. Dann drückte ich die Klinke herunter.

Da sah ich es: Das Display am Snackautomaten zeigte keine Preise mehr an. Die grünen Ziffern hatten sich in Buchstaben verwandelt und was jetzt dort stand, war etwas ganz anderes und weitaus Furchteinflößenderes.

RENN WEG DANNY

Aber natürlich rannte ich nicht weg. Mein müdes Hirn stotterte und ruckelte und setzte einen Moment lang aus. Die Nachricht konnte nur von Adi stammen. Aber sie schrieb mir doch schon über mein Handy, oder? Es sei denn, Jamila …?

Ich grübelte für ein paar weitere Sekunden.

Da bemerkte ich, dass das Scheppern aufgehört hatte.

Und gerade als ich mich umdrehen und abhauen wollte, schoss eine Männerhand quer durch die geschlossene Tür von Zimmer B34, packte mich beim Kragen und riss an mir. Verschwommen nahm ich wahr, wie ich in einer schnellen Bewegung durch den laminierten Pressspan gezogen wurde (der dabei vollkommen unbeschädigt blieb). Ich fand mich in einem schwach erleuchteten Raum mit einer gläsernen Trennwand wieder. Auf der anderen Seite der Scheibe lagen die Einzelteile eines auseinandergenommenen Kernspintomografen.

Zu perplex, um die Nerven zu verlieren, starrte ich einfach nur den Mann an, der mich immer noch festhielt. Er war über zwei Meter groß und seine Muskeln sprengten fast seinen schwarzen Overall. Die dunklen Haare hatte er zum Zopf gebunden und die eisblauen Augen zu Schlitzen verengt.

Ich versuchte, mich aus seinem Griff zu befreien, doch der Mann hob mich mühelos in die Luft und warf mich gegen die Wand. Mit einem Schrei rutschte ich zu Boden, mein Ellbogen pochte schmerzhaft. Der Hüne beugte sich drohend zu mir hinab. Eine fleischige Hand schloss sich um meinen Hals.

Ich bekam keine Luft mehr. Verzweifelt umfasste ich sein Handgelenk und versuchte, seinen Griff zu lockern, was sich aber als genauso aussichtslos erwies wie die Kraftanstrengungen eines Babys, das sich aus der Umklammerung eines Elefantenrüssels befreien will. Der

Mann hob mich hoch und knallte mich erneut gegen die Wand.

„Nicht so fest, Beta“, ertönte ganz in der Nähe eine Frauenstimme. „Wir brauchen ihn noch.“ Sie kam mir bekannt vor, aber ich konnte sie nicht zuordnen und Betas massiger Körper versperrte mir die Sicht. So stark der muskelbepackte Koloss auch war – irgendwie wirkte er krank. Sein unnatürlich bleiches Gesicht war von dunklen Äderchen durchzogen, die mich an den Linienplan der Londoner *Tube* erinnerten.

„Wer zur Hölle sind Sie?“, krächzte ich und versuchte erfolglos, das Zittern meiner Stimme zu unterdrücken.

Eine Frau mit rot gefärbten Haaren und einem langen weißen Kittel schob den Riesen unsanft beiseite. „Hi, Danny. Überraschung!“, sagte sie. Als sie den Mund zu einem breiten Lächeln öffnete, blitzte ihre Zahnspange hervor. Da wusste ich auf einmal, woher ich die Frau kannte.

„Die Busfahrt“, flüsterte ich heiser. „Sie sind die Fahrerin von dem Minibus, der Jamila und mich abgeholt hat.“

„Und den deine Freundin kaputt gemacht hat.“ Sie nickte. „Aber keine Sorge, Danny. Ab sofort hat sich die kleine Jam unter Kontrolle." Sie tauschte einen Blick mit Beta. „*Wir* haben sie unter Kontrolle."

Die Bemerkung brachte Beta zum Grinsen. Seine Zähne waren grau, seltsam klein und ebenmäßig. Auch sein Gebiss zierte eine ungewöhnliche Zahnspange. „Das Handy ist in seiner Jacke", sagte er mit dem Hauch eines osteuropäischen Akzents.

„Danke", erwiderte die Frau. Sie griff in meine Tasche und zog mit zwei Fingern das Smartphone heraus.

„Das gebe ich Ihnen nicht", zischte ich.

„Keine Angst, Danny. Ich will nur die SIM-Karte." Sie zauberte eine Metallnadel aus ihrem Kittel und schob sie in die dafür vorgesehene Öffnung.

„Bitte nicht", flehte ich. Auf der SIM-Karte war nicht nur Adi, sondern auch ihr Bauplan für den Digiscanner. Vermutlich war der Kernspintomograf deshalb bereits auseinandergebaut: Das seltsame Paar wusste, was es mitnehmen musste. Ich machte einen Satz nach vorn und versuchte, mir die Karte zu schnappen. Doch Beta war schneller und schleuderte mich mit einer lässigen Bewegung gegen die gläserne Trennwand. Ich schlug mit dem Kopf gegen die Scheibe und die Welt um mich herum zersprang in rote Trümmer. *Der Typ hat Power*, schoss es mir unscharf durch den Sinn. *Wieso ist der so stark?* Und bildete ich es mir ein oder tanzten da Funken um seine Zähne? Um mich herum wurde alles trüb. Ich verlor das Bewusstsein.

Ich weiß, dass ich davor noch murmelte: „Lassen Sie Jamila gehen."

Und dass die rothaarige Frau beinahe mitleidig erwiderte: „Sie gehen lassen? Sorry, nein. Wir fangen gerade erst an."

Als ich wieder zu mir kam, lag ich genau da, wo ich vor wer weiß wie langer Zeit zusammengebrochen war: auf dem Linoleumfußboden des MRT-Beobachtungsraums. Mit einem Ruck setzte ich mich auf. Die Erinnerung kehrte zurück. *Jamila,* durchfuhr es mich. *Ich muss nachsehen, ob es ihr gut geht. Egal, ob ihre Eltern mich sehen. Ich muss sie finden.*

Und zwar bevor *ich* gefunden wurde. In flagranti neben einem auseinandergenommenen Kernspintomografen.

Unter Qualen stand ich auf. Mein Handy, das achtlos in eine Ecke gepfeffert worden war, nahm ich an mich. Bleierne Schwere lag auf mir: Ohne SIM-Karte konnte ich keine Nachrichten mehr von Adi empfangen. Anscheinend war auch unser Unterhaltungsverlauf gelöscht worden. Beim Verlassen des Raums sah ich, dass der Snackautomat wieder Preise anzeigte.

Ich beschloss, mich zur Notaufnahme durchzuschlagen und dort nach Jamila zu suchen. Dröhnende Kopfschmerzen und eine Million Fragen begleiteten mich. Woher wusste die Fahrerin von der SIM-Karte? Von wo waren sie und der wandelnde Kleiderschrank überhaupt aufgetaucht? Der große böse Beta hatte doch garantiert Energene getankt. War er am Ende ein Schwarmagent? Irgendetwas Unmenschliches hatte er jedenfalls an sich. Aber warum sollten die Außerirdischen wieder zur Erde reisen? Die echte Adi war doch längst zu ihnen zurückgekehrt. Außerdem wussten sie ja wohl, wie man Bodyprinter, Digiscanner und jedes beliebige andere Gerät baute. Warum sollte der Schwarm also hinter der SIM-Karte her sein?

Eine unheilvolle Frage jagte die andere. Trotz allem verspürte ich Erleichterung, als ich ohne weitere Zwischenfälle die Aufnahmestation erreichte. Ich stellte mich am Empfang an und trat, als ich an der Reihe war, zu einer erschöpft wirkenden Krankenpflegerin vor.

„Können Sie mir sagen, wo ich Jamila al-Sufi finde?“, fragte ich.

„Al-Sufi?“ Sie kratzte sich am Kopf und tippte etwas

in ihren Computer ein. „Mit dem Nachnamen wurde heute niemand eingeliefert."

„Doch", entfuhr es mir unwillkürlich.

Die Dame zuckte mit den Schultern. „Ich habe keine al-Sufi im System."

„Aber ihre Eltern haben sie vorhin hergebracht", protestierte ich.

Genau in diesem Moment bogen Jamilas Mutter und Vater aus einem Gang in den Empfangsbereich. Sie wirkten benommen, aber nicht sonderlich aufgewühlt.

„Danke, dann frage ich sie eben selbst", sagte ich zu der Pflegekraft und wandte mich an Jamilas Eltern. „Herr al-Sufi, Frau al-Sufi, ist alles in Ordnung mit Jamila?"

„Danny!" Jams Mutter sah mich verwundert an. „Was machst *du* denn hier? Ist alles gut?"

„Na, ich bin wegen Jamila hergekommen", antwortete ich. „Sie lassen sie doch jetzt nicht allein zurück, oder?"

„Wen lassen wir zurück?" Herr al-Sufi war völlig verdattert. „Was geht hier vor, Danny? Wo ist deine Mum?"

„Das wissen Sie besser als ich. Sie haben meine Mutter doch gebeten, auf die Geschwister aufzupassen, während Sie Jamila herbringen."

„Jamila?", fragte Frau al-Sufi verwundert.

„Ja, Jamila. Jim-Jam." Mir wurde gleichzeitig heiß und kalt. „Ihre Tochter."

„Wovon redest du?" Frau al-Sufi schüttelte verständnislos den Kopf. „Wir haben keine Tochter namens Jamila."

6. DIE VERLORENE TOCHTER

Nie hätte ich gedacht, dass unter all den Dingen, denen ich nicht trauen konnte, meine eigenen Ohren eines Tages mal an oberster Stelle stehen würden. Aber Herr und Frau al-Sufi schworen Stein und Bein, sie hätten nur zwei Kinder: einen Jungen namens Farid und ein Mädchen namens Daria, die momentan zu Hause seien.

„Warum sind Sie dann hier?", wollte ich wissen.

„Es geht um, nun ja, eine Familienangelegenheit", erwiderte Herr al-Sufi knapp.

„Genau", pflichtete ihm seine Frau bei. „Eine Familienangelegenheit."

Euch haben wohl eher die zwei Zahnspangenträger aufgelauert, ächzte ich innerlich.

„Komm doch mit uns, Danny", schlug Jamilas Mutter etwas versöhnlicher vor. „Wir fahren dich heim."

Draußen herrschte finstere Nacht und ich fühlte mich immer noch recht wackelig auf den Beinen. „Das ist total nett von Ihnen, danke", sagte ich. *Wartet's ab*, dachte ich dabei, *ihr kriegt den Schock eures Lebens, wenn ihr gleich feststellt, dass eines eurer Kinderzimmer einer Tochter gehört, von der ihr angeblich noch nie was gehört habt …*

Auf der Heimfahrt konnte ich kaum still sitzen. Nachdem das Auto endlich am Bordstein geparkt war, scheuchte ich die al-Sufis förmlich ihre eigene Einfahrt hinauf, so ungeduldig lauerte ich darauf, dass sie den unwiderlegbaren Beweis mit eigenen Augen sahen.

Als wir uns der Haustür näherten, schwang sie auf und meine Mum stand lächelnd im Rahmen. „Da seid ihr ja wieder. Konntet ihr euch um eure Familienangelegenheit kümmern?", fragte sie. Dann entdeckte sie mich. „Danny, was machst du denn hier?"

„Ich wollte nur nach Jamila sehen", erwiderte ich.

„Nach wem?", fragte Mum perplex.

Mir schwante Schlimmes. „Ich, äh, habe in ihrem Zimmer was vergessen", flunkerte ich, schob meine Mum beiseite und rannte die Treppe hinauf.

„Danny!", bellte Herr al-Sufi und polterte hinter mir die Stufen hoch. „Was soll das?"

„Was, bitte, ist das hier?", rief ich und riss die Tür zu Jamilas Zimmer auf.

Es war leer.

Normalerweise sah es in Jams Reich aus, als hätte eine Bombe eingeschlagen. Doch ihr ganzer Krempel war spurlos verschwunden. Ihr Bett, sämtliche Poster, ihre Mondlampe, das Wandregal, das Ähnlichkeit mit einer Feuerleiter hatte, die vielen Stofftiere, von denen sie immer behauptete, sie würde sie demnächst mal in die Tonne werfen – alles weg. Offenbar waren die Deppen mit den Zahnspangen hier gewesen und hatten Jamilas Sachen mitgenommen – oder einfach mithilfe von Energenen beseitigt. Nicht mal Abdrücke der Möbel waren noch auf dem Teppichboden zu erkennen.

Mum kam nun ebenfalls die Treppe herauf. „Danny, ich weiß wirklich nicht, was hinter dieser Tür so Interessantes sein soll. Dein Verhalten ist mir peinlich. Und es ist spät. Können wir jetzt bitte nach Hause gehen?“

Jamila gibt es wirklich!, hätte ich gern gebrüllt. *Euch wurden die Gehirne vernebelt. Merkt ihr denn nichts? Keiner hier verhält sich normal.* Aber ich schwieg. Ich konnte niemandem in die Augen sehen, weil ich nicht wollte, dass sie meine aufsteigenden Tränen bemerkten.

Also stapfte ich unter den bitterbösen Blicken der al-Sufis mit meiner Mum nach Hause. Außer einem kurzen „Gute Nacht“, als sie sich in ihr Zimmer verabschiedete, verlor meine Mutter kein Wort mehr. Als wäre nichts gewesen. Ich antwortete ihr nicht einmal – ich war dabei, die Kontakte auf meinem Smartphone durchzugehen.

Jamilas Nummer war gelöscht worden. Gleiches galt für Fotos, auf denen sie drauf gewesen war – oder zumindest ihr Gesicht. *Ihre Existenz scheint völlig vergessen. Als hätte sich ein Computervirus durch die Realität gefressen und alles von ihr beseitigt*, dachte ich. Vor lauter Verzweiflung warf ich meine PlayStation an und überprüfte die hinterlegten Nutzernamen. Ihrer war noch da: Jamaxima.

So hieß sie in Wirklichkeit natürlich nicht. Vielleicht war der Account genau deshalb noch da? Vielleicht benutzten die Zahnspangenheinis so eine Art *Jamila-Lösch-App*, die nur über eine rudimentäre Suchen-und-Ersetzen-Funktion verfügte? Wie in einem Textverarbeitungsprogramm? Keine Intuition, keine Fantasie, keine echte Intelligenz. Nur simple Programmierung.

Ich legte mich ins Bett, heftete die Augen auf die Decke und fragte mich, ob alle meine Lehrer und Mitschüler am nächsten Morgen wohl ebenfalls die Existenz von Jamila al-Sufi vergessen haben würden. Und obwohl sich jede Faser meines Körpers nach Schlaf sehnte, fürchtete ich mich davor, einzunicken. Was, wenn auch ich mich nach dem Aufwachen nicht mehr an meine beste Freundin erinnern konnte? Mit Kugelschreiber malte ich ihren Namen auf meine Handfläche.

Ich starrte ihn an, bis der Schlaf mich übermannte.

Den nächsten Tag erlebte ich wie in Watte gepackt. Keine Phantom-Adi leistete mir Gesellschaft – sie meldete sich nicht mehr – und von Jamila fehlte ebenfalls jede Spur. Sie stand nicht auf der Klassenliste und ich konnte mich unter ihrem Namen nicht auf den PCs in der Bibliothek einloggen. An der Schule kannte niemand eine Jamila al-Sufi. Ich versuchte, unseren Mitschülern auf die Sprünge zu helfen, indem ich ein Bild von ihr zeichnete, aber darin bin ich leider nicht besonders talentiert. Alles, was ich erntete, waren befremdliche Blicke, so als sei ich von einem anderen Stern.

Da bin ich allerdings der Falsche, dachte ich grimmig. *Ihr verwechselt mich mit den Aliens, die Jamila entführt haben.*

Nach Schulschluss verließ ich das Gebäude mit einer wandelnden Leere neben mir. Gemeinsam fuhren wir zu der Bushaltestelle mit der digitalen Anzeigetafel, auf der mir Adi erschienen war. *Sprich mit mir,* beschwor ich sie. Keine Antwort. Die einzige Erklärung, die mir einfiel, war, dass man Adis Flucht wohl entdeckt hatte und sie seitdem nicht mehr zu mir durchkam.

Ich war allein.

Die nächsten drei Wochen verstrichen quälend langsam. Ohne ein Wort von Adi, ohne Nachricht von Jamila. Aus Schmerz und Trauer wurden Wut und Verzweiflung. Einmal hebelte ich Jamilas Spind auf, um dort nach irgendeinem Beweis für ihre Existenz zu suchen. Stattdessen stieß ich auf einen Stapel unbenutzter Schulbücher und wurde fünf Tage lang vom Unterricht suspendiert. Dann kam mir die Idee, zur Polizei zu gehen und zu behaupten, die Minibus-Fahrerin und Beta hätten mich überfallen. Meine Hinweise würde man intern weiterleiten, woraufhin zumindest die Chance bestünde, dass eine Streife das Schurkenpaar aufgriff. Leider wäre meine Beschreibung aber wenig aussagekräftig: eine rothaarige Mittzwanzigerin, eventuell asiatischer Herkunft, und ihr muskelprotziger Handlanger, der einem Marvel-Comic entsprungen zu sein scheint. Ich konnte mir nicht vorstellen, dass die Gesetzeshüter darauf anspringen würden.

Also kurvte ich lieber Abend für Abend mit meinem Fahrrad durch die Gegend und hielt selbst Ausschau. Ein immer größer werdendes Gefühl der Hilflosigkeit machte sich in mir breit. Ich war so daran gewöhnt, alles mit Jamila zu besprechen – aber jetzt war sie weg. Hatte nie existiert, wenn man den Rest der Welt fragte.

Ich hielt mich an dem Glauben fest, dass sie noch am Leben war. Wenn die Verbrecher Tests mit ihr durchführten, dann waren sie bestimmt noch nicht fertig damit. Den Aufwand, Jamila aus der Erinnerung all jener zu löschen, die ihr je begegnet waren, betrieben sie, damit in der Zwischenzeit niemand nach ihr suchte. Womöglich würde es noch Monate dauern, bis die Schurken hatten, was sie wollten.

Wann immer ich an Jamila dachte, ergriff das überwältigende Bedürfnis von mir Besitz, etwas zu unternehmen. Ich konnte nicht untätig herumsitzen. Nur in den dunkelsten, schlaflosesten Stunden wünschte ich mir, auch ich könnte sie einfach vergessen. Warum war ich überhaupt imstande, mich an sie zu erinnern? Ob es in irgendeiner Form mit Adi zusammenhing? Schließlich war ich ein Ausdruck aus ihrem Bodyprinter – vielleicht war mein Verstand dabei so verändert worden, dass sich das Andenken an Jamila nicht löschen ließ?

Wie sehr ich mir wünschte, sie wiederzusehen und in die Arme zu schließen!

Und dann fiel es mir wie Schuppen von den Augen.

Die Fast Radio Bursts. Die Energieblitze, wegen denen Mum vor Kurzem so aus dem Häuschen geraten war. Das Team am Jodrell-Bank-Observatorium wollte ihren Ursprung ausfindig machen. Zufällig wusste ich, dass die Quelle – oder zumindest eine Quelle – Jamila war. Der Schwarm mochte die Erinnerungen der anderen an meine beste Freundin ausradiert haben, aber Jamilas Kräfte konnte er nicht einfach so auslöschen. Denn die Außerirdischen wollten diese Kräfte. Brauchten sie.

Das mitleidige Grinsen der Fahrerin kam mir wieder in den Sinn. „Wir fangen gerade erst an", hatte sie im Krankenhaus zu mir gesagt.

Hieß das nicht, dass noch mit weiteren FRBs zu rechnen war?

In halsbrecherischem Tempo radelte ich heim. Unglaublich, aber wahr: Mum war zu Hause. Sie saß auf einem Küchenhocker, neben sich eine Schar leerer Kaffeetassen. Keinerlei Flecken, Kleckse oder Krümel zierten ihre Bluse, was bedeutete, dass Mum seit Stunden nichts gegessen hatte.

„Ich war heute nicht auf der Arbeit", gestand sie. „Migräne. Mein Kopf fühlt sich an, als hätte jemand darin Tausend Türen zugeschlagen."

Was ja in gewisser Weise auch stimmt, dachte ich. „Das

klingt echt mies“, gab ich zurück. Denn wer jemanden um einen großen Gefallen bitten will, tut gut daran, zumindest eine kleine Portion Mitgefühl zu zeigen, stimmt's? „Du, was ich fragen wollte: Haben deine Kollegen eigentlich die Quelle dieser Radioblitze gefunden, die von der Erde ausgesendet wurden?“

Mum zuckte zusammen, als hätte ich laut geschrien. „Ja“, erwiderte sie schließlich, wobei sie sich den Schädel hielt. „Die ersten kamen tatsächlich hier ganz aus der Nähe. Seitdem wurden noch mehrere FRBs aufgezeichnet, die von einem Londoner Außenbezirk ausgingen. Der Ort wurde überprüft – aber dort ist nichts.“

Es gab noch mehr FRBs, jubelte ich innerlich. *Das müssen Jamilas Energene sein.* Ich versuchte, meine Aufregung zu verbergen.

„Die wahrscheinlichste Erklärung sind fehlerhafte Rezeptoren am Teleskop“, fuhr meine Mutter fort.

Ich wusste es besser, nickte aber zustimmend. „Was war denn an dem Ausgangspunkt in London?“

„Ach, nur irgendein langweiliges altes Gutshaus.“ Mum stand auf und streckte sich. „Wie gesagt, das Gebäude und das dazugehörige Grundstück wurden in Augenschein genommen, aber nichts deutete auf eine ungewöhnliche Aktivität hin.“

„Von wem wurde das denn überprüft?“

„Von der *British Special Cybersecurity Unit.*“ Mum schnaubte und verzog das Gesicht. „Die Frau Direktorin höchstpersönlich hat uns davon in Kenntnis gesetzt.“

„Araminta Pearce?“, verplapperte ich mich.

„Doktor Pearce, ja“, erwiderte Mum stirnrunzelnd. „Woher kennst *du* sie denn?“

Weil diese Frau als willenlose Untertanin des Schwarms versucht hat, mich in ihre Fänge zu kriegen und umzubringen, lautete die ehrliche Antwort, mit der ich allerdings bestimmt nicht weit gekommen wäre. „Ach, äh, also ...“, stotterte ich. „Ich glaube, den Namen habe ich irgendwann mal auf deinem Laptop gesehen.“

„He! Das nennt sich Spionage, Danny. Da sind vertrauliche Daten drauf.“ Mum ächzte und stand wackelig auf. „Haben wir noch Aspirin? Ich muss mal nachschauen gehen.“

Noch ehe sie die Treppe hochgeschlurft war, hatte ich bereits ihren Laptop aufgeklappt und das Kennwort eingegeben, beziehungsweise eher den Passcode: meinen Geburtstag (wie süß) gefolgt von ihrem Scheidungsdatum (weniger süß). Das E-Mail-Postfach war geöffnet. Eine Nachricht mit dem Betreff „FRB-QUELLE FEHLANZEIGE“ fiel mir ins Auge. Ich klickte sie an und überflog den Inhalt: Entschuldigungen, Beschwerden … und Koordinaten. Schnell machte ich mit meinem Smartphone ein Foto, schloss die Mail und schlug den Laptop zu – gerade rechtzeitig, ehe Mum wieder die Küche betrat.

„Übrigens", leitete ich elegant zum nächsten Punkt über, wobei mir Mums Sperrcode als Inspiration diente, „ist Dad zurück aus Hawaii. Wusstest du, dass er im Land ist?"

„Nein." Mum zog die Stirn in Falten. „Vielleicht habe ich deshalb Migräne."

„Er muss zu einer Fachtagung in London", fuhr ich fort. „Und er hat mich gefragt, ob ich ihn dort treffen will. Morgen."

„Morgen? Ganz allein?"

„Es sind ja nur zweieinhalb Stunden mit dem Zug", sagte ich. „Mum, ich bin kein kleines Kind mehr. Außerdem ist morgen Samstag. Da sind bestimmt viele Familien unterwegs, ganz entspannt."

„Hm. Mir hat dein Vater nichts gesagt. Dabei dachte ich, inzwischen klappt es mit der Kommunikation besser." Sie sah traurig aus und ich schämte mich. „Hat er dir denn wenigstens eine Fahrkarte gekauft?"

„Äh, ja. Und er holt mich auch auf halber Strecke ab,

in Coventry.“ Wie gut ich lügen konnte, überraschte mich selbst. Ich war nicht gerade stolz darauf, meine Mum anzuflunkern, insbesondere nicht, wenn es um Dad ging. Aber ich redete mir ein, dass ich es für Jamila tat. Für meine beste Freundin, an die sich niemand auf der ganzen Welt mehr erinnerte. Offiziell um Erlaubnis zu bitten, nach ihr zu suchen, war schlicht und ergreifend keine Option.

„Also gut. Du hast ja Geld auf deinem Konto und auch meine Bankdaten auf dem Handy, oder? Falls du irgendwas brauchst.“

Wie zum Beispiel eine Zugfahrkarte und das Geld für das Taxi, das mich zu den Koordinaten aus deiner E-Mail bringt, dachte ich. „Jap, habe ich.“

„Versprich mir einfach, dass du dich immer in der Nähe einer Notbremse aufhältst und dich nur zu netten Leuten setzt.“

„Ich lasse jeden potenziellen Sitznachbarn einen Nettigkeitsfragebogen ausfüllen“, versicherte ich.

„Dann bin ich beruhigt.“ Mum massierte sich die Schläfen. „Ich glaube, ich gehe jetzt ins Bett, mein Schatz.“

„Gehe ich auch bald“, erwiderte ich. „Gute Nacht.“

Mir stand ein großer Tag bevor. Zugticket kaufen,

nach London fahren, dann irgendwie an den besagten Ort gelangen … Vielleicht stieß ich ja auf etwas, das Pearce und ihrem Cybersecurity-Team entgangen war.

Ich hatte keine Ahnung, ob Jamila noch dort war. Vielleicht wurden am Jodrell-Bank-Observatorium auch Betas Energene aufgezeichnet und nicht ihre.

Doch ich musste es herausfinden.

7. IN DIE FALLE GEGANGEN

Kennt ihr das, wenn man Zug fährt und in der Fensterscheibe sein eigenes Spiegelbild betrachtet? Man scheint transparent zu sein und die Welt rauscht durch einen hindurch, als wäre man ein Geist.

Genau so – wie ein Geist – fühlte ich mich, als ich am folgenden Tag in mich zusammengesunken in einem Zugabteil saß und durch schmuddeliges Glas schmuddelige Landschaft vorüberziehen sah. Alles war so normal, so banal – bis auf den Grund für meine Reise, denn der war das genaue Gegenteil. Ich hatte Angst, dass die anderen Fahrgäste mir die Geheimnisse ansehen konnten, die ich mit mir herumtrug. *Meine beste Freundin kann, ungeachtet aller physikalischen Gesetze, die Realität verändern. Sie wurde von Aliens aus dem Virgo-Superhaufen entführt, die sich als ganz gewöhnliche Menschen tarnen.* Und die allerschlimmste Wahrheit: *Ich versuche verzweifelt, sie wiederzufinden, weil …*

Weil Jamilas Zustand allein meine Schuld ist.

Ich gestand es mir selbst nicht gern ein, aber wenn ich nicht Freundschaft mit Adi geschlossen hätte – wenn ich ihr meine Hilfe verweigert und die kalte Schulter gezeigt hätte – dann wäre ich niemals von einem außerirdischen Schwarm gefangen genommen und ins Weltall gebracht worden. Und dann wäre mir Jamila auch niemals hinterhergereist. Sie wäre sie selbst geblieben, eine normale Jugendliche. Nicht jemand, der erst in Nullen und Einsen übersetzt und dann als Mensch mit Alien-DNA zurückgekehrt war.

Wobei … Hätten wir Adi nicht geholfen, wäre die Menschheit ausgelöscht worden. Man hätte uns als digitale Hirnströme zu einer Schwarmnation gemacht. Das wusste nur keiner außer mir. Und dass Jamila sich geopfert hatte, würde niemand je erfahren.

Ich wünschte, dass meine Lüge wahr und Dad in England wäre. Als der Zug in Coventry hielt, sehnte ich mich danach, ihn am Bahnsteig stehen zu sehen, genau wie ich es Mum vorgeflunkert hatte. Zum tausendsten Mal checkte ich mein Handy in der Hoffnung auf eine Nachricht von Adi, dass es ihr gut ging.

Nichts. Nur ein merkwürdiges Kribbeln im Nacken. Ich drehte mich verstohlen um, aber der Sitz hinter mir war leer. Ein Grüppchen Zugestiegener bahnte sich auf der Suche nach Sitzplätzen einen Weg durch das Abteil. Durch die geöffneten Zugtüren wehte ein Windstoß herein. Draußen sah es nach Regen aus.

Seufzend betrachtete ich ein weiteres Mal meinen Schnappschuss von der E-Mail auf Mums Computer. Deren Inhalt kannte ich inzwischen auswendig. „Keiner der umfangreichen Scans“, hieß es da, „deutet darauf hin, dass sich an diesem Standort jemals größeres technisches Equipment befunden hat. Abgesehen davon könnte der Leistungsbedarf, um ein derart starkes Signal auszusenden, nicht gedeckt werden. Wir schlussfolgern, dass die FRBs *nicht* an dieser Stelle erzeugt wurden. Die Quelladresse muss fehlerhaft sein.“

Die fragliche Adresse befand sich in Beckwith, einem kleinen Dorf in der wohlhabenden Grafschaft Buckinghamshire, die direkt an die Metropolregion London anschloss. Am Londoner Hauptbahnhof Euston angekommen, würde mich ein kleinerer Fußmarsch nach Marylebone erwarten, von wo aus ich einen Zug zur Beaconsfield Station nehmen wollte. Um von dort zum Haus zu gelangen, müsste ich dann noch einen Bus oder ein Taxi ausfindig machen.

Vielleicht war das Ganze ein aussichtsloses Unterfangen. Vielleicht aber auch nicht. Denn Doktor Pearce und ihr Team hatten lediglich nach dem Offensichtlichen gesucht: nach ultramodernen Gerätschaften, die ultrastarke Radiowellen aussenden konnten. Ihnen war nicht klar, dass die Energieblitze auch von *Personen* ausgehen konnten, sofern diese mit dem Schwarm in Kontakt gekommen waren.

Die Cybersecurity-Leute hatten nicht den geringsten Schimmer, wie viel Macht solche Menschen besaßen. Ich hingegen wusste es und das bereitete mir große Angst. Was sollte ich tun, wenn man mich zur Rede stellte? Oder mich gefangen nahm? Nach mir würde erst mal niemand suchen. Niemand wusste, wo ich war.

Was zur Hölle hatte ich mir nur gedacht? Der Umstand, dass ich doch erst vierzehn Jahre alt war, wurde mir schmerzlich bewusst.

Das schaffst du schon, redete ich mir gut zu. *Als das letzte Mal das Ende der Welt auf den Anfang der Woche traf, hieß der Sieger Munday!*

Ich beschloss, von London aus einen Eilbrief an mich selbst zu schicken, der gleich am Montag zugestellt würde. Falls ich mich bis dahin nicht bei meiner Mutter gemeldet hatte, wäre ihr klar, dass etwas Schlimmes passiert sein musste. Deshalb würde sie eine Sendung, die in der Handschrift ihres Sohns an ihn selbst adressiert war, selbstverständlich öffnen. In dem Brief wollte ich erklären, wohin ich unterwegs war (wenn auch nicht genau, aus welchen Gründen), und meiner Mum sagen, dass die Polizei dort eine Razzia durchführen sollte. Würden die Gesetzeshüter auf stur schalten, musste Doktor Araminta Pearce Feuer unterm Hintern gemacht werden, damit sie das Grundstück erneut unter die Lupe nahm, und zwar dieses Mal richtig.

Ich kramte meine ausgedruckten Fahrpläne und einen Kugelschreiber hervor. Auf einer der Rückseiten setzte ich zum Schreiben an. Krass: Womöglich waren das die letzten Worte, die ich je zu Papier bringen würde. Der Gedanke machte mich so fertig, dass ich erst mal gar nichts notierte, sondern mich damit ablenkte, aus dem restlichen Papier einen Umschlag zu basteln. Wie ich den Brief darin verstauen wollte, war allerdings unklar. Ich hatte keinen Klebestreifen oder Klebestift dabei …

„Und was jetzt?“, ertönte hinter mir die Stimme einer Frau, die offenbar meine Gedanken erraten hatte.

Überrascht drehte ich mich um. Und sah rote Haare. Gebleckte Zähne. Eine Zahnspange.

Die SIM-Karten-Diebin! Unsere Taxifahrerin. Die Frau aus dem Krankenhaus.

Ich stand auf, aber sie legte mir die Hand auf die Schulter und drückte mich mit übernatürlicher Kraft zurück in den Sitz. Das schien niemandem im gesamten Abteil aufzufallen. Ich öffnete den Mund, um nach Hilfe zu rufen.

Doch ich brachte keinen Ton heraus. Plötzlich bekam ich keine Luft mehr. Die Hand der Rothaarigen machte eine langsame Zangenbewegung. *Sie erstickt mich*, dachte ich. *Darth-Vader-Style. Sie muss mich dafür nicht mal berühren*. Noch immer ignorierten uns die anderen Fahrgäste. Alle starrten verschämt auf ihre Fußspitzen.

Sie unterlagen einer Gedankenkontrolle, ganz klar. Die Frau hatte offensichtlich auch Energene, genau wie ihr Kumpel Beta.

„Ich habe dich etwas gefragt", fuhr sie mich an.

Ruhig bleiben, sagte ich mir. *Nicht in Panik geraten*. Die Frau hatte offenbar nicht vor, mich umzubringen, denn sonst hätte sie das schon längst getan. Ich zog die Augenbrauen hoch – die einzige Provokation, zu der ich noch fähig war. Die Taxifahrerin lächelte. Von ihrer Zahnspange ging jetzt ein blassblaues Leuchten aus, so als würde Energie durch den Draht fließen. Schließlich öffnete sie die Faust und ich wurde noch fester in meinen Sitz gedrückt.

„Die Macht stark ist in mir", ahmte sie spöttisch Meister Yoda nach. Die glühende Zahnspange nahm wieder ihre normale Farbe an. „Daran dachtest du doch gerade, nicht wahr, Danny? An Star Wars?"

Das stimmte zwar, aber das würde ich ihr bestimmt nicht verraten. „Nee", erwiderte ich daher, „eigentlich dachte ich eher, dass bei Ihnen das Wort *Bluetooth* eine völlig neue Bedeutung kriegt." Keine megaschlagfertige Antwort, aber in meiner Lage überhaupt noch Witze zu reißen, fand ich schon ziemlich stark. „Wieso tragen Sie und Beta diese Dinger? Das hat was mit Ihren Kräften zu tun, habe ich recht?"

„Halt dich mit derartigen Details nicht auf. Es gibt ganz andere Sachen, über die du dir Sorgen machen solltest."

Was du nicht sagst. Ich hätte gern laut um Hilfe gerufen, aber was konnten die anderen Fahrgäste schon ausrichten? Ganz abgesehen davon, dass sie ihr Leben riskieren würden, wenn sie sich einmischten. Oder ihre geistige Gesundheit. Und selbst wenn es mir gelang, abzuhauen, besaß die Frau ganz offensichtlich die Fähigkeit, mich wieder aufzuspüren.

„Wer sind Sie?", fragte ich.

„Nenn mich Zenia", antwortete sie. „Doktor Zenia

Biàn. Und um deine Mitreisenden mach dir mal keinen Kopf. Ich habe ihnen vorgeschlagen, ein kleines Nickerchen zu halten."

Vorgeschlagen. Ja, nee, klar. „Sind Sie Gedankenleserin oder so was in der Art? Damit könnten Sie vor Publikum auftreten!"

„Ich bin Wissenschaftlerin und forsche an den Grundlagen der digitalen Biosynthese."

Ich verstand nur Bahnhof. „An was?"

„Ach, komm schon, Danny. Stell dich nicht dümmer an, als du bist. Mach eine Begriffsanalyse, wie ihr es bei Herrn Fanning gelernt habt." Zenia lächelte, in vollem Bewusstsein, wie creepy es rüberkam, den Namen meines Englischlehrers fallen zu lassen. *„Digital.* Daten sind digital. Sie bestehen aus einer Reihe von exakten Zahlenwerten, weshalb sie sich kinderleicht kopieren, ausschneiden oder editieren lassen. Man dupliziert einfach die Ziffernfolgen."

Was sollte der Mist? Hatte diese Trulla mich etwa verfolgt, nur um mir dann einen Vortrag zu halten? Ich beschloss, ihr Spiel mitzuspielen. „Und *Bio* steht für Biologie?"

„Bio bedeutet Leben. Das Leben in seiner organbasierten Form ist niemals fehlerfrei. Es ist im Fluss und

unberechenbar. Viel schwerer zu kopieren oder gar künstlich herzustellen. Und *Synthese* – nun ja, damit ist das Zusammenfügen gemeint. Aus der Kombination von zwei bekannten Dingen entsteht etwas Neues."

Mir war klar, worauf sie hinauswollte. „Sie kombinieren also digitale und organische Lebensformen, um etwas Neues zu erschaffen", schlussfolgerte ich.

„Und jetzt möchtest du wissen, wo Jamila ist und ob es ihr gut geht." Zenia nickte. „Dazu muss ich keine Gedanken lesen."

„Dann sagen Sie es mir doch einfach", erwiderte ich.

„Sehr gern." Sie lächelte wieder. „Komm mit. Meine Kollegen und ich haben ein Abteil in der Ersten Klasse. Dort können wir uns ungestört unterhalten."

„Äh, lieber nicht. Ich musste meiner Mum versprechen, mich nur neben nette Leute zu setzen."

„Wenn dir das Wohlergehen deiner Mutter am Herzen liegt, Danny, dann kommst du jetzt mit. Und zwar sofort."

„Wieso?", versuchte ich Zeit zu schinden. „Schaffen Sie es etwa nicht, die ganzen Leute noch länger unter Kontrolle zu halten? Müssen Sie Ihre Zahnspange neu aufladen, oder was?"

Zenias Lächeln saß bombenfest, nur ihre Zähne

wirkten weniger weiß als zuvor, beinahe grau. „Du warst doch ohnehin unterwegs zu uns. Wenn du jetzt mitkommst, sparst du dir Zeit und Mühe." Zenia deutete hinter sich. „Oder möchtest du lieber von Beta eine Extraeinladung erhalten?"

Mir gefror das Blut in den Adern, als durch die Schiebetür am anderen Ende des Abteils der Zweimetermann trat, der mir im Krankenhaus eine Abreibung verpasst hatte. Über die Sitzreihen hinweg starrte er mich feindselig an.

„Fein." Ich stand auf und zuckte mit den Schultern. „Bringt mich zu eurem Anführer."

„Zur Direktorin", korrigierte mich Zenia, der die Ironie in meiner Stimme offenbar entgangen war. „Sie erwartet dich. Und glaub mir, sie ist alles andere als amüsiert darüber, dass es einem Teenager gelungen ist, vertrauliche Informationen über Fast Radio Bursts von der British Special Cybersecurity Unit abzufangen."

Diese Leute wussten wirklich über alles Bescheid. Zenia trieb mich vor sich her auf Beta zu (oder vielleicht zog mich auch das Schwerkraftfeld an, das er mit seiner schieren Masse erzeugte). Er drehte sich um und trampelte den Gang entlang. Ich folgte ihm.

Als Beta mich im Erste-Klasse-Abteil ablieferte, ahnte

ich, dass es für mich wirklich kein Entkommen gab. An einem der Tische saß eine Dame mittleren Alters vor einem Laptop und einem Stapel Papiere, eine dampfende Tasse Tee neben sich. Eine Lesebrille baumelte an einer Kette von ihrem Hals. Sie wirkte wie eine typische Geschäftsfrau – und ganz offiziell war sie auch eine.

Ich kannte sie. Aschblonde Haare. Von Erschöpfung gezeichnete Gesichtszüge. Schwermütige Aura. Die Frau sah auf. „Hallo, Danny", begrüßte sie mich.

Grauen ergriff Besitz von mir.

„Pearce", antwortete ich tonlos. „Doktor Araminta Pearce."

8. UNTER ZUGZWANG

„Setz dich, Danny“, sagte Pearce. „Tee?“

„Nein, danke.“ Ich blieb stehen. „Das erklärt also, warum die Cybersecurity in Beaconsfield angeblich nichts gefunden hat.“

„Wir sind natürlich nicht erpicht darauf, Aufmerksamkeit auf unsere dortigen Aktivitäten zu lenken.“ Pearces Gesicht ähnelte einer versteinerten Maske. „Abgesehen von deiner Aufmerksamkeit, Danny. Du kannst uns nämlich helfen.“

„Ihnen helfen?“, höhnte ich. „Ich wüsste nicht, wie.“

„Auf verschiedene Arten“, schaltete sich Zenia ein. „Mit Jamila. Und mit Adi.“

Ich fuhr mir mit der Zunge über die trockenen Lippen. „Bitte was?“

„Hör auf, uns für dumm zu verkaufen.“ Als ich darauf nicht reagierte, schnaubte Pearce entnervt. „Danny. Ich bin eine der wenigen Personen auf diesem Planeten, die verstehen, was du durchgemacht hast, und bei denen du nicht hinterm Berg halten musst. Sei nicht so blöd, diese Chance zu vertun."

„Offenbar wissen Sie und Zenia über alles und jeden Bescheid", seufzte ich. Ich ließ mich auf einen der Sitze gegenüber von Pearce fallen. „Was ich aber nicht kapiere, ist, woher Sie den Namen Adi kennen. Sie hat sich nämlich aus dem Gedächtnis aller radiert, die je von ihr gehört oder sie je zu Gesicht bekommen haben. Alle Erinnerungen an Adi wurden ausgelöscht. Bei Mum, bei Ihnen, bei jedem."

„Außer bei dir, Danny. Und bei Jamila." Pearce lehnte sich zurück und musterte mich. „Vielleicht war es Adi nicht möglich, euer Gedächtnis zu manipulieren, weil ihr beide einen Bodyprinter benutzt habt?"

„Oder vielleicht, weil wir Freunde sind?", gab ich bissig zurück. „Adi wollte nicht, dass wir sie vergessen."

Pearces Augen leuchteten. Sie nickte langsam. „Aha, ich verstehe. Euch verbindet also wirklich eine Freundschaft."

Zenia wiegte den Kopf hin und her. „Da Adi eine Außerirdische und somit ganz anders ist als wir, gingen wir bislang davon aus, dass sie euch einfach nur ausgenutzt hat."

„Womit Sie recht haben, ist, dass Adi in der Tat vollkommen anders ist als Sie.“ *Adi ist zum Beispiel viel menschlicher, dachte ich*, behielt den Gedanken jedoch für mich. Ich war sauer auf mich selbst, weil ich, ohne es zu wollen, bereits Informationen preisgegeben hatte. Ich musste besser aufpassen. Fragen stellen, anstatt sie allzu willig zu beantworten. „Also? Wie kann es sein, dass Sie sich an Adi erinnern?“

„Deine außerirdische Freundin hat zwar in puncto Gedächtnismanipulation ganze Arbeit geleistet, aber was andere – insbesondere analoge – Beweise anbelangt, war sie eher schlampig.“ Zenia grinste. „Da wäre zum Beispiel die Besucherliste am Empfang des Jodrell-Bank-Radioobservatoriums. Aus der geht hervor, dass diverse auswärtige Dienstleister Zutritt erhielten, um hochmoderne elektronische Komponenten zu liefern. Zahlungsvorgänge scheint es keine gegeben zu haben, aber man könnte fast meinen, auf dem Gelände sei ein hochmoderner Supercomputer zusammengebaut worden.“

Der Quantencomputer, erinnerte ich mich. Jap, der Schwarm hatte so ein Ding gebaut. Und damit fast die Menschheit ausgelöscht. Aber ich äußerte mich nicht dazu.

„Da von diesem jedoch keine Spur mehr zu finden war, ging die Chefetage davon aus, dass am System herumgepfuscht worden war. Ich als Direktorin bin der Sache auf den Grund gegangen." Pearce verengte die Augen. „Mir fiel nur ein einziger Ort ein, an dem all das Material hätte gelagert werden können: der alte Atombunker. Wobei den seit etwa vierzig Jahren niemand betreten hatte – dachten wir zumindest. Du kannst dir vorstellen, wie überrascht ich war, als ich dort Beweise für *deine* Anwesenheit fand. Du und diese Adi, ihr kanntet den Bunker."

„Die Überwachungskameras in der unterirdischen Anlage wurden in den 80er-Jahren installiert", kommentierte Zenia. „Sie werden durch einen Bewegungsmelder ausgelöst und nehmen auf VHS-Kassetten auf, die wiederum nicht digital sind."

„Deshalb hatte Adi die Videos nicht auf dem Radar", wurde mir klar. *„Und sie hat vergessen, die Aufnahmen zu löschen."*

„Als ich sie mir ansah, stiegen Erinnerungen in mir auf, die Adi vermeintlich gelöscht hatte", sagte Pearce. „Plötzlich wusste ich wieder, dass ich mit der Cybersecurity zu eurem Haus gefahren war. Dass ich vorhatte, euch gefangen zu nehmen, dass ich deine Mutter bedroht und euch in der alten Lagerhalle am Fluss aufgelauert habe …"

„Dorthin sind Sie später auch noch mal zurückgekehrt, habe ich recht?", erriet ich anhand der Informationen, die mir Phantom-Adi über den Fernseher zugespielt hatte. „Sie haben mein altes Handy gefunden – und Spuren von Adi."

Pearce nickte. „Dabei wurde mir bewusst, dass Schwarmtechnologie der Menschheit gewaltige Fortschritte bringen würde."

„Worin wir uns absolut einig waren", schaltete sich Zenia ein. Ihr Blick schweifte zu Beta, der seinerseits teilnahmslos in die vorbeiziehende Landschaft glotzte. „Was für eine unglaubliche Gelegenheit", fuhr sie nach einer kurzen Pause fort, „aus menschlichen und digitalen Wesen eine gemeinsame Lebensform zu erschaffen."

„Dazu also wollen Sie die Energene nutzen", ging mir plötzlich auf. „Doch wie genau Sie das anstellen wollen, wissen Sie selbst noch nicht, stimmt's? Denn sonst bräuchten Sie Jamila nicht. Und mich schon gleich gar nicht. Sie haben versucht, Adi zurückzuholen, aber das hat nicht funktioniert. Richtig?"

„Süß." Pearce lächelte süffisant. „Wir hätten Adi problemlos wiederherstellen können."

„Oder vielmehr: *Adi* hätte es gekonnt", fügte Zenia etwas netter hinzu.

„Ihr Code ist darauf programmiert, Fehler zu beheben und sich selbst zu reparieren", führte Pearce aus. „Was er auch tat, und zwar in rasanter Geschwindigkeit. Uns wurde schnell klar: Wenn Adi sich vollständig regenerierte, wäre sie so stark, dass wir sie nicht im Griff behalten könnten. Wir mussten sie aber lange genug gefangen halten, um ihr Wissen und ihre Fähigkeiten zu extrahieren – zum Beispiel, wie man Energene produziert. Zu diesem Zweck mussten wir ihr also … die Flügel stutzen."

„Die Flügel stutzen?", zischte ich. „Adi ist nur noch ein Schatten ihrer selbst!"

Zenia verzog das Gesicht. „Und woher weißt du von der armen kleinen Schatten-Adi, Danny?"

Mir wurde klar, dass ich als Spion vermutlich nicht viel taugte. Das Einzige, was ich in der aktuellen Situation noch tun konnte, war, meine Gegenspieler gehörig aus dem Konzept zu bringen – so sehr, dass sie vielleicht sogar ihr eigenes Tun infrage stellten. „Sie glauben, Sie hätten Adi eingesperrt. Gut unter Kontrolle. Hinter Schloss und Riegel. Stimmt's? Tja, da haben Sie sich getäuscht!"

Pearce musterte mich. „Ach ja?“

„Adi ist abgehauen. Sie war bei mir. Und hat mich gewarnt. Hat mir verraten, was Sie vorhaben. Wir waren im Krankenhaus, um Bauteile für einen Bodyscanner zu holen, damit wir Jamila helfen können und …“

Ich verstummte, denn Pearce, Zenia und sogar Beta hatten die Köpfe schief gelegt und grinsten. Im selben Moment dämmerte mir auch, warum.

„Sie wussten davon.“ Ich sah von Zenia zu Beta und wieder zurück. „Sie haben im Krankenhaus auf mich gewartet. Aber warum? Ach so, die SIM-Karte!“ Jetzt endlich fiel der kiloschwere Groschen. „Sie brauchten die Speicherkarte und wollten sie stehlen. Dann haben Sie uns also irgendwie belauscht.“

„*Das* ist deine Schlussfolgerung?“, fragte Pearce beinahe freundlich. Sie tippte auf ihrer Laptoptastatur herum und wirkte leicht belustigt, als sie schließlich die Enter-Taste drückte. Sekunden später vibrierte mein Handy.

„Du hast eine Nachricht bekommen, Danny“, sagte Pearce.

Ich zog das Gerät hervor und warf einen schnellen Blick auf den Bildschirm. Adi hatte etwas geschrieben: *Danny, hilf mir*.

„Die ‚Adi', die du auf deinem Fernsehbildschirm gesehen hast", sagte Pearce und schloss ihren Laptop, „wurde von uns erstellt und kontrolliert."

Ich konnte förmlich spüren, wie alle Farbe aus meinem Gesicht wich.

„Nettes Täuschungsmanöver, findest du nicht? So haben wir dir die Info entlockt, dass du noch mehr von Adis Technologie unter Verschluss hältst", sagte Zenia. „Das war sehr effektiv. Mit den Daten von der SIM-Karte konnten wir unseren eigenen Bodyscanner enorm verbessern. Und du hast sie uns sogar ins Krankenhaus gebracht. Nett von dir, Danny. Das hat uns den Weg zu deinem Haus erspart."

Mir war hundeelend zumute. Wie konnte ich nur so blöd sein, alles blind zu glauben? Das Fernsehbild hatte doch sogar verkündet: „Ich bin nicht Adi." Und kein Wunder, dass Funkstille herrschte, seitdem Pearce und Zenia nichts mehr von mir brauchten. Sie hatten sich doch garantiert weggeworfen vor Lachen, als ich übereifrig das tat, was „Adi" von mir verlangte. Schlimmer – viel schlimmer – war jedoch die Erkenntnis, dass ich wirklich auf mich allein gestellt war, und zwar die ganze Zeit schon. Niemand, absolut niemand stand mir mehr zur Seite, bot mir Ratschläge und Unterstützung an.

„Und was wollen Sie jetzt von mir?“, verlangte ich zu wissen. „Warum haben Sie mich nicht einfach im Krankenhaus gekidnappt, so wie Jamila?“

„Da du über keine Energene mehr verfügst, warst du für uns nicht von Nutzen“, antwortete Pearce. „Das dachten wir zumindest.“

„Wir nahmen an, wir hätten Jamila aus deiner Erinnerung gelöscht, genau wie bei allen anderen auch“, erläuterte Zenia. „Doch das hat sich als falsch erwiesen. Offenbar bist du in der Lage, dich bestimmten Gedächtnismanipulationen zu entziehen. Und nun möchten wir gern verstehen, wie und weshalb.“

„Im Gutshaus befindet sich glücklicherweise alles, was wir brauchen, um dein Gehirn für eine genauere Untersuchung hochzuladen“, sagte Pearce so nüchtern, als ginge es um eine Partie Scrabble nach dem Abendessen. „Sobald wir in deinem Verstand alle Widerstände beseitigt haben, geben wir dich wahrscheinlich deiner Mutter zurück.“

„Kann sein, dass du die Prozedur nicht ganz unbeschadet überstehst“, fügte Zenia hinzu. „Aber Mütter lieben ihre Kinder ja bekanntlich bedingungslos, nicht wahr?“

„Dem scheint so zu sein“, pflichtete Pearce ihr bei.

„Die arme Lydia. Völlig abgespannt, immer im Stress. Vielleicht wäre es humaner, wenn sie ihren Danny nie wiederbekommt. Der Junge ist weggelaufen und London ist ja bekanntlich ein gefährliches Pflaster …"

Meine Angst schlug um in blanken Zorn. Ich wollte Pearces Laptop gegen die Wand werfen und alles kurz und klein schlagen. Aber ich unterdrückte den Impuls, versuchte, mich im Griff zu behalten. Als Dad damals wegzog, hatte ich auch mit meiner Wut zu kämpfen. Wie hatte Mum immer so schön gesagt? *Nicht ausrasten. Du musst dir deine Gefühle* zunutze *machen.*

Wut hat eine gute Seite. Sie lädt uns mit Energie auf. Sie drängt uns zum Handeln. Sie gibt uns den Mut, Probleme anzugehen, damit unsere persönlichen Grenzen in Zukunft nicht mehr missachtet werden. Wer bedroht wird, braucht Wut, um sich zu wehren.

Und wenn ich mein Gehirn in seinem momentanen Zustand behalten wollte, musste ich mich *jetzt* wehren.

Ich wischte mir über die Augen, drehte mich zur Wand und ließ den Kopf in die Hände sinken, so als versuchte ich, nicht in Tränen auszubrechen. Als sei ich geschlagen und besiegt. Als gäbe ich klein bei.

„O Gott. Sag nicht, dass er jetzt losflennt", murmelte

Pearce. „Frau Biàn, geben Sie dem Jungen ein Taschentuch."

Seufzend kramte die Zahnspangenfrau in ihren Jackentaschen herum.

Da sprang ich auf, riss Pearces Laptop an mich und schwang ihn in Richtung Zenia. Genau wie ich gehofft hatte, duckte sie sich, wodurch die Schusslinie auf Beta frei wurde. Ich warf den Laptop in seine Richtung und drängelte mich gleichzeitig an Zenia vorbei, wodurch diese das Gleichgewicht verlor. Ihr Bodybuilder-Freund fing Pearces Gerät instinktiv auf. So hatte er aber die Hände voll und konnte nicht nach mir greifen, als ich zwischen seinen Beinen hindurchgrätschte, mich wieder aufrappelte und auf die Tür zuhastete.

„Haltet ihn auf!", rief Pearce, während ich mich durch den schmalen Türschlitz zwängte.

Ich rannte den Korridor entlang. Jetzt musste ich einen Kontrolleur finden, einen Zugbegleiter, die Schaffnerin – irgendwen, der mir helfen konnte. Ein schlaksiger Teenager gegen einen Schrank von Mann – die Sympathien lagen eindeutig auf meiner Seite, oder?

Die Tür zum nächsten Waggon brauchte eine gefühlte Ewigkeit, bis sie sich zu öffnen begann. Ich hämmerte wie wild auf den Knopf, hörte hinter mir bereits das Stampfen des herannahenden Hünen, schob mich endlich durch den Spalt und stolperte vorwärts. Die Passagiere in diesem Abteil reagierten erstaunt, ja, missbilligend, aber niemand blickte mehr betreten zu Boden. Hier waren alle wach.

„Bitte helfen Sie mir", wandte ich mich an zwei Typen in Manchester-United-Auswärtstrikots. „Ich werde bedroht. Der Mann da verfolgt mich und ..."

Die anfängliche Verwirrung wich Ausdruckslosigkeit: Die beiden schliefen ein. Oh, oh. Gehetzt sah ich mich um. Auch alle anderen Fahrgäste waren eingenickt. Ausgeknipst.

Ich nicht. Ich war immun. Jedenfalls solange Pearce mich nicht in ihre Fänge bekam.

Und deshalb musste ich jetzt als Erstes Beta entkommen. Mit geballten Fäusten kam er angestürzt. An komatösen Fahrgästen vorbei rannte ich auf die Notbremse am Ende des Abteils zu. *Missbrauch strafbar*, stand darauf.

Es gab weitaus Schlimmeres als ein Bußgeld.

Doch als ich an dem feuerroten Griff zog, passierte – nichts. Ich unterdrückte einen Schrei: Es fühlte sich an, als hätte ich in heißes, klebriges Kerzenwachs gefasst.

Beta, schoss es mir durch den Kopf. Er trampelte weiter auf mich zu.

Ich behielt die Nerven. Bewegte mich nicht vom Fleck. Wartete, bis er nah genug herangekommen war, dass ich den süßlich-moderigen Geruch wahrnehmen konnte, der von ihm ausging. Dann schleuderte ich ihm das heiße, zähflüssige Plastik geradewegs ins Gesicht. Er wich zurück und fuhr sich fauchend und jaulend übers Gesicht.

Das hat echt funktioniert, jubelte ich innerlich. Ich wandte mich ab und rannte ins nächste Abteil. Kam es mir nur so vor oder fuhr der Zug inzwischen langsamer? Hatte die Notbremse am Ende doch funktioniert? Doch mein kleiner Hoffnungsfunke erlosch, als ich die nächsten bewusstlosen Reisenden bemerkte. Auch hier schliefen schon wieder alle. Wenn ich Betas Einflussbereich doch nur entkommen könnte! Den Zugführer wegdämmern zu lassen, würde er sich bestimmt nicht trauen, oder?

Auf einmal bewegte sich der Boden unter meinen Füßen, wölbte, wellte und verbog sich, bis ich der Länge nach hinfiel. Ich versuchte mich aufzurappeln, aber da wurden mehrere leere Sitzreihen zu meiner Linken und Rechten aus ihren Verankerungen gerissen. Sie stapelten sich in Windeseile direkt hinter, vor und über mir auf, sodass mir kaum noch Bewegungsspielraum blieb. Ich wand mich hin und her, aber die Lederpolster drückten mich zu Boden.

Nur mit Mühe und Not gelang es mir schließlich, mich auf den Rücken zu drehen. Da kam Beta auf mich zu. Er bleckte die Zähne. Seine Zahnspange flackerte neonblau. Jetzt hatte er mich!

Widerwärtiger Verwesungsgestank nahm mir die Luft, als er sich drohend vor mir aufbaute. Er schwitzte und keuchte. Mir fiel auf, dass der graue Schmelz seiner merkwürdig kleinen Zähne unter seiner Hightech-Spange Risse und Sprünge bekommen hatte – wie Asphalt, der dem sibirischen Winter zu trotzen versucht. Seine Augen leuchteten mordlüstern, während er mit seinen gewaltigen, fleischigen Händen nach meinem Hals griff. Ich schloss die Augen. Und dann schrie ich, so laut ich konnte.

9. EIN FROSTIGES WIEDERSEHEN

Mein Schrei war so ohrenbetäubend laut, dass ich das Krachen und metallische Knirschen beinahe gar nicht gehört hätte. Irritiert und voller Furcht öffnete ich die Augen einen schmalen Spalt – und sah, dass Beta gegen die hintere Abteilwand geschleudert worden war, wo sich die Toilette befand. Deren Tür war wohl irgendwie aufgeschwungen und hatte ihn eingeklemmt. *Irgendwie* trifft es gut, weil es sich eigentlich um eine *Schiebe*tür handelte. Jetzt mutete sie eher wie ein Duschvorhang an, der den Körper des Hünen verdeckte. Hinter dem Metall ragte nur sein Kopf hervor. Beta bewegte sich keinen Millimeter, lediglich eine Ader an seiner Schläfe pochte wild.

Erst jetzt wurde mir bewusst, dass der Zug angehalten hatte. Die übrigen Fahrgäste waren mitten in ihren Bewegungen erstarrt. Die Sitze, die mich eben noch zu Boden gedrückt hatten, lehnten jetzt an mir, sodass ich sie einfach wegschieben und aufstehen konnte. Beta zuckte weiterhin nicht mit der Wimper.

Benommen fasste ich mir an den Schädel und versuchte zu begreifen, was gerade passiert war. Da glitten mit einem bedrohlichen Zischen die Zugtüren auf. Ich fuhr herum, auf alles vorbereitet.

Doch niemand stieg ein. Keine Menschenseele war zu sehen. Jenseits der Gleise wuchsen Bäume und etwas Gestrüpp, dahinter erhoben sich die Schornsteine alter Fabriken.

Ich hastete auf die offene Tür zu, sprang hinaus auf den Schotter und füllte meine Lungen mit frischer Luft. Ich fühlte mich schwach und zitterig, wusste aber, dass ich Deckung suchen musste – und zwar schnell. Pearce, Beta und Zenia würden mich zwangsläufig weiter verfolgen.

Als sich die Türen hinter mir rumpelnd schlossen, wirbelte ich misstrauisch herum. Doch zu meiner Überraschung fuhr der Zug an und glitt erst langsam, dann immer schneller in Richtung London davon, meine Feinde mit an Bord.

Ich hatte es geschafft. Ich war in Sicherheit. Jedenfalls fürs Erste.

Plötzlich durchfuhr ein stechender Schmerz meinen

Brustkorb, so als würde er von unsichtbaren Händen in einen Schraubstock gezwängt. Ich wurde in die Höhe gerissen.

„Nein!“, brüllte ich, hilflos in der Luft strampelnd. „Bitte …“ Ich wollte noch mehr rufen, aber da schwebte ich bereits zehn Meter über dem Boden. In weitem Bogen wurde ich wegkatapultiert, nicht dem Zug hinterher, sondern in Richtung eines Ziegelsteingebäudes auf der anderen Seite der verwilderten Grünfläche. Es war baufällig, glich einer Ruine. Die Fenster waren verbarrikadiert, das Dach beschädigt. Ich war starr vor Angst, als ich durch eines der größeren Löcher in den Ziegeln in das düstere Bauwerk stürzte.

Doch mein Fall wurde urplötzlich abgebremst, sodass ich wie eine Feder sanft zu Boden segelte. Als meine Füße den nasskalten Beton berührten, sackte ich in mich zusammen.

Ich erschauderte, als ich bemerkte, dass wenige Meter von mir entfernt jemand stand und mich beobachtete. Eine junge Frau. In diesem Moment trat sie in einen Fleck aus fahlem Sonnenlicht, der sich einen Weg durchs Gebälk gebahnt hatte. Bekleidet war sie mit einem schwarzblauen Einteiler. Unter einem silberweißen Haarschopf erkannte ich symmetrische Gesichtszüge.

Sie sah aus wie einem Anime entsprungen: makellos, hübsch, aber irgendwie auch unwirklich.

„Hallo, Danny“, begrüßte sie mich.

„Adi?“, hauchte ich. Dann schüttelte ich energisch den Kopf. „Hält mich Pearce für derart dumm? Du bist es nicht wirklich. Das ist wieder irgend so ein Trick. Genau wie die Phantom-Adi, mit der sie mich reinge–“

„Beruhige dich, Danny.“ Die großen braunen Augen meiner Gesprächspartnerin weiteten sich. Sie wirkte neugierig und gleichzeitig traurig. „Ich bin diejenige, die du als ‚Adi‘ kanntest. Ich bin zurückgekehrt.“

„Beweis es mir“, forderte ich. „Erzähl mir etwas, das nur du und ich wissen können.“

„Ich bin eine Kundschafterin“, erwiderte Adi. „Ich habe dich verlassen, als ich vom Schwarm zurückgerufen wurde, um für meine Verbrechen geradezustehen.“

„Verbrechen? Du hast die Menschheit gerettet“, protestierte ich und erhob mich langsam, weiterhin unter Adis wachsamem Blick. „Wie dem auch sei, das sind keine privaten Details. Das alles hätte Pearce auch herausfinden können. Ich brauche einen echten Beweis.“

„An dem Tag, an dem wir uns zum ersten Mal persönlich begegnet sind, hast du bei einem Lieferservice namens Frankie's auf der Honeydale Avenue drei Margherita-Pizzen bestellt", antwortete Adi ruhig. „Wir haben sie zusammen mit deiner Freundin Jamila in deinem Zimmer gegessen. Ich habe den kaputten Bildschirm deines Handys repariert."

Das stimmte alles. Aber wenn Pearce und ihre Leute genug Code-Fragmente von Adi auf dem Handy gefunden hatten, dann waren auch diese Informationen nicht geheim. Ich zog mein aktuelles Smartphone aus der Hosentasche. Ungefähr eine Woche nach Jamilas Verschwinden war es mir heruntergefallen und der Touchscreen hatte einen Sprung bekommen, der sich durch die Aktion eben im Zug noch verschlimmert hatte. Ich hielt das Gerät hoch. „Und *wie* hast du es repariert?"

„So." Adi streckte die Hand aus. Nervös reichte ich ihr das Gerät. Sie wischte einmal über das Glas und als sie es mir zurückreichte, war der Riss verschwunden. „Zufrieden?"

„Eines noch." Ich wollte kein Risiko eingehen. *Eine* Sache wusste nämlich definitiv weder Pearce noch sonst irgendjemand. „Wie hast du es angestellt, dass mein Verstand nicht durch Energene manipuliert werden kann?"

„Das war kinderleicht", entgegnete Adi ungeduldig.

„Sobald ich die Anwesenheit meiner Kollegen auf dem Planeten Erde spürte, habe ich den Wellenzyklus deiner Neuronen verändert, sodass dein Gehirn nun einer mentalen Umprogrammierung standhalten kann."

Ich hatte natürlich keine Ahnung, ob das stimmte, aber es klang zumindest einleuchtend.

„Kollegen? Welche Kollegen?", fragte ich stirnrunzelnd. „Du meinst die Agenten? Mit denen hast du nicht zusammengearbeitet. Du hast gegen sie gekämpft."

Als hätte er auf seinen Einsatz gewartet, trat mit einer steifen Bewegung ein Mann neben Adi. Ein hochgewachsener, unheimlich aussehender Typ in stahlgrauem Anzug. Er hatte glatte Haut, die seinen Körper so eng umspannte, dass sie wie aus Plastik wirkte. Alle paar Sekunden blinzelte er mechanisch, wobei sich am Rest seines Körpers kein einziger Muskel bewegte. Er schien nicht einmal zu atmen.

Ein Agent, keine Frage. Agenten waren biologische Maschinen – mit Betonung auf *logisch* – und an Gefühlen nicht im Geringsten interessiert. Nur an Resultaten. Und sie verfügten über übermenschliche Kräfte.

„Pass auf, Adi!", schrie ich und wich zurück. „Der Schwarm hat dich gefunden."

„Der Schwarm hat mich nie verloren", sagte Adi

verwundert. „Er hat mich wieder aufgenommen. Mir Updates verpasst. Meine Bugs behoben. Mich neu gestartet."

„Die ungesunde Vorliebe der Kundschafterin für *individuelles* Handeln wurde entfernt", informierte mich der Agent. „Sie dient nunmehr dem kollektiven Ganzen und schützt die Interessen des Schwarms."

Ich starrte Adi an und wartete darauf, dass sie es abstritt. Dass sie mir zuzwinkerte. Dass sie die gruselige Marionette neben ihr in Grund und Boden stampfte. Dass wir zusammen fliehen, weglaufen, die Biege machen konnten. Aber nein. Adi stand einfach stumm vor mir.

„Der Agent hat recht", sagte sie nach einer Weile. „Ich diene allein dem Schwarm."

„Aber du bist zurückgekommen", wandte ich ein. „Du hast mich gerettet."

„Um einen Vermögenswert zu sichern."

„Einen – was? Aber dann …" Ich schluckte. „Dann bist du nicht auf die Erde zurückgekommen, um … um mich zu sehen?"

„Warum sollte ich das tun? Ich weiß, wie du aussiehst, Danny."

Adis Worte versetzten mir einen Stich. Sie taten richtig weh. Wie oft hatte ich mir vorgestellt, wie es wohl wäre, wenn sie wiederkäme. In wie vielen Tagträumen hatte ich mir die unglaublichsten, unmöglichsten Dinge ausgemalt! All den Spaß, den wir zusammen haben könnten. Jetzt aber sah ich Adi ins Gesicht, sah ihre emotionslosen Augen und wusste: Nichts würde je wieder so werden wie früher.

„Ich verspürte kein gesteigertes Verlangen, auf euren Planeten zurückzukehren", fuhr sie fort. „Dem Schwarm hätte es genügt, die Entscheidungen, die in den kommenden fünfzig Jahren von den Menschen getroffen werden, zu analysieren und dann über die richtige Vorgehensweise zu beraten."

Fünfzig Jahre, dachte ich. Für mich länger als ein halbes Leben, für Geschöpfe wie Adi aber, die Tausende und Abertausende Jahre durch die Tiefen des Alls reisten, nicht viel mehr als ein paar Herzschläge. „Was willst du dann hier?", fragte ich. „Suchst du einen menschlichen Anlageberater für deinen ach so tollen *Vermögenswert*?"

Mum sagt, ich kann ganz schön sarkastisch sein, aber bei Adi zeigten ironische Kommentare keine Wirkung. „Du hast Informationen, die ich benötige, Danny", sagte sie ungerührt. „Von der Erde ausgehende Fast Radio

Bursts haben unsere Wächter auf den Plan gerufen. Offenbar wird unsere Biotechnologie imitiert."

„Du meinst eure Energene?"

Der Agent an ihrer Seite nickte bekräftigend. „Unsere Technologie ist für niedere Lebensformen nicht geeignet", schaltete er sich ein. „Wir untersagen die Nutzung. Diejenigen, die für ihre missbräuchliche Verwendung verantwortlich sind, werden zur Rechenschaft gezogen."

„Doktor Pearce", murmelte ich. „Ihre Leute wissen von den Energenen. Sie haben Code-Fragmente zusammengesetzt, die der Schwarm zurückgelassen hat. Und jetzt haben sie Jamila gekidnappt. Wir müssen sie retten."

„Warum?", fragte Adi.

„Wie bitte?" Mein Frust schlug in Ärger um. „Weil ihr Freundinnen seid!"

Adi starrte mich ausdruckslos an.

„Und wenn dir das nicht reicht", ergänzte ich, „müssen wir sie allein deshalb befreien, weil sie mittlerweile ihre eigenen Energene besitzt. Ich nehme mal an, die hat sie im Bodyprinter eurer Agenten bekommen. Deshalb haben Pearces Leute sie geschnappt. Sie besitzt jetzt übermenschliche Fähigkeiten."

„Selbstverständlich, Danny", erwiderte Adi mit einem Seitenblick auf den Agenten. „Wir werden alles daransetzen, die Lage wieder ins Lot zu bringen."

Ich zögerte. „Wirklich?"

„Natürlich."

„Okay, können wir dann als Allerererstes weg aus dieser Müllhalde?" Ich fror, war müde, hatte Angst und konnte so langsam wirklich einen Happen zu essen gebrau–

„Wir holen uns eine Pizza, Danny", sagte Adi, als hätte sie meine Gedanken gelesen.

„Kundschafterin", knurrte der Agent. „Das ist Zeitverschwendung."

„Es ist notwendig", blaffte Adi. „Ich verstehe die Spezies Mensch. Aus genau diesem Grund wurde ich schließlich auf diese Mission geschickt." Sie sah schmunzelnd in meine Richtung. „Während der Junge isst, wird er mit mir reden."

Der Junge, äffte ich sie in meinem Kopf nach. Plötzlich wusste ich, woran mich ihr Grinsen erinnerte. Genauso hatte Mum immer unseren Hund Kirk angeschaut.

Ein freundliches Lächeln, reserviert für Haustiere.

10. DIE PIZZA, DIE ES NICHT GIBT

Schon witzig, wie sehr es einem auf den Appetit schlägt, wenn man teleportiert wird. Ich saß mit Adi in einer Takeaway-Pizzeria an einer Hauptstraße irgendwo in einem grauen Kaff namens Rugby. Kein Ort, den ich mir für ein Wiedersehen mit meiner außerirdischen Freundin ausgesucht hätte, aber immerhin erschien es unwahrscheinlich, dass Zenia und Beta hier auftauchen würden.

„Wie hast du das gemacht?“, fragte ich Adi. „Uns hierher gebeamt?“

„Fluxreisen sind denkbar einfach“, erwiderte sie in einem Tonfall, der mir augenblicklich zu verstehen gab, dass in Wirklichkeit das genaue Gegenteil der Fall war. „Mithilfe meiner Energene kann ich die Raumzeit krümmen, sodass zwei eigentlich weit entfernte Orte aneinander angrenzen. Dann reicht ein kleiner Schritt, um vom einen zum anderen zu hopsen.“

„Wir könnten also innerhalb von Sekunden an jeden beliebigen Ort reisen, aber du hast dir gedacht: New York? Och nö. Lieber nach Rugby."

„Ich kann nur die lokale Raumzeit beeinflussen. Über längere Entfernungen hinweg funktioniert es nicht." Adi zuckte mit den Achseln. „Dieses Etablissement war zwar nicht das unmittelbar nächste, hatte aber online die meisten überdurchschnittlichen Bewertungen."

„Ja, nee, ist klar", spöttelte ich. Der Schuppen verfügte lediglich über einen winzigen Essbereich – ein paar Hocker an einem Stehtisch mit Ausblick auf den Betonfußboden. Die vergebenen Sterne bezogen sich vermutlich auf den Lieferservice. Aber woher sollte Adi den Unterschied kennen? Schließlich war sie kein Mensch, sondern ein außerirdischer Computer, der sich mal eben ein Cosplay-Kostüm übergezogen hatte. Dass sie nun ihre Handfläche an das Kartenlesegerät hielt, um für ihre Pizza Marinara mit Mozzarella zu bezahlen, war der einschlägige Beweis. (Kreditkarte? Nie gehört!)

In der nächsten halben Stunde bombardierte Adi mich mit Fragen. Sie wollte alles über das Phantom wissen, mit dem Pearce mich ausgetrickst hatte. Über die Beweise, die am Jodrell-Bank-Observatorium aufgetaucht waren. Über Beta und Zenia und ihre übermenschlichen Fähigkeiten.

„Und was war mit den Zahnspangen?", fragte Adi.

„Ach ja, die. Nennen wir sie *Blueteeth*", schlug ich vor. „Wegen Bluetooth – blauer Zahn. Verstehst du? Das ist witzig, weil–"

„Du kannst nichts benennen, was du nicht selbst erfunden hast", schnitt mir Adi das Wort ab.

Ich warf ihr einen raschen Blick zu. „Nur ein Insider-Witz zwischen dir und mir. Ich will die Teile ja nicht vermarkten."

„Okay, fein", sagte sie zögernd. „Ich nehme an, die *Blueteeth* dienen dazu, überschüssige Energie abfließen zu lassen, die sich bei der Nutzung von Energenen sonst im Körper anstauen würde."

„Damit Beta und Zenia keine Krämpfe oder Kotzanfälle kriegen, so wie Jam und ich?", dachte ich laut nach.

„Um die Schadensauswirkung auf den Wirtskörper zu minimieren und gleichzeitig die Effizienz der Energene zu steigern", formulierte Adi eloquenter. „Weißt du noch, dass ich dir damals ein Mobiltelefon gegeben habe, um überschüssige Spannung abzuleiten? Das funktionierte nach genau demselben Prinzip."

„Aber wie können Zähne dem Organismus denn

Energie entziehen?", wunderte ich mich. „Das ist doch absurd."

„Mitnichten", sagte Adi. „Ein Zahn mit einer Füllung oder Krone kann als Batterie eingesetzt werden."

„Das ist jetzt ein Scherz."

„Eine Batterie ist nichts anderes als zwei oder mehr Metalle in einer stromleitenden Flüssigkeit. Die Legierung ist in diesem Fall die Zahnfüllung und als Elektrolyt fungiert die Spucke", erklärte sie. „Wenn Ionen aus der Legierung in den Speichel wandern, entsteht elektrischer Strom. Beim Menschen kann das zu gesundheitlichen Problemen führen: stechende Nervenschmerzen, Zahnverfärbungen, eine Autoimmunschwäche ..."

Ich musste an Betas graue Zähne und gelbliche Haut denken. „Ein Maul voller Plomben ist also ein Stromgenerator?"

„Die vulgäre Ausdrucksweise ist unnötig, aber die Annahme korrekt", erwiderte Adi. „Nur dass die Batterien in diesem Fall zunächst leer sind und erst durch den *Blueteeth*-Schaltkreis mit der überschüssigen Energie aufgeladen werden."

„Gar nicht so dumm."

„Vollkommen armselig", schnaubte Adi. „Da wird an Symptomen herumgedoktert, anstatt die Ursachen auf einem genetischen Level anzugehen. Deine Spezies ist so arrogant wie intellektuell überfordert. Wie könnt ihr bloß annehmen, ihr wärt in der Lage, Schwarmtechnologie zu verstehen? Ich kann nicht fassen, dass ich früher einmal zu euch gehören wollte."

Ja, dachte ich verbittert, *ich auch nicht*. Das hier war nicht das erträumte glückliche Wiedersehen. Und auch kein netter Pizzaabend unter Freunden, bei dem wir uns mal eben trotz widriger Umstände auf den neuesten Stand brachten. Adi – die Adi, der ich gefolgt war, für die ich gekämpft hatte, die ich in- und auswendig kannte – saß zwar in ihrem blauschwarzen Einteiler leibhaftig neben mir, und doch war sie es irgendwie nicht. *Du bist Adi 2.0*, ging mir auf. *Ein Klon. Es wurden sämtliche Bugs ausgemerzt. Und mit ihnen auch deine Persönlichkeit. Alles, was dich ausmachte. Ohne deine Fehler bist du …*

„Schwarmtechnologie darf nicht in die Hände von niederen Lebensformen gelangen", wiederholte Adi, als hätte man ihr diese Phrase gut eingebläut. „Die Verantwortlichen müssen zur Rechenschaft gezogen werden."

Ich nickte argwöhnisch. Das waren Worte, die einem mürrischen, rücksichtslosen, unmenschlichen Agenten aus dem Schwarm gefallen würden. Gruselig.

Die Imbissbude war leer, bis auf den Typen hinterm

Tresen und eine junge Frau in Motorradkluft, die vermutlich die Pizzen ausliefern sollte. So ins Gespräch vertieft, wie die beiden trotz der auf ihre Auslieferung wartenden Pizzakartons waren, würden die kommenden Online-Bewertungen vermutlich schlecht ausfallen.

„Und, äh“, nahm ich den Faden umständlich wieder auf, „dein Freund wollte nicht mitkommen? Essen Agenten kein Fast-Food?“

„Der Agent ist bereits auf dem Weg zu Doktor Pearces Operationsbasis“, erklärte Adi. „Von dem Ort gingen die Fast Radio Bursts aus, die wir empfangen haben. Dort wird er Informationen zu dem Gebäude und dem Grundstück einholen, die uns eine erfolgreiche Offensive garantieren.“ Sie hielt inne und grinste unerwarteterweise. „Danny, stell dir vor. Die Kundschafterin bin ich und doch kundschaftet der Agent für mich. Dieser Widerspruch zwischen Erwartung und Realität ist amüsant, oder?“ Ihre Mundwinkel sanken wieder nach unten. „Jedenfalls findest du als Mensch das bestimmt witzig.“

„Schon möglich.“ Trotz der aktuellen Umstände musste ich lächeln: Mein Gegenüber klang schon ein klein wenig mehr wie die Adi, die ich kannte. „Hey, äh … Dein Agent wird doch Jamila finden, oder?“

„Er bringt den Aufenthaltsort sämtlicher Protagonisten in Erfahrung und entwickelt darauf beruhend eine Gefechtstaktik, die er mir in der Folge vorlegen wird“, informierte mich Adi. „Wir rechnen mit keinen größeren Schwierigkeiten.“

„Das klingt doch gut.“ Ich verabscheute den frostigen Ton unserer Unterhaltung und startete deshalb einen Versuch, die Stimmung aufzulockern. „Wie heißt er eigentlich? Ich kann ihn ja wohl schlecht mit ‚Herr Agent‘ ansprechen. Oh, in eurem Schwarm machen Agenten doch die ganze Drecksarbeit, oder? Immer schön fleißig, wie die Arbeiterinnen in einem Bienenstock. Wie heißt noch mal deren männlicher Gegenpart? Ah ja, Drohne! Lustig, genau wie eine Kameradrohne. Und so ein bisschen *zugedrohnt* sieht dein Agent schon aus …“ Ich zwinkerte. „Jap, passt alles. Ich schlage vor, wir nennen ihn Drohnator. Das ist besser als Agent.“

„Namen und Titel sind im Schwarm unnötig“, entgegnete Adi.

„Wenn du nicht aufpasst, nenne ich dich ab sofort nur noch Frau Bienenkönigin“, stichelte ich. „Also, jetzt erzähl mal. Seit wann seid du und Drohnator hier auf unserem Planeten?“

„Wir haben die Thermosphäre der Erde vor 23 Stunden

und sieben Minuten durchbrochen", berichtete sie. „Da sich der Schwarm noch am Rand eures Sonnensystems befand, brauchten wir von der Entdeckung der FRBs bis zu unserer Ankunft 22 Reisetage."

„Dann wurde der erste Energieblitz also vor rund anderthalb Monaten ins All geschickt", rechnete ich aus. „War das Pearce, die Zenia und Beta mit Energenen versorgte?"

„Wir vermuten es", sagte Adi. „Bei weiteren Scans tauchten dann schwächere FRBs auf, die über einen längeren Zeitraum und in verschiedene Richtungen ausgestrahlt wurden."

„Die ersten Experimente?" Ich seufzte. „Zu blöd, dass du euren geheimen Technikkram nicht besser aufgeräumt hast, ehe du abgedüst bist."

„Mein Versagen ist unseren Wächtern nicht unbemerkt geblieben", gab Adi ein wenig kleinlaut zu. „Dieses Mal soll der Agent sicherstellen, dass ich auch wirklich alle Spuren beseitige."

„*Drohnator* soll das sicherstellen, meinst du", korrigierte ich sie. „Autsch. Wie ein Lehrer, der aufpasst, dass du beim Nachsitzen auch schön brav deine Hausaufgaben machst. Echt mies."

Achselzuckend tat Adi mein Mitleid ab. „Die Maßnahmen, die der Schwarm ergreift, sind logisch und praktisch."

„Apropos", sagte ich, „ihr seid ja bestimmt wieder als Radiowellen gereist. Wie habt ihr es ganz *praktisch* angestellt, euch wieder Körper aus Fleisch und Blut zu geben?"

„Die Internationale Raumstation, die euren Planeten umkreist, ist seit etwas über einem Jahr unbemannt", erklärte Adi. „Sie wurde stillgelegt und dreht im Standby-Modus ihre Bahnen, während die Menschen überlegen, was sie mit ihr machen wollen. Wir sind über das Computersystem dort eingestiegen und haben den 3-D-Drucker an Bord angewiesen, Nanomaschinen zu erstellen."

„Du meinst eure mikroskopisch kleinen Roboter?"

„Ihr Durchmesser beträgt weniger als einen Nanometer, ja", bestätigte Adi geduldig. „Die Nanos haben dann Systeme, die für den Betrieb der Raumstation nicht unbedingt gebraucht werden, für den Bau eines Bodyprinters genutzt."

„Dort oben wart ihr vermutlich richtig schön ungestört."

„Da unsere Aufgabe ja gerade darin besteht, sämtliche Spuren von Schwarmtechnologie von eurem Planeten zu *tilgen*, ist es uns nicht gestattet, weitere technische Geräte zu generieren, die ihr womöglich in die Finger bekommen könntet", fuhr Adi fort. „Sobald wir eine körperliche Form angenommen hatten, mussten wir uns nur noch in eure Atmosphäre stürzen und konnten kurz darauf auf der Erde landen."

„Vom Weltraum aus? Im freien Fall?" Ich pfiff beeindruckt durch die Zähne. „Ich dachte, was vom All aus auf die Erde trifft, verbrennt? Wegen Reibungskräften bei zu schnellem Eintritt in die Atmosphäre oder so."

„Es hat gekitzelt." Adi betrachtete ein wenig wehmütig ihre Arme und Beine.

Ich lächelte. „Es fühlt sich bestimmt gut an, wieder einen Körper zu haben, oder? Das wolltest du doch immer."

„Nein", erwiderte sie scharf. „Das will ich nicht mehr."

„Du meinst, der Schwarm will es nicht."

„Die Körper von Menschen sind schwach und ineffizient, Danny. Viel zu anstrengend. Ständig verfallen sie." Sie blickte mir unverwandt in die Augen. „Mehr als 300 Milliarden Zellen sterben täglich in deinem Körper und neue müssen nachproduziert werden. Was für eine Energieverschwendung. Und das alles nur, um diese wenig beeindruckenden Organismen am Laufen zu halten. Was für eine Vergeudung."

„Wow", sagte ich. „Die Wächter haben dir echt eine Gehirnwäsche verpasst."

Adi schaute weg. „Deine verbitterte Reaktion entbehrt jeder Logik, Danny."

„Lieber zu Gefühlen imstande als ein Sklave der Vernunft", gab ich zurück.

Im selben Moment wurde ein Pizzakarton zwischen uns auf den Stehtisch geknallt. „Eine Marinara mit Mozzarella." Der Typ vom Tresen streckte seine Daumen in die Höhe. „Lasst's euch schmecken."

Adi, die sich beim letzten Mal als das totale Pizzamonster entpuppt hatte, guckte jetzt ohne jeden Enthusiasmus auf den käseüberzogenen Teigfladen vor sich. „Ihr Menschen seid einfach von vorne bis hinten unlogisch", beklagte sie sich. „Meinen Datenbanken zufolge ist die Marinara eine klassische italienische *pizza rossa* – da kommen nur Tomaten und Knoblauch drauf. Wenn man sie mit Käse belegt, ist es keine Marinara mehr. Eine Marinara mit Mozzarella *gibt es überhaupt nicht*."

„Gibt es wohl", konterte ich und schaufelte mir ein heißes Stück in den Mund. Es schmeckte – wie die online vergebenen Sterne hatten vermuten lassen – nur minimal besser als eine durchschnittliche Pizza. Mein Magen wachte trotzdem auf und ich bekam Appetit. „Mmmmh."

Adi sah wirklich unglücklich aus. „Hier folgt einfach nichts einem System."

„Das nennt sich kreatives Chaos", sagte ich unschuldig.

Adi legte die Stirn in Falten. „Der Pizzabäcker hätte sich weigern müssen, deine Bestellung auszuführen. Marinara mit Käse ist per Definition unmöglich."

„Wen juckt's?" Langsam wurde ich ungeduldig. „Du regst dich so über den falschen Namen auf, dass du den eigentlichen Daseinszweck der Pizza völlig vergisst: Sie schmeckt und macht satt. Basta."

„Und dir scheint überhaupt nicht bewusst zu sein, wie gefährlich es ist, an einem klar definierten Regelwerk herumzupfuschen", nörgelte Adi. „Wenn jeder anfangen würde, Dinge wahllos umzubenennen, dann gäbe es keine gemeinsame Sprache mehr. Niemand würde den anderen mehr verstehen. Die Gesellschaft würde zusammenbrechen."

„Es ist doch nur Pizza."

„Chaos beginnt im Kleinen. Bei der Kundschafterin, die eines Tages beschließt, dass sie *mehr* sein will." Adi biss sich auf die Lippe. „Deshalb sind Einheit und Geschlossenheit so wichtig. Logisches Denken. Klare Ziele für alle."

„Und für manche kalte Pizza", sagte ich und schob mir ein weiteres mit Käse überbackenes Stück zwischen die Zähne. „Kannst du jetzt bitte essen? Je eher wir fertig sind, desto eher können wir Jamila in Sicherheit bringen. Das ist logisch, oder nicht?"

Adi warf mir erst einen unterkühlten Blick zu. Dann lächelte sie. „Ja, Danny. Das ist logisch." Bedächtig biss sie in ein Stück Pizza.

11. EIN BETA KOMMT SELTEN ALLEIN

Keine dreißig Minuten später saß ich auf der Rückbank eines autonomen Taxis, das exakt mit der erlaubten Maximalgeschwindigkeit von siebzig Meilen pro Stunde die M 40 entlangfuhr. Dieses Mal gab mir keine Fake-Adi Anweisungen über mein Smartphone. Stattdessen saß die „neue und verbesserte" Adi mit im Auto – und zwar vorn neben Drohnator. Er hatte uns abgeholt und jetzt fuhren wir zu dritt Pearces und Zenias geheimem Unterschlupf entgegen.

Mein Handy vibrierte. Nachricht von Mum: *Bist du gut angekommen???*

Eine Prise Heimweh mischte sich unter die Schuldgefühle, die ich empfand, weil ich meiner Mutter so vieles verschwieg. *Zugfahrt war okay,* schrieb ich zurück. *Alles gut. Genieß dein Wochenende. Bis denne.*

Es war nicht nötig, dass sie sich Sorgen machte. Das übernahm ich schon für uns beide.

Ich durchbrach die bedrückende Stille mit einem Räuspern. „Also, äh, wie lautet unser Plan?"

Drohnator, die Frohnatur, hatte wie üblich eine charmante Antwort parat. „Du bist daran nicht beteiligt, Knirps."

„Für dich immer noch *Herr* Knirps", brummelte ich. „Gut, dann also: Wie lautet *euer* Plan?"

„An der fraglichen Adresse konnten lediglich vier Lebensformen festgestellt werden", informierte uns Drohnator.

„Eine davon wird Jamila sein", schob Adi ein.

„Sie sind mit technischen Geräten bewaffnet, die dem Schwarm entwendet wurden", fuhr Drohnator fort, „verfügen aber sicherlich nur über limitiertes Anwenderwissen."

„Ich weiß nicht. Dieser Beta schien zu wissen, was er tut." Ich betrachtete die blauen Flecken, die ich als Souvenir davongetragen hatte.

„Der Name *Beta* deutet darauf hin, dass es sich bei ihm um eine Testversion in einem Probedurchlauf handelt. Er ist fehlerhaft. Unvollkommen." Adi schnaubte. „Diese arrogante Araminta Pearce glaubt doch wirklich, sie könnte unsere Technologie nicht nur begreifen, sondern sie dann auch noch als ihre eigene Errungenschaft ausgeben und die anderen Völker auf diesem Planeten unterjochen."

„Wir werden sie demütigen", sagte Drohnator mit tonloser Stimme.

Mir lief ein Schauder über den Rücken. „Und warum genau soll ich noch mal mitkommen?"

„Möglicherweise brauchen wir Unterstützung mit Jamila", gab Adi zu.

„Von jemandem, der Gefühle versteht?", antwortete ich bissig. „Na klar. Gern. Aber ehrlich gesagt klingt es so, als könnte sich die Situation gleich ziemlich zuspitzen. Ihr helft uns falls nötig aus der Klemme, oder? Jam und mir?"

„Ja, Danny", sagte Adi. „Wir kümmern uns um euch beide."

Diese Aussage beruhigte mich ein wenig. Hätte ich versucht, Jam im Alleingang zu retten, wäre ich – so viel stand spätestens seit der Zugfahrt fest – binnen Sekunden krepiert. Aber jetzt kam ich mit Verstärkung angerückt. Mit Aliens. Aliens, die hart durchgreifen würden. Was konnte da schon schiefgehen?

Warum wurde ich trotzdem das Gefühl nicht los, dass gleich alles den Bach runtergehen würde? Und dass es in diesem Taxi außer mir niemanden wirklich juckte?

Als wir das Ortsschild von Beaconsfield passierten, wurde die Spannung förmlich greifbar. Pearce ahnte seit Betas Niederlage im Zug garantiert, dass der Schwarm ihr nachstellte. Möglicherweise war ihr sogar Drohnators Spionagemission nicht unbemerkt geblieben. Was erwartete uns?

Unser Wagen verließ die Autobahn und glitt durch die baumgesäumten Alleen eines schicken Stadtteils. Ich wünschte mir währenddessen, autonome Taxis hätten Toiletten.

Nach einer gefühlten Ewigkeit, in der wir unsere Fahrt auf kurvenreichen Landsträßchen fortsetzten, bogen wir endlich in eine sehr lange Einfahrt ein. Links und rechts blühten hohe Hecken. Erst nach einer Weile kam das Gutshaus in Sicht. Das Taxi hielt an. Mit einem winselnden Geräusch ging der Elektromotor aus. Kein Vogelgezwitscher und kein Verkehr waren zu hören, es war gespenstisch still.

„Wir nähern uns dem Haus zu Fuß“, verkündete Drohnator und stieß die Autotür auf. Falls er Angst hatte, ließ er es sich jedenfalls nicht anmerken.

Adi drehte sich im Beifahrersitz zu mir um und streckte mir mit Verschwörermiene die Hand entgegen. „Gib mir dein Handy“, sagte sie.

Ich angelte es aus meiner Hosentasche und hielt es ihr hin. Adi legte einen Finger darauf und ich schwöre, dass der Touchscreen sich daraufhin kräuselte. Wo normalerweise das WLAN-Zeichen ist, befand sich jetzt ein merkwürdiges, flackerndes Zickzack-Symbol. Das hatte ich früher schon einmal gesehen.

„Du hast mein Handy mit deinen Fluxkräften gekoppelt, stimmt's?", fragte ich atemlos. „Wenn ich jetzt den Bildschirm antippe und gleichzeitig an etwas denke, dann passiert es."

„Ja", flüsterte Adi. „Dein Smartphone hat jetzt eine Verbindung zu meinen Energenen. Das Netzwerk und die Batterie bin quasi ich."

„Aber Drohnator hat doch vorhin gesagt, dass ich nicht –"

„Ich glaube, wir haben größere Chancen, wenn wir uns deine Vorstellungsgabe zunutze machen", unterbrach sie mich. „Beim Fluxkampf gegen andere Homo sapiens könntest du dich als nützlich erweisen."

Ich nickte. Eine Welle aus Angst, Aufregung und Übelkeit schwappte über mich hinweg. „Unlogik mit Unlogik bekämpfen, das ist dein Plan, ja?"

„Du kannst dich jetzt selbst beschützen und uns helfen, Jamila zu finden", erwiderte sie. „Pearce versorgt sich und ihre Handlanger mit deren Energie. Wir müssen deine Freundin aus der Gefahrenzone bringen."

„Ja. Absolut." Ich legte eine Hand auf Adis Arm. „Danke. Ich werde dich nicht enttäuschen."

„Ich weiß, dass du Angst hast." Adis Augen waren blank wie Kastanien. „Aber sobald du und Jamila wieder vereint seid, ist alles vorbei."

Sie riss sich unvermittelt los und stieg aus. Meine Autotür schwang ganz von allein auf. *Okay, okay, ich komme ja schon,* dachte ich und kletterte ebenfalls aus dem Wagen. Ich schickte ein Stoßgebet zu wem auch immer und wischte mir die schwitzigen Hände an der Jeans ab. Adi und Drohnator schritten eilig aus, ich folgte ihnen mit einigen Metern Abstand. Wir gaben ein seltsames Trio ab: ich in Gammelklamotten, Adi in lederner Kampfmontur und Drohnator in seinem übermäßig seriösen grauen Anzug. Dass wir die Fähigkeit besaßen, die Welt um uns herum nach unserem eigenen Gutdünken zu verformen und verändern, sah man uns nicht an. Ich begann mir auszumalen, was ich alles tun könnte. Dann bremste ich mich aber gleich wieder und bemühte mich, an rein gar nichts zu denken, aus Furcht, viel zu früh etwas herbeizuzaubern, was uns dann verriet.

Du darfst es auf keinen Fall versauen, sagte ich mir vor. Denn heute standen uns keine fantasielosen Agenten gegenüber, für die ich nichts weiter war als eine lästige Made, die zu zerquetschen sich kaum lohnte. Nein, dieses Mal war ich die Zielperson. Dass man es auf mich abgesehen hatte, stand außer Frage.

Jamilas Leben ist in Gefahr, dachte ich, *und meines auch.*

Adi und Drohnator erreichten die scharfe Biegung vor uns und hielten an. Mit klopfendem Herzen trat ich hinter sie und lugte über Adis Schulter.

In zwanzig Meter Entfernung war ein schmiedeeisernes Tor in eine moosbewachsene Steinmauer eingelassen. Dahinter weitete sich der Schotterweg und führte auf ein Herrenhaus zu, das direkt aus *Downton Abbey* entsprungen zu sein schien. Ich erblickte gepflegten Rasen, einen steinernen Brunnen und eine schwarze Limousine. Das Gebäude selbst war komplett symmetrisch – eine perfekt austarierte Gleichung aus Schiebefenstern, Schornsteinen und rotem Ziegelwerk. Und wer stand hinter dem Tor? Beta. Er wirkte, so unglaublich es klingen mag, noch größer als zuvor. Aus blassblauen Augen blickte er uns ungerührt entgegen.

Drohnator raunte Adi zu: „Eine der vier Lebensformen, deren Anwesenheit ich feststellen konnte."

Adi drehte sich zu mir um. „Ist das Beta?"

Ich umklammerte mein Handy und nickte.

„Verschwinden Sie", grollte Beta und verschränkte, um seine Worte zu unterstreichen, die Arme vor der Brust. „Wenn Sie nicht augenblicklich –"

Auf eine lässige Geste von Drohnator hin flog das Tor aus seinen Angeln und streckte Beta an Ort und Stelle nieder. Ihm blieb nicht einmal Zeit, aufzuschreien. Die Metallstäbe krachten gegen seinen Kopf und wuchtigen Torso, Sekundenbruchteile später war er tot.

„Ein Kinderspiel", verkündete Adi.

„Was?" Verdattert starrte ich sie an. Der brutale Angriff war wie aus dem Nichts gekommen. Ich begriff noch gar nicht ganz, was gerade passiert war. „Ihr habt ihn … umgebracht. Er konnte nicht einmal –"

„Ihn zügig auszuschalten, war notwendig", unterbrach mich Adi ungerührt.

Knirschende Schritte auf dem Schotter ließen mich zusammenfahren. Es war Drohnator. Er umrundete bereits das zu Boden gefallene schmiedeeiserne Tor und schritt auf das Haus zu wie ein Wolf, der seiner Beute schon ein Stück Fleisch aus der Flanke gerissen hat und es jetzt für den finalen Todesstoß in die Ecke treibt. Doch plötzlich hielt er inne.

„Es sind vier“, sagte er an Adi gewandt. „Dieselben vier Lebensformen sind weiterhin anwesend.“

Ich deutete auf Betas Überreste. „Das kann nicht sein. Der Typ ist tot, toter geht's nicht.“

„Was macht dich da so sicher?“, fragte Adi und zeigte in Richtung Haus.

Zwei riesige dunkle Gestalten traten hinter dem Brunnen hervor.

Beide sahen aus wie Beta.

12. TOD MIT VORWARNUNG

„Verschwinden Sie", trillerten die beiden Gestalten gleichzeitig.

Ich umklammerte mein Smartphone noch fester, unfähig, mich zu bewegen. Mein Blick flog von einem Beta zum anderen. „Wie zum Henker …?"

„Das sind Digiklone", raunte Adi mir zu.

„Digi-was?"

„Digiklone. Pearce hat ihren Bodyguard mehrfach ausgedruckt." Adi schnaubte verächtlich. „Als Kundschafter haben Sie offenbar großen Nachholbedarf. Sie haben die Anwesenheit menschlicher Lebensformen festgestellt, sind aber nicht auf die Idee gekommen, nach möglichen Varianten zu scannen. Was dachten Sie sich dabei?"

„Es erschien mir unnötig", gab Drohnator zurück.

„Wir müssen etwas tun", drängte ich. Die Betas hatten zu zittern begonnen und das höchstwahrscheinlich nicht aus Angst. „Die Diskussion, was schiefgelaufen ist, bringt doch nichts. Stattdessen –"

Jetzt waren die Betas kampfbereit. Ihre Haut glühte beinahe. Ohne ein weiteres Wort zu verlieren, bleckten sie die grauen Piranhazähne und vollführten jeweils mit der erhobenen rechten Hand eine Drehbewegung. Unter Drohnator tat sich die Erde auf – und die Schwerkraft ihr Übriges. Der Agent rutschte in ein hüfttiefes Loch. Dann schloss sich die Erde wieder und säbelte ihn dabei entzwei. Eine schimmernde Flüssigkeit sickerte aus seinem Torso.

Vor Schreck blieb ich völlig versteinert hinter Adi stehen. Die Blueteeth in den Mündern der Betas leuchteten neonblau und um ihre Lippen bildeten sich Blasen. Adi warf die Hände nach oben, woraufhin die steinerne Statue hinter unseren Widersachern – eine Frau mit einem Wasserkrug – zum Leben erwachte. Ich fühlte mich wie in einem Stop-Motion-Film, als die Figur plötzlich in atemberaubender Geschwindigkeit auf die Digiklone zustürmte. Einer der Betas drehte sich noch um, aber es war zu spät. Eine marmorne Karaffe brach ihm den Kiefer. Eine Steinfaust streckte gleichzeitig seinen Bruder nieder.

Während Adi mit der Skulptur beschäftigt war, schwebte Drohnators Torso in die Luft. Seine Beine gruben sich wie zwei blinde Regenwürmer aus dem Boden und vereinigten sich, silberne Funken sprühend, mit seinem Oberkörper.

Der von dem Krug getroffene Beta hob den blutverschmierten Kopf und ballte die Hand zur Faust, woraufhin Adis Statue in tausend kleine Stücke zerbarst. Noch in der Luft sammelte Adi die Fragmente ein und befahl ihnen, wie ein Schwarm wild gewordener Monsterbienen über den Klon herzufallen. Die Brocken legten sich wie eine steinerne Maske über sein Gesicht und schnürten ihm die Luft ab.

Doch sein Zwilling kam ihm zu Hilfe. Neben uns explodierte ein Baum, rasierklingenscharfe Holzsplitter kamen auf uns zugerast. Ich warf mich schreiend auf den Boden, aber wie sich herausstellte, hätte ich das gar nicht gemusst. Adi hob die Hand und ließ die hölzernen Geschosse in Flammen aufgehen. Um uns herum regnete es Asche, aber wir blieben unversehrt.

Durch die Aktion mit den Holzsplittern war Adi so lange abgelenkt gewesen, dass sie die Kontrolle über die Steinmaske verloren hatte. Der attackierte Beta spuckte Steinbröckchen und, wie es schien, auch seine eigenen Zähne aus. Sein Mund war blutverschmiert und die Blueteeth fehlten. Er hob die Arme, bereit zum

Gegenschlag. Im selben Moment tippte ich mein Handy an und stellte mir vor, seine Hände bestünden aus purem Stahl. Sofort verwandelten sie sich in grauglänzendes Metall und fielen mit dumpfen Schlägen zu Boden. Beta krümmte und wand sich, schaffte es aber nicht, seine nutzlos gewordenen Greifer hochzuheben. *Gewonnen*, dachte ich.

Da zeigte Drohnator auf den anderen Beta. Der Klon flog in die Luft wie ein Baseball, beschrieb einen hohen Bogen, raste mit dem Kopf voran wieder auf die Erde zu und landete mit lautem Getöse auf seinem Zwillingsbruder. Der Aufprall war so stark, dass er mich um ein Haar umgehauen hätte. Beide Betas lagen reglos in der Einfahrt.

In Drohnators Stimme war nur der Anflug eines Zitterns zu hören. „Die verbesserten Homo sapiens sind stärker als gedacht."

„Blitzmerker", murmelte ich. „Adi, was ist, wenn Pearce uns noch mehr Betas entgegenschickt?"

„Wir müssen uns Zutritt zum Haus verschaffen", erwiderte diese, „und alles zerstören, was dem Schwarm entwendet wurde."

Drohnator grunzte zustimmend und sogleich stürmten er und Adi auf die Eingangspforte zu. Doch auf einmal wurden ihre Bewegungen immer langsamer, wirkten plötzlich grotesk und übertrieben, so als hätte sich die Luft in Wackelpudding verwandelt. Was auch immer diesen Effekt hervorrief, ich war davon nicht betroffen. Rasch schloss ich zu den beiden auf.

Ich sah mich um. Da stand das Gutshaus. Daneben die Limousine, ein Audi A8. Sonst nichts. „Was ist los?“, fragte ich Adi.

„Das muss eine Art Firewall sein“, erwiderte Adi mit zusammengebissenen Zähnen. Teile ihres Körpers flimmerten und waren ganz verpixelt. „Sie scheint errichtet worden zu sein, um digitaler Intelligenz den Zutritt zu verweigern.“

„Zugeschnitten auf … unser Betriebssystem“, brachte Drohnator zwischen zwei kurzen Aussetzern hervor. „Pearce hat uns … offensichtlich gescannt.“

Ich versuchte, mir einen Reim darauf zu machen. „Das heißt, Pearce hat uns die Betas nur auf den Hals gehetzt, um Zeit zu schinden, bis sie einen Weg gefunden hatte, Mitglieder des Schwarms abzublocken?“

„Pearce oder Zenia“, stimmte Adi mir zu.

Unheimlich. Die beiden waren verdammt schlau. Wie schafften sie das bloß?

Da begann das große schwarze Auto zu wackeln. Adi

und Drohnator steckten immer noch in ihrer Ich-laufe-gegen-den-Wind-Pantomime fest und waren so gut wie bewegungsunfähig. Da wusste ich, was gleich passieren würde.

Der Audi hob ab, wendete und schoss wie eine Rakete auf uns zu. „Nein!“ Ich griff nach meinem Smartphone, tippte auf den Touchscreen und stellte mir vor, der Wagen würde sich in der Mitte teilen und links und rechts von uns einschlagen. Die Realität gehorchte meinen Gedanken: Man konnte meinen, eine unsichtbare Kettensäge hätte die Karosserie gespalten. *Juhu*, dachte ich euphorisch. Ein stechender Schmerz durchfuhr mich, aber die zwei Hälften der Limousine schlitterten, ohne Schaden anzurichten, an Adi und Drohnator vorbei und gruben tiefe Rillen in den makellosen Rasen. Meine außerirdischen Freunde konnten ihre Offensive unbehelligt fortsetzen.

„Danke, Danny“, sagte Adi.

Keine Dankesbezeigungen von Drohnator, versteht sich. „Wir müssen die Firewall durchbrechen“, rief er und legte sich noch mehr ins Zeug. „Wir sind stark genug. Weiter, weiter.“

„Ich fürchte, daraus wird nichts.“

Ich wirbelte herum – und sofort stockte mir das Blut

in den Adern. Zenia war aus einer Seitentür des Herrenhauses getreten. Mit einem Arm hielt sie Jamila im Würgegriff und schob sie vor sich her, wie einen halb bewusstlosen menschlichen Schutzschild.

„Einen Schritt näher und ich bringe das Mädchen um“, warnte sie uns.

„Jamila!“, rief ich, doch meine beste Freundin wimmerte nur leise und ihre Augenlider flatterten. Ich tastete nach dem Handy in meiner Hosentasche. „Zenia. Lassen Sie meine Freundin gehen.“

„Mach keine Dummheiten, Danny“, sagte Zenia, „sonst breche ich ihr schneller das Genick, als du mit den Fingern schnipsen kannst.“ Jam ächzte und sträubte sich kraftlos. Zenias Blick war starr auf Adi und Drohnator gerichtet. „Da seid ihr also. Nette Körper, muss ich schon sagen. Marke Eigenbau?“ Sie wirkte amüsiert. „Kreaturen aus dem Schwarm. Richter, Geschworene und Henker des Universums. Allzeit bereit, andere Zivilisationen auszulöschen, einfach so, ohne schlechtes Gewissen.“

„Sie spielen mit dem Feuer“, gab Adi zurück. „Mit gestohlenem Wissen.“

Drohnator nickte. „Ihr kümmerlicher Versuch, unserer Strafe zu entgehen, ist zum Scheitern verurteilt.“

„Bitte, Zenia. Lassen Sie Jamila gehen. Dann verschont der Schwarm Sie vielleicht." Ich schluckte. „Glauben Sie mir, mit denen legen Sie sich besser nicht an."

„Da hast du was falsch verstanden, Danny", sagte Zenia. „*Die* legen sich besser nicht mit *uns* an."

„Dummdreistes Ungeziefer", zischte Drohnator. „Ihre Drohungen sind bedeutungslos. Sie sind nicht imstande, die wahre Macht des Schwarms zu begreifen."

„Mag sein." Ein rätselhaftes Lächeln umspielte Zenias Lippen. „Aber seit Sie so bereitwillig durch meine Scans gelaufen sind, begreife ich eine ganze Menge mehr als zuvor. Fürs Erste reicht mir das."

Ich sah Interesse in Adis Augen aufblitzen – oder war es nur Mitleid? „Fürs Erste?", höhnte sie. „An Ihrer Stelle wäre ich mir nicht so sicher, dass mir noch Zeit für irgendetwas anderes bleibt."

„Bitte, Adi, lass gut sein", flehte ich. „Es muss eine Lösung geben, bei der niemand stirbt. Du hast versprochen, dass du dich um Jamila kümmerst."

„Ja, Danny. Das habe ich." Sie bedachte mich mit einem Blick, in dem ich so etwas wie Traurigkeit zu lesen glaubte.

Dann vollführte sie eine schnelle Handbewegung und Jamila durchfuhr ein Ruck.

Mit einem entsetzlichen Knirschen brach ihr Genick.

Schlaff glitt sie zu Boden. Mit weit geöffneten Augen.

Adi hatte sich um sie *gekümmert*. Hatte sie *in Sicherheit gebracht*.

Sie ermordet.

13. AUßER KONTROLLE

„Nein!“ Noch nie in meinem ganzen Leben hatte ich so laut geschrien. Das Handy noch immer in der Hand, drehte ich völlig durch. Der Schmerz war so überwältigend, dass ich alles und jeden fertig machen wollte. Zenia wurde wie von einer unsichtbaren Schnur nach hinten gerissen. Adi und Drohnator flogen quer über den Rasen, überschlugen sich und landeten unsanft auf dem Autowrack. Die Fenster im Erdgeschoss des Gutshauses zersprangen in tausend Teile, Scherben wirbelten umher.

Ich barg Jams Leiche, zog sie an mich, nahm sie in den Arm, beschützte sie vor dem Hurrikan, den ich selbst entfesselt hatte. Zärtlich schaute ich auf meine beste Freundin hinab.Heiße Tränen stiegen mir in die Augen und ich war vollkommen unfähig, das Geschehene auch nur im Ansatz zu begreifen. Nicht Zenia hatte sie auf dem Gewissen, sondern …

„Adi." Ich kniff die Augen zu schmalen Schlitzen zusammen. „Du hast Jamila umgebracht."

„Dein kleiner Anfall war mehr als unnötig, Danny. Jetzt ist Zenia ins Haus entkommen." Adi rappelte sich auf und wandte sich an Drohnator. „Wir müssen da rein und die Sache zu Ende bringen."

„Die Sache ... zu Ende ..." In meiner Kehle saßen 100.000 Worte, die gesagt, geschrien, ausgespuckt werden wollten. „Adi, du hast ..." Wie gern wäre ich in diesem Moment stark, anklagend, sprachgewandt gewesen. Aber mehr als ein hilfloses Stammeln brachte ich nicht heraus. Nur meine Augen sprachen Bände: *Warum, Adi, warum?*

„Jamila zu töten war notwendig, Danny", sagte sie. Drohnator, der sich ebenfalls wieder aufgerichtet hatte und neben sie getreten war, nickte zustimmend. „Unser Auftrag lautet sicherzustellen, dass Homo sapiens nicht in den Besitz von Schwarmwissen gelangt. Der sicherste Weg ist, sämtliche Spuren zu entfernen, seien sie anorganischer oder organischer Natur."

„Das war von Anfang an euer Plan," flüsterte ich fassungslos. „Und was ist mit mir?"

Statt mir eine Antwort zu geben, streckte Drohnator die Arme aus. Fast wie beiläufig. Seine Geste katapultierte mich rückwärts auf das Haus zu, so als wäre ich ein Spielzeug, das von einem wütenden Zweijährigen gegen die Wand geschleudert wird.

Ich wusste, dass mich der Aufprall töten würde.

Ohne es bewusst zu wollen, machte ich mich im wahrsten Sinne des Wortes unantastbar. Statt gegen die Mauer zu donnern, flog ich geradewegs hindurch.

Wie genau das physikalisch funktionierte, weiß ich nicht, aber die Tatsache, dass ich keine Masse mehr besaß, hinderte mich nicht daran zu fallen. Weil ich Energene benutzt hatte, rebellierte mein Magen. Dadurch merkte ich auch, dass ich wieder feste Form angenommen hatte – gerade rechtzeitig, um mit einem lauten Rums auf einem Mahagoni-Esstisch zu landen, von dort aus weiterzuschlittern, mehrere Stühle mit hohen Rückenlehnen umzuwerfen und dann unsanft auf dem Parkettboden zu landen.

Ich befand mich im Haus, taub vor Schmerz und Schock. Rotz und Wasser heulend. Nach Luft schnappend. Adi hatte Jamila umgebracht. Drohnator hatte versucht, mich zu töten. Und ich hatte gedacht, bei den beiden wäre ich in Sicherheit. Hatte geglaubt, sie würden mich beschützen.

Nein. Adi und Drohnator waren Aliens und ich ein

Mensch, der zu viel wusste. Ein wandelnder Fehler, den es auszulöschen galt. Wie viel Zeit blieb mir, bis die Jagd weitergehen würde? Wie lange noch, bis der nächste Beta, angelockt von meinem Lärm, in den Raum gestürmt kam?

Doch dann ertönte von draußen ein noch lauteres Krachen. Ich wischte mir Schnodder und Tränen aus dem Gesicht und robbte vorsichtig ans Fenster. Draußen lag – ich versuchte, nicht hinzusehen – Jamilas lebloser Körper. Ein Stück dahinter vollführten die zwei Autohälften ein Kunststück: Sie verzwirbelten sich zu dicken Stahlkabeln und fesselten Adi und den Agenten. Die beiden Außerirdischen sträubten sich, aber da kamen zwei weitere Betas auf sie zugerannt. Der eine setzte seine Hände als Flammenwerfer gegen Adi ein, während der andere das schmiedeeiserne Tor aufhob und dafür sorgte, dass sich die Metallstäbe quietschend und knirschend um Drohnator wickelten. Adi ließ die beiden Betas mit Wucht aufeinanderprallen, wurde aber sogleich von zwei neuen Klonen bestürmt. Ich war überfragt, wem ich die Daumen drücken sollte, und wandte mich einfach ab. Solange sich die zwei Fronten da draußen bekriegten, konnte ich immerhin versuchen, von hier abzuhauen.

Was sollte ich auch sonst tun?

Aus purer Gewohnheit checkte ich mein Smartphone. Das eigenartige WLAN-Symbol war immer noch zu sehen. Vermutlich war Adi zu beschäftigt, um meinen Zugang zu sperren. Sollte der Kampf sie zu viel Kraft kosten, würde sich ihre Batterie aber auch ganz von allein entladen. Ich stolperte durch die Tür in einen mit altmodischer Tapete ausgekleideten Flur. Niemand in Sicht, nur eine große Topfpflanze. Auf der Suche nach einem Ausgang schlich ich den Gang entlang und hoffte inständig, dass keine der Türen plötzlich auffliegen würde.

Eine stand jedoch bereits offen.

Ich riskierte einen Blick in den Raum dahinter. In der Mitte stand eine Art Krankenhausbett, ringsum technische Geräte und Leuchten. Wie in einem OP-Saal.

Und auf der Pritsche lag Jamila.

Was?

Ihre Augen waren geschlossen. Schläuche und Kabel führten unter ihre Bettdecke. An ihrer Stirn klebten Elektroden. Sie bewegte sich nicht.

Aber sie atmete.

Jamila lebt, jubelte ich innerlich. *Jemand hat sie gerettet und hierhergebracht.*

Nein, das konnte nicht sein. Ich hatte sie doch eben erst draußen gesehen. So schnell konnte sie niemand ins Haus getragen haben. Wie also …?

Die Erkenntnis traf mich wie ein Schlag. *O Gott*. Mir wurde schwindlig. *Vielleicht hat Adi eben gar nicht die echte Jamila umgebracht.*

Es gibt mehr als einen Beta. Was, wenn es auch mehr als eine Jamila gibt?

Ich trat näher an das Bett heran. Meine Gedanken fuhren Achterbahn, mein Mund stand offen. Ich wusste nicht, ob ich lachen oder weinen sollte. Es ergab Sinn, per Bodyprinter mehr als eine Jamila auszudrucken, ganz klar. Sie besaß jede Menge natürlicher Energene. Wer Jamila kopierte, der kopierte auch ihre Kräfte, frei nach dem Motto: zwei zum Preis von einem. Und mit zwei Jamilas hatte Pearce doppelt so viel Fluxkraft, die sie gegen einmarschierende Schwarmagenten einsetzen konnte.

„Jam?“, flüsterte ich. Sie sah kränklich und verschwitzt aus. Selbst im Schlaf war ihr Gesicht von Sorge gezeichnet. „Wach auf. Bitte. Ich bin’s, Danny.“

Ich hielt den Atem an. Ihre Lider flatterten, dann öffnete sie die Augen. „Danny.“ Mit einem Ruck setzte sie sich kerzengerade auf. Dann schloss sie mich so fest in die Arme, dass es mir das Blut abschnitt. „Oh, Dannyboy. Gott sei Dank. Du bist gekommen. Es war *megagruselig*, ständig Tests und Untersuchungen. Und der Fraß ist *echt übel*."

„Dein Mundgeruch auch", witzelte ich überglücklich und entzog mich ihrer stürmischen Umarmung. „Geht es dir gut?"

„Kommt drauf an. Bist du hier, um mich zu retten, oder hat Zenia dich in ihren Fängen?"

„Du meinst Pearce."

„Nein", sagte Jamila mit solchem Nachdruck, dass ich mich fragte, was für einen Mist sie in den vergangenen Wochen durchgemacht hatte. „Glaub mir, Zenia schmeißt den Laden. Alle anderen sind bloß Statisten."

„Echt? Tja, halt dich fest, denn zusätzlich gibt's ein paar unerwartete Gastauftritte", meinte ich grimmig und studierte die Schläuche und Kabel, die von Jamila aus zu diversen Geräten führten. „Wir müssen dich hier wegbringen."

„Wir? Du und ich?", fragte sie perplex. „Keine Polizei? Meine Familie?"

Deine Familie hat vergessen, dass du existierst, hätte ich antworten können, biss mir aber klugerweise auf die

Zunge. „Wir sind auf uns allein gestellt. Und Adi will uns umbringen."

„Hä?" Unter anderen Umständen hätte mich Jamilas überraschter Gesichtsausdruck zum Lachen gebracht. „Uns *umbringen?* Quatsch mit Soße. Adi steckt als Backup in irgendeinem Computer fest. Es existieren nur noch Teile von ihr. Die Frau ist am Arsch."

„Sie *ist* ein Arsch", korrigierte ich. „Jam, das ist nicht mehr die Adi, die wir kennen. Ob du's glaubst oder nicht: Sie arbeitet jetzt mit einem *Schwarmagenten* zusammen. Ich habe ihn Drohnator getauft. Die neue Adi ist eine fiese Nummer. Sie geht über Leichen."

„Sie ist *bösADIg*", frotzelte Jamila. „Absolut teuflisch. *ADIabolisch*! Adiabola und ihr überflüssiger Sidekick, Bonus-Drohnus."

„Ja, okay, witzige Namen, aber können wir bitte –"

„Psst, Dannyboy", zischte Jamila. „Da kommt jemand." Sekunden später hörte ich es auch: Im Korridor näherten sich eilige Schritte. „Versteck dich, du Honk!"

Ohne lange nachzudenken schwang ich mich unter Jamilas Bett. Sie zog an ihrer weißen Krankenhausdecke und ließ sie auf einer Seite bis zum Boden herunterhängen, sodass man mich auf den ersten Blick nicht entdeckte. Die Stimmen von Zenia und Pearce ertönten.

„Hält Alpha den Hubschrauber bereit?“, erkundigte sich Letztere gerade.

„Er hat momentan anderes zu tun“, erwiderte Zenia unterkühlt.

Von meinem Versteck aus sah ich zwei Beinpaare, die in der Tür stehen blieben. Ich hielt die Luft an.

„Sie hätten niemals das Risiko eingehen dürfen“, tadelte Pearce, „die Agenten einfach so mit dem al-Sufi-Klon zu konfrontieren.“

Zenia klang kein bisschen reumütig. „Ich brauchte Zeit, um die DNS-Scans fertigzustellen. In unserer nächsten Versuchsreihe können wir uns jetzt damit beschäftigen, Schwarm-Code auf den menschlichen Körper abzustimmen. Verstehen Sie? Das waren wertvolle Erkenntnisse.“

„Die uns keinen Deut weiterbringen, wenn wir tot sind“, schnauzte Pearce. „Geben wir uns keinen Illusionen hin. Die Aliens werden dieses Haus und alles, was sich darin befindet, zerstören.“ Sie wandte sich zum Gehen. „Von den Experimenten haben wir glücklicherweise Back-ups gemacht.“

Zenia rührte sich nicht. „Die Kundschafterin und der

Agent werden Sie aufspüren, egal, wo Sie sich verkriechen", sagte sie. „Ich habe meine eigenen Pläne, was den Schwarm angeht."

„Was soll das heißen, Ihre eigenen Pläne?" Pearce klang ungeduldig. „Das ist *mein* Projekt, Frau Biàn. Sämtliche Forschungsarbeit, sämtliche Erkenntnisse –"

„Hören Sie sich eigentlich reden?", fiel ihr Zenia ins Wort. „Der großen Frau Wissenschaftlerin ist offensichtlich entfallen, dass sie ihr komplettes Imperium auf gestohlenem Wissen errichten möchte."

„Wir können die Welt verändern", erwiderte Pearce hitzig. „Die *Menschen* verändern. Sie dürfen mich jetzt nicht sitzen lassen, Zenia. Was wir bis dato erreicht haben, ist die Grundlage für einen echten Neuanfang."

„Menschen bedeuten mir nichts", sagte Zenia abschätzig. „Ich arbeite für eine höhere Macht."

Wovon sprach sie nur? Ich wurde aus ihren Worten nicht schlau.

Ein Beben erschütterte die Mauern, als draußen etwas Großes, Schweres zu Boden krachte. Drohnator, Adiabola und die Betas waren anscheinend nach wie vor zugange.

„Bei all den Selbstversuchen hat wohl Ihr Gehirn

Schaden genommen", ätzte Pearce. „Alpha soll jetzt sofort den Helikopter startklar machen."

„Nein. Alpha untersteht meinem Befehl. Das tun *Sie* im Übrigen auch."

Und dann herrschte Stille, einfach so. Ich spitzte die Ohren, um Pearces Antwort zu hören, aber da kam nichts. Es war, als hätte Zenia bei ihrem Gegenüber den Aus-Schalter gedrückt.

„Arme Araminta", säuselte sie und folgte ihrer scheinbaren Chefin zurück in den Korridor. „Wolltest immer etwas Besonderes sein, nicht wahr? Und wusstest eigentlich schon dein Leben lang, dass du nur zum Mittelmaß taugst. Aber keine Sorge, du bist tatsächlich zu etwas Höherem bestimmt. Du wirst gleich ein Opfer erbringen, durch das wir wahre Größe erreichen."

Von draußen erklang ein Schrei. Es war Beta, den ich inzwischen zigmal auf genau dieselbe Weise hatte brüllen hören. Dann klickte ein Handtaschenverschluss und ich hörte Zenia sagen: „Hier, Araminta. Nimm das an dich. Versteck es in deiner Hosentasche."

„Ich verstecke es in meiner Hosentasche", wiederholte Pearce wie in Trance.

„Geh raus zu den Aliens", fuhr Zenia fort, „und sag ihnen, du willst ihnen im Tausch gegen deine Freiheit einen Handel anbieten. Sobald du nur noch acht Meter von ihnen entfernt bist, aktivierst du den Zünder."

„Ich aktiviere den Zünder", betete Pearce stumpfsinnig nach. Ihr Gesicht konnte ich mir dabei nur zu gut vorstellen, denn die monotone Sprechweise war mir nicht neu. Genauso hatte Pearce auch gesprochen, als der Schwarm ihre Gedanken kontrolliert hatte. Zenia machte sich deren Tricks und Kniffe wirklich zu eigen.

Kurz darauf eilte Pearce davon, ihre Absätze klackerten über den Parkettboden. Dann setzte beinahe mein Herz aus, denn Zenia schlenderte den Flur entlang – zurück in unsere Richtung! Ich wagte kaum zu atmen. Was, wenn sie Jams Zimmer betrat und mich hier fand? Doch sie schritt geradewegs an der offenen Tür vorbei und beachtete das Krankenbett gar nicht.

Als ich mich schließlich traute, aus meinem Versteck zu kriechen, stand Jamila die Angst ins Gesicht geschrieben. „Munday, was zum Teufel geht hier vor?"

„Klang ganz so, als hätte Zenia Doktor Pearce soeben nicht ganz freiwillig in einen Bob-omb verwandelt", flüsterte ich. „Vermutlich kontrolliert sie Pearces Verstand durch Schwarmenergie. Hoffen wir, dass die Bombe nicht hochgeht."

„Und wenn doch", sagte Jam, „dann danke, ciao, auf Nimmerwiedersehen."

Wow – für Jamila klang das ziemlich kaltblütig. Aber ich konnte auch nicht einschätzen, was sie in diesem Haus sonst noch alles mitgemacht hatte. „Wir können es jedenfalls nicht ändern. Lass uns von hier verschwinden, ehe uns dasselbe Schicksal ereilt." Ich versuchte, das Schiebefenster zu öffnen, hinter dem sich eine weite Rasenfläche erstreckte. „Abgeschlossen." Ich warf Jamila einen Blick zu. „Kannst du überhaupt laufen?"

Statt mir eine Antwort zu geben, schwebte sie im Liegen in die Höhe und levitierte in der Luft wie die Assistentin eines Magiers. Die Schläuche und Kabel hinderten sie anscheinend am Wegfliegen, aber auf eine ruckartige Handbewegung hin lösten diese sich von ihr und verschrumpelten einfach. Jamilas punktierte Venen, in denen bis eben noch Kanülen gesteckt hatten, schlossen sich und die Haut heilte ab. Elektroden fielen zu Boden.

„Das deute ich mal als Ja", staunte ich.

Doch als sich Jamila in eine aufrechte Position begab und mit den Füßen den Boden berührte, geriet sie ins Straucheln. Hätte ich sie nicht aufgefangen und gestützt, wäre sie einfach umgekippt.

„Sorry, Munday", keuchte sie. „Ich weiß nicht, ob ich's hier rausschaffe."

Plötzlich durchbrach mit einem ohrenbetäubenden Klirren eine schwarze, kugelförmige Masse die Fensterscheibe hinter uns. Jamila und ich wurden nach vorn gerissen. Sie taumelte zu Boden, ich wurde auf das Bett gefegt.

Als ich die zusammengekniffenen Augen wieder öffnete, starrte ein Beta vom Fußboden zu mir herauf. Er war tot. Mausetot. Die Außerirdischen hatten ihn offenbar zusammengeknüllt und als Wurfgeschoss verwendet.

„Danny", ächzte Jamila, die sich bereits wieder aufrappelte. „Da, schau."

Eine arg angeschlagene Adiabola und ein kampfunfähig wirkender Drohnator torkelten quer über den verkokelten Rasen auf das Gutshaus zu. An ihr sah ich verbrannte Haut, der schwarzblaue Einteiler war zerrissen. Ihm diagnostizierte ich ein gebrochenes Genick, denn sein Kopf saß schief. Seinem entschlossenen Gesichtsausdruck nach zu urteilen hatte er das bislang aber nicht einmal mitbekommen. Ich fummelte nach meinem Handy – vielleicht konnte ich der Kundschafterin und dem Agenten noch den Rest geben –, doch es war mir in all der Aufregung aus der Hosentasche gerutscht und in die andere Ecke des Raums geschlittert.

„Es müssen alle Spuren auf diesem Planeten beseitigt werden“, lallte Drohnator. „Es endet hier und jetzt.“

Er hob die Hände und streckte sie in unsere Richtung.

14. LEICHE IM KELLER

Ein Wort war von draußen zu hören. „Halt."

Nie hätte ich gedacht, dass ich einmal froh sein würde, Doktor Pearces Stimme zu hören. Drohnator schwenkte sofort um, ließ von Jam und mir ab und stellte sich der Cybersecurity-Chefin entgegen. Diese Priorisierung entsprach der Schwarmlogik. Denn zwei Teenager, die aus unerfindlichen Gründen in den ganzen Schlamassel hineingezogen worden waren, galten wohl eher nur als kleine Spritzer der Pfütze, die der Agent eigentlich aufwischen wollte.

„Ich ergebe mich", sagte Pearce. Die Hände in den Hosentaschen und mit hängenden Schultern stolperte sie auf Adiabola und Drohnator zu. „Ich will verhandeln."

„Das steht nicht zur Debatte", entgegnete Drohnator.

„Ich ergebe mich", wiederholte Pearce roboterartig. Von den Außerirdischen trennten sie noch rund zwanzig Meter.

„Stehen bleiben!", rief Adiabola. „Was haben Sie bei sich?"

Als Pearce unbeirrt weiterschlurfte, stellte Drohnator sich ihr in den Weg. „Ihre Liquidierung ist überfällig."

„Das ist eine Falle!", rief Adiabola ihm zu. „Zurück!"

Halb entsetzt, halb fasziniert sah ich mit an, wie aus Pearces linker Faust helles Licht strömte. Die Cybersecurity-Direktorin blieb stehen, zuckte und schrie. Das Licht wirbelte ihren Arm entlang, erreichte ihren Torso und verschlang schließlich ihren ganzen Körper. Der Agent wich zurück, doch es war zu spät. Der Lichtsturm ergriff auch ihn, blähte ihn auf wie ein Segel und verzehrte ihn mit Haut und Haaren. Nichts blieb von den beiden übrig bis auf ein paar Funken und das Echo von Pearces letztem Schrei. Adiabola war rücklings auf den übel zugerichteten Rasen gestürzt und glotzte perplex herüber.

Jamilas Gesichtsausdruck war nicht in Worte zu fassen. „Der Schwarmtyp ist tot", flüsterte sie. „Hat Pearce uns gerettet?"

„Das war wohl eher keine Absicht." Ich riss mich von der Szene los und krabbelte zu meinem Handy. „Zenia hat Pearce benutzt, um Zeit zu gewinnen. Sie will die

Biege machen, du erinnerst dich?" Ich hielt inne. „Jetzt hält Adiabola nichts mehr davon ab, hier reinzukommen. Sie wird uns finden."

„Ach, komm, das kann doch nicht so schlimm sein", sagte Jamila. „Tief in ihrem Innersten ist sie immer noch unsere Adi, oder?"

„Leider nein." Mir stieg die Zornesröte ins Gesicht. Ich konnte nicht anders, ich musste es ihr sagen: „Jam, sie hat dich umgebracht."

Meine Freundin starrte mich an. „Hä, was?"

„Du hast ja eben mitbekommen, wie Pearce meinte, sie hätte einen Back-up von deinem Code, stimmt's? Damit kann sie jederzeit eine Kopie von dir bodyprinten, was sie auch getan hat."

„Die haben mich geklont?"

„Mindestens ein Mal." Ich nickte. „Und ‚unsere Adi' hat den Klon abgemurkst, als wäre nichts dabei."

„Aber nur, weil ich wusste, dass die echte Jamila noch am Leben ist." Auf einmal stand Adiabola am Fenster. Sie war verwundet und geschwächt, grinste aber von einem Ohr zum anderen. „Ich bin so froh, dass wir alle wieder zusammen sind."

Jamila wich mehrere Schritte zurück und beäugte sie misstrauisch wie eine große, haarige Spinne im Abfluss.

Ich grapschte nach meinem Handy und rappelte mich auf. Adiabolas Lächeln sah total falsch aus, der Ausdruck auf ihrem Gesicht war hart und kalt.

„Gib mir dein Handy, Danny." Sie machte Anstalten, durch die Hausmauer zu marschieren, aber es gelang ihr nicht. Sie nahm wieder feste Form an, zuckte zusammen – und musste draußen bleiben. „Du darfst es nicht benutzen. Mir gehen die Energene aus. Ich brauche mehr Zeit. So kann ich die Firewall nicht überwinden."

Ein Blick auf das komische WLAN-Symbol meines Smartphones verriet mir, dass das Gerät nach wie vor mit Energenen geladen war. Die könnte Adiabola vermutlich wieder aufsaugen, um ihre Kräfte zu boostern. Aber nach dem, was sie getan hatte, *wollte* ich, dass sie schwach blieb. Ich bewegte mich kein Stück von der Stelle.

„Druck doch einfach deinen Kumpel Drohnator neu aus", sagte ich. „Sein Code befindet sich doch bestimmt noch in der Internationalen Raumstation, wo ihr euch hingebeamt habt."

„Der Agent war mein Gefängniswärter", antwortete Adiabola. „Ich bin froh, dass er weg ist, Danny. Ich fand es furchtbar, wie er dich behandelt hat."

„Danny", flüsterte Jamila mir zu. „Was, wenn sie nur

Zeit schindet? Vielleicht will sie uns nur hinhalten, bis sie sich wieder aufgela–"

Wie aufs Stichwort warf sich Adiabola gegen die Mauer – und dieses Mal verwandelte sie sich kurzzeitig in einen Lichtblitz und platzte in das Krankenzimmer herein. „Her mit dem Handy!", brüllte sie.

Du willst mein Handy? Kannst du haben. Ich zeigte mit dem Smartphone auf den Fußboden und verwandelte die Parkettdielen in siedend heißen, blubbernden Teer. Adiabola machte große Augen, als dieser sofort ihre Füße verschlang.

„Lauf!", rief ich Jamila zu – was unnötig war, denn sie hatte bereits das Zimmer verlassen. Ich rannte ihr hinterher, den Flur entlang.

„Wohin?", rief sie über die Schulter.

Das wusste ich auch nicht. Aus reiner Verzweiflung tippte ich die Notruftaste an meinem Telefon. Wozu? Glaubte ich wirklich, die Polizei könne uns helfen? Wohl kaum. Aber etwas Besseres fiel mir nicht ein.

Der Anruf ging nicht durch. Kein Signal. *Was für eine Überraschung,* dachte ich. Adiabola hatte offenbar das Mobilfunknetz rings ums Haus lahmgelegt, damit Pearce und Zenia keinen Internetzugriff mehr hatten. Wobei … Pearce war Chefin der britischen Cybersecurity und besaß als solche doch bestimmt Zugriff auf deren eigenes, supersicheres Netzwerk. Ich hingegen war aufgeschmissen.

Als dann jedoch mein Handy vibrierte, war das ein echter Schock. Erst recht der Inhalt der eingegangenen Nachricht:

•—•• •— ••— ••—•   —• •— —•—• ••••   •—•• •• —• —•— •••

Das war Morsecode. Den beherrschte ich aus dem Effeff, denn Jamila und ich gaben uns seit Jahren über unsere Schlafzimmerwände Klopfzeichen. Was da stand, erfasste ich sofort: Lauf nach links.

Wenn du glaubst, ich lasse mich noch mal verarschen, dachte ich, *dann bist du schief gewickelt.* „Nach rechts!“, rief ich Jamila zu, die ein paar Schritte vor mir im Korridor eine Gabelung erreicht hatte.

Ich schloss zu ihr auf. Sie zog eine Augenbraue hoch. „Kennst du dich hier aus oder was?“

„Nein. Aber mein Handy sagt ‚*Lauf nach links*‘. Garantiert will mich dieses Alien reinlegen.“ Ich wandte mich nach rechts, wo ein Gang mit einem dicken Teppichläufer zu einer Holztür führte. Als ich näher kam, schwang sie geräuschlos auf. Vor mir lag ein kaltweiß ausgeleuchteter, steril wirkender Raum – eine Art Operationssaal mit einem wuchtigen Kernspintomografen an der Rückwand. Genau so eine Maschine hatte Beta im Krankenhaus auseinandergeschraubt. Aber das war – so fühlte es sich zumindest an – lange her und den kleinen Beta hatte man inzwischen durch seinen großen Bruder ersetzt: Vor dem OP-Tisch stand, den Rücken zu mir, ein Gigant mit grauem Anzug und dunklem Pferdeschwanz.

Das musste Alpha sein. Der Typ war ein aufgelevelter Beta, eindeutig.

Auf dem OP-Tisch stand eine koffergroße, bedrohlich summende Metallpyramide. Eine eigenartige Macht schien von ihr auszugehen. Der Mann war darin vertieft, verschiedene Einstellungen vorzunehmen, woraufhin die Pyramide zu leuchten begann. Es war keine höhere Mathematik nötig, um zu verstehen, dass er nichts Gutes im Schilde führte. Ich duckte mich reflexartig und schlich rückwärts aus dem Raum. Mit einem leisen Schmatzen ging die Tür wieder zu. Ich drehte mich um und wäre um ein Haar mit Jamila zusammengeprallt.

„Wa–?“

„Falscher Weg“, raunte ich und zog sie den Flur entlang, diesmal die andere Richtung nehmend. „Adiabola hat offenbar damit gerechnet, dass ich das Gegenteil von dem tun würde, was sie mir –"

Ich verstummte mitten im Satz: Uns kam Adis böse Zwillingsschwester entgegen. Obwohl sie humpelte, war sie erstaunlich flink. „Mach nicht, dass ich dich *langsam und genüsslich* umbringen muss, Danny!", brüllte sie.

Auf ihren Befehl hin fing der dicke Teppich unter unseren Füßen an, Wellen zu schlagen. Einzelne Fäden lösten sich und wickelten sich irrsinnig schnell um meine Knöchel.

„Sie ist geschwächt, aber sie kann trotzdem noch alles gegen uns einsetzen." Ich tippte auf mein Smartphone und ließ die Fäden zu Staub zerfallen. Jam und ich rissen uns los und stolperten an unserer Widersacherin vorbei weiter den Gang entlang, den uns das Gerät ursprünglich empfohlen hatte.

„Danny." Aus Adiabolas dröhnender Stimme war jede Menschlichkeit verschwunden. Ihre polternden Schritte hinter uns sprachen von Wut und Verzweiflung.

Hinter der Tür am Ende dieses Gangs verbarg sich eine Waschküche, in der eine weitere Tür nach rechts abging. Dahinter führte eine Treppe nach unten in den Keller. Dort ging es bestimmt nicht hinaus ins Freie. Aber immerhin ließ sich die erste Tür von innen mit einem Schlüssel verriegeln, was ich mit klopfendem Herz und wirbelnden Gedanken tat. Was trieb Alpha in dem Labor? Und was war, wenn wir keinen Ausgang oder wenigstens ein unverschlossenes Fenster fanden?

Wieder vibrierte mein Handy:

•—• ••— —• — • •—•

„RUNTER“, übersetzte ich. „Also vermutlich: die Treppe runter.“

Schon auf der obersten Stufe zögerte Jamila. „Gibt es hier einen Lichtschalter?“

Ich trat neben sie. Von unten war ein monotones Surren zu hören, wie von einem Ventilator. Was befand sich in dem Keller?

„Vielleicht ist es dieses Mal keine umgekehrte Psychologie“, murmelte ich. „Und wir tun gerade genau das, was Adiabola will.“

„Oder der Morsecode stammt überhaupt nicht von ihr.“ Jamilas dunkle Augen weiteten sich. „Wenn Pearce mich mehr als einmal geklont hat, dann schicke vielleicht *ich* uns diese Nachrichten."

Mein Smartphone vibrierte erneut. Die Nachricht war identisch: RUNTER.

Plötzlich rüttelte jemand so stark an der Waschküchentür, dass der Schlüssel aus dem Schloss rutschte und klirrend zu Boden fiel. Wie von Geisterhand wurde er durch den Türschlitz gesaugt.

„Schnell!", rief Jamila und zerrte mich die Steinstufen hinab. Auf halber Strecke hörte ich, wie sich oben der Schlüssel im Schloss drehte. Die Tür flog auf und knallte gegen die Wand.

Die Neonröhren im Keller sprangen automatisch an. Zwei Wände waren von wuchtigen Glasschränken verdeckt. Darin sirrten und zischten unzählige flache, graue Kästen mit blinkenden grünen Lämpchen. Am anderen Ende des Raums stand ein Rechner. Sein Monitor starrte uns entgegen wie ein großes, schwarzes Auge.

„Das sind Computerserver", erklärte Jamila. „So was habe ich bei meinem Dad auf der Arbeit schon mal gesehen."

„Das ist doch jetzt egal", stöhnte ich. „Habe ich es nicht gesagt? Wir sitzen in der Falle. Hier kommen wir niemals lebend wieder raus.“ Verzweifelt wandte ich mich zurück zur Treppe.

Doch in diesem Augenblick kam Adiabola bereits die Stufen heruntergeschwebt. Ihre Augen waren blutunterlaufen, ihr Gesicht schmerzverzerrt. Wie eine hungrige Untote streckte sie die Arme nach mir aus. Ich zeigte mit dem Handy auf sie, aber das Gerät entglitt meinen Fingern. Adiabola fing es auf und plötzlich war sie von hellem Licht umgeben. Ihre Wunden heilten.

„Sie absorbiert die Energene aus meinem Smartphone!“, rief ich.

„Na warte“, sagte Jamila düster. „Ich habe immer noch meine eigenen Kräfte.“ In einem Akt der Verzweiflung hob sie die Hände. Sie sah dabei aus wie eine Hexe, die ihre Widersacherin mit einem Fluch belegen will. Doch ehe sie irgendeinen Zauber wirken konnte, rang sie bereits nach Luft und verdrehte die Augen. Sie wurde von einer unsichtbaren Hand gewürgt und zu Boden geschleudert.

Hilflos beschirmte ich mein Gesicht. Das Licht, das von Adiabola ausging, wurde immer greller und greller. Mein Smartphone, inzwischen nur noch ein verkohltes, zerknautschtes Stück Plastik, fiel ihr aus der Hand. Ich taumelte rückwärts und stieß gegen den Rechner.

Adiabola, das rachsüchtige Gespenst, kam näher und beugte sich über mich.

„Ciao, Danny“, zischte sie. „Dein Tod ist bedauerlich, aber notwendig.“

Ihre krallenartigen Finger schlossen sich um meinen Hals.

15. ENDE GUT, ADI GUT?

Verzweifelt versuchte ich, mich ihrem Würgegriff zu entziehen. Dabei beugte ich mich so weit hintenüber, dass ich das Gleichgewicht verlor. Adis Doppelgängerin, die damit offenbar nicht gerechnet hatte, geriet ebenfalls ins Straucheln und stieß mit dem Rücken gegen das Computerterminal.

Kaum berührte sie den Bildschirm, begann sich ihr gesamter Körper bühnenreif zu biegen und zu krümmen. Sie warf die Arme in die Luft, woraufhin ich unsanft auf dem Boden aufschlug. Ich rang nach Atem. Aus dem Computer sprühte rotes und silbernes Licht, so strahlend hell, dass ich für einen Moment glaubte, meine Augen hätten Feuer gefangen. Der Keller erbebte. Die Neonröhren an der Decke blitzten wie in der Disco. Mir dröhnten die Ohren. Adiabola wand sich und schrie, als zerquetschte sie ein unsichtbarer Riese in seiner gigantischen Faust. Ich konnte nicht hinsehen.

„Komm jetzt, Munday." Jamila packte mich am Arm, zog mich auf die Beine und in Richtung Treppe. „Nichts wie raus hier."

Ich nickte stumm und noch immer fassungslos. Die Schreie hatten zwar aufgehört, aber das Licht blendete mich immer noch und der Schock saß mir tief in den Knochen. Diese Version von Adi hatte gerade wirklich versucht, mich umzubringen. Ich bedeutete ihr nichts, gar nichts.

„Danny."

Sie hatte meinen Namen gesagt. Das Licht erlosch. Die Person, die jetzt vor dem zerstörten Computerbildschirm stand, sah nicht mehr aus wie Adiabola. In ihren dunklen Augen war Verwunderung zu lesen. Ihre Finger flatterten wie die Flügel eines kleinen Vogels. Die Narben auf der Haut und Risse in der Kleidung waren verschwunden. Ein Heiligenschein aus weißem Haar umstand ein strahlendes Gesicht.

„Keinen Schritt weiter", zischte Jamila und hob warnend die Hand, jederzeit bereit, ihre Fluxkräfte anzuwenden.

„Danny, Jamila. Alles ist gut. Ich bin es. Adi." Sie nickte ernst. „*Eure* Adi. Dank euch bin ich wieder ganz. Ihr habt mich befreit."

„Quatsch“, flüsterte ich. Ich glaubte ihr nicht, zu groß war meine Angst.

„Das ist ein Trick“, fügte Jamila hinzu.

„Für Erklärungen bleibt keine Zeit. Wir müssen hier weg.“ Schnellen Schrittes durchquerte die Außerirdische den Raum und besah sich die Server in den deckenhohen Glasschränken. „Sobald ich mehr Informationen habe –“

„Mehr Informationen? Die hätte ich auch gern“, spottete ich. „Adi. Bist du *wirklich* die Adi, die wir kennen?“

„Wer sonst sollte dir Nachrichten in Morsecode schicken?“, erwiderte sie. „Pearce und Zenia haben genug von meinem Code zusammengesucht, dass ich mein Auto-Reparaturprogramm starten konnte. Aber dann haben sie mich dummerweise gefangengenommen und als isolierte Datenblöcke in diesen Servern eingesperrt.“ Adi griff durch eine der Glastüren, nahm eines der grauen Gehäuse ab und enthüllte das Innenleben des Servers. „Von dort aus musste ich mich Bit für Bit neu zusammensetzen. Dass die beiden mein Wissen und meine Macht stehlen, konnte ich leider nicht verhindern.“

Während sich Adi an Laufwerken und Leiterplatten

zu schaffen machte, zog mich Jamila ein Stück beiseite. „Glaubst du ihr?“, raunte sie mir zu.

„Na ja – ihre Story passt zu dem, was Pearce mir erzählt hat.“ Ich zuckte die Achseln. „Jedenfalls versucht sie nicht mehr, uns umzubringen –“

„Wir *alle* werden sterben, wenn wir nicht sofort von hier verschwinden.“ Adi, die meinen Mutmaßungen offenbar gelauscht hatte, steckte sich ihre Ausbeute an Hightech-Bauteilen in die Hosentaschen. „Über die Server hier laufen nämlich auch die Überwachungskameras. Daher weiß ich, dass der Klon namens Alpha momentan alles in die Wege leitet, um das Gebäude zu zerstören.“

Ich bekam eine Gänsehaut. „Hat das was mit dem glühenden Pyramidendingsbums zu tun, an dem er rumhantiert hat?“

„Sobald Alpha das Gerät aktiviert, wird das Haus vernichtet.“ Adi rannte zur Treppe und legte einen Finger auf die Lippen. „Pssst.“

Jetzt hörte ich es auch: sich bewegende Rotorblätter und Motorengeräusche, die immer lauter wurden. „Stimmt, Pearce hat was von einem Hubschrauber gesagt,“ murmelte ich.

Adi deutete nach oben, schloss die Augen und breitete langsam die Arme aus. Synchron zu ihrer Bewegung glitt die Kellerdecke beiseite wie der Vorhang im Theater. Der graue Beton gab den Blick frei auf das darüberliegende Arbeitszimmer. Dessen blütenweiße Decke öffnete sich mit demselben befriedigenden *Krrritsch*, das man hört, wenn man eine Schutzfolie von einem brandneuen Touchscreen zieht. Ein Schlafzimmer wurde sichtbar und darüber, in schwindelerregender Höhe, schließlich der Dachboden. Adi hatte das Haus in eine Matroschka-Puppe verwandelt – öffnete man die erste, zeigte sich die nächste und so weiter. Das Ganze hatte nur wenige Sekunden gedauert. Ein Sonnenstrahl fiel durch den Schacht und blendete mich. Dann glitt ein schnittiger Hubschrauber vor die Sonne.

„Alpha hat den Zerstörungsradius verlassen." Adi schob uns die Treppe hoch. „Lauft!"

„Nicht schon wieder." Jamila stöhnte.

Ich erreichte den Treppenabsatz als Erster und versuchte, die Tür aufzudrücken. Aber irgendetwas war komisch. Sie öffnete sich in Zeitlupe, so als wöge sie eine Tonne. Ich wandte mich zu Adi und Jamila um, doch auch diese Bewegung kam mir quälend langsam vor. In Adis Augen las ich Angst.

„Es geht los“, flüsterte sie, wobei sie mit jedem Wort langsamer und verzerrter sprach.

Die Temperatur stieg. Ein lautes Grollen fraß sich in meine Ohren. Träge versuchte ich, über die Schwelle zu treten und die Waschküche zu durchqueren. Dahinter dehnte sich der Korridor ins Unendliche, wie in einem Verzerrspiegel auf dem Jahrmarkt. Das andere Ende konnten wir niemals erreichen. Und nein: Mein Verstand spielte mir keinen Streich. Hier wurde Materie verbogen, gekrümmt.

Aufgelöst.

Ich taumelte rückwärts. Auch die Treppe, die zurück in den Raum voller Server führte, verformte sich jetzt.

„Wir müssen nach oben“, rief Adi.

Unter höchster Anstrengung hob ich den Kopf. Die Decke schien sich nach unten zu biegen und das Mauerwerk ringsum schmolz wie heißes Wachs. Lediglich Adis Guckloch blieb intakt – ein offener Schlot, der bis in die Wolken ragte. Doch schon wurden seine Ränder unscharf. Wie eine abheilende Wunde schloss sich Stück für Stück unser einziger Ausweg.

„Nach oben!“, rief Adi noch einmal. Ihre Hand fiel schwer auf meine Schulter.

Alles flimmerte. Plötzlich erhob ich mich in die Luft,

Jamila direkt neben mir. Adi trug uns himmelwärts. Zu dritt schraubten wir uns durch diesen eigentlich unmöglichen Schlitz in die Höhe.

Meine Haut prickelte und brannte. Adi zitterte vor Anstrengung. Doch dann, endlich, schossen wir wie ein Sektkorken durchs Dach und hinaus in die kühle, frische Luft. Zwanzig Meter über dem Haus hielt Adi uns in der Schwebe. In der Ferne sah ich den davonfliegenden Hubschrauber, kaum größer als ein Fleck am wolkenverhangenen Horizont. Als mein Blick nach unten fiel, wurde mir schwindelig.

Das Haus fiel in sich zusammen. Keine Staubwolke wurde dabei aufgewirbelt, keine Trümmerteile flogen umher, kein Getöse zerriss die Luft, aber das Gebäude bewegte sich ruckartig. Wie ein Transformer, der sich von einem riesigen Roboter in ein Fahrzeug verwandelte, faltete sich das Gutshaus zusammen, wurde immer kompakter. Pearces Operationsbasis schrumpfte in Größe und Masse, bis außer den Grundmauern, verbranntem Stein und beklemmender Stille nichts mehr übrig war.

Nur ein paar Sekunden länger und auch wir wären zermalmt worden.

Zitternd betrachtete ich die Umgebung. Rasen und

Garten hatten sich in hartes Grundgestein verwandelt, jegliche Leichen und herumliegende Trümmerteile waren verschwunden. Von dem Steinbrunnen war nur eine schlammige Pfütze geblieben. Neben dem verbogenen, aus den Angeln gerissenen Eingangstor setzte Adi uns ab. Nach Atem ringend ging sie in die Knie. Als stille Dankesgeste legte ich ihr eine Hand auf die Schulter. „Ich bin froh, dass wir dir vertrauen konnten", flüsterte ich.

Adi sah zu mir auf. „Klarer Fall. Ich gebe dir gern Rückendeckel."

„Wohl eher *eins auf den Deckel*", schnaubte Jamila.

„Du gibst mir Rücken*deckung*, Adi", korrigierte ich sie. Ihr verwirrter Gesichtsausdruck brachte mich zum Grinsen. „Und ich dir. Immer." In diesem Moment wusste ich: Das hier war echt. Die echte Adi, unsere Adi, war zu uns zurückgekehrt.

„Tja, was soll ich sagen …", riss Jamila mich aus meinen Gedanken. Sie zeigte auf die Stelle, an der bis vor wenigen Minuten das Gutshaus gestanden hatte. „Der Postbote kriegt morgen den Schock seines Lebens."

„Ich muss das auch erst mal verdauen", sagte ich. „Was genau hat Alpha getan?"

„Er hat eine Implosionsgranate aktiviert“, erklärte Adi, „und wir haben es gerade noch rechtzeitig aus dem Kraftfeld herausgeschafft.“ Sie holte tief Luft – sie wirkte erschöpft. „Die Waffe stammt, genau wie die Vortexbombe, mit der Pearce die körperliche Hülle des Agenten zerstört hat, von einer fernen Zivilisation. Ich frage mich nur, woher Zenia weiß, wie man sie anwendet.“

„Von *dir*“, mutmaßte ich. „Wenn die Bomben von einem Planeten stammen, den der Schwarm irgendwann einmal besucht hat, dann wird Zenia die Information wohl aus deinem Code geklaut haben.“

„Vermutlich“, gab Adi mir recht. „Als Kundschafterin musste ich immer ein besonderes Augenmerk darauf legen, welche Waffen eine unbekannte Spezies möglicherweise gegen uns einsetzen würde.“

Jamila unterbrach unsere Überlegungen, denn ihr spukten noch ganz andere Gedanken im Kopf herum: „Befanden sich in dem Haus … vorhin, als es kollabiert ist … noch andere Jamilas?“, fragte sie.

„Nein.“ Adi rappelte sich mühsam auf. „Okay, Leute. Wir müssen los. Die Zeit wird knapp.“

„Was?“ Noch einmal wallte Furcht in mir auf. „Die Zeit wird knapp? Was meinst du damit?“

„Genau das, was ich gesagt habe.“ Adi starrte mich

an, als sei es ganz offensichtlich. „Um siebzehn Uhr wird bei *Pizza Joe* in Beaconsfield das All-you-can-eat-Büfett abgeräumt. Danach kann man nur noch *à la carte* bestellen. Ich brauche was zu essen und zwar jetzt sofort.“

16. KURZSCHLUSS

Dann also Pizza. Ein weiteres Mal.

Hundemüde starrte ich auf meinen Teller und sinnierte über meine Essgewohnheiten nach. (Fazit: in jüngerer Zeit nicht gerade top. Wobei … Von all den Risiken, denen meine Gesundheit in den letzten Tagen ausgesetzt war, belegte „hoher Cholesterinspiegel“ wohl eher einen der hinteren Ränge.)

Jamila rührte ihre Pizzastücke auch nicht an. Erst jetzt wurde uns beiden so richtig bewusst, was uns alles widerfahren war – und fast widerfahren *wäre*. Und dass wir fürs Erste zwar entkommen konnten, Zenia und Alpha aber so schnell nicht aufgeben würden. Die Gefahr war längst nicht gebannt, im Gegenteil. Sie wuchs.

„Aus Beta mach Alpha“, sagte ich schaudernd. „Was glaubt ihr, wer der Typ ist? Oder *war*?“

„Du kennst ihn“, offenbarte mir Adi. „Das erste Mal

bist du ihm am Jodrell-Bank-Observatorium begegnet. Da hast du seinen Rucksack mit ultraschweren Steinen gefüllt, sodass er dich nicht umbringen konnte.“

Ich setzte mich kerzengerade auf. „Das war einer der Typen aus der Cybersecurity-Einheit?“

„Sein echter Name ist Petr Loborik“, informierte uns Adi. „Er hat gegen Bezahlung an mehreren von Zenias Genversuchen teilgenommen.“

„Petr der Beta.“ Jamila nickte anerkennend. „Guter Name.“

„Der Arme“, seufzte ich. „Danach war er wortwörtlich nicht mehr derselbe.“

„Ich sollte mal kurz zu Hause anrufen“, fiel Jamila plötzlich siedend heiß ein. „Meine Familie macht sich bestimmt total Sorgen.“

„Nö, nö“, sagte Adi mit vollem Mund. Sie schluckte einen großen Bissen Knoblauchbrot hinunter und fuhr lapidar fort: „Alle haben dich vergessen.“

„Alle haben – *was*?“ Jamilas entsetzter Gesichtsausdruck tat mir in der Seele weh.

„Danke, dass du's ihr schonend beibringst, Adi“, schaltete ich mich kopfschüttelnd ein. „Du hast dich also auf dem Laufenden gehalten, während du auf den Servern eingesperrt warst, was?“

„Videoüberwachungsanlagen eignen sich gut für Lauschangriffe“, stimmte sie mir fröhlich zu.

Jamila knallte ihr Wasserglas auf den Tisch. „Können wir nochmal kurz zurückspulen zu *Alle haben dich vergessen*?“

Ich berührte sie an der Schulter und erklärte ihr mit wenigen Worten, was passiert war. Sie saß geknickt auf ihrem Stuhl, schlang die Arme um sich und sah nicht mehr von ihrem Teller auf.

„Was ist los? Schmeckt dir die Pizza nicht?“, wollte Adi wissen.

„O Mann, Adi. Sie ist traurig“, flüsterte ich. „Jam, ich will kein Salz in die Wunde streuen, aber *meine* Mum hat mich nicht vergessen und ich sollte ihr wirklich kurz Bescheid geben, dass alles okay ist. Sie glaubt, ich wäre zu meinem Dad nach London gefahren, und wenn ich nicht –“

„Mach halt“, schnitt mir Jamila das Wort ab. „Ruf sie an.“ Sie drehte den Kopf zu unserem Nachbartisch, wo eine Mutter mit ihren zwei kleinen Töchtern zu Abend aß. Über der Rückenlehne ihres Stuhls hing eine Handtasche. Halb geschockt, halb fasziniert beobachtete ich, wie sich der Reißverschluss öffnete und ein iPhone wie durch magnetische Kräfte angezogen geradewegs in

Jamilas Hand geflogen kam. „Hier, bitte sehr. Da du deins ja mal wieder verloren hast."

Ich weigerte mich, das Handy an mich zu nehmen. „Du kannst doch fremden Leuten nicht das iPhone klauen."

„Ach nein, Sankt Dannyboy? Ist ja nicht so, als könnte man mich dafür festnehmen. Ich *existiere* nicht." Beleidigt wandte sie sich ab und hielt der Dame am Nebentisch das Smartphone hin. „Entschuldigung? Ich glaube, das ist Ihnen aus der Tasche gefallen."

Mit einem verwirrten Lächeln nahm die Frau ihr Eigentum an sich. Ich spürte, wie ich rot anlief, und konzentrierte mich darauf, ein Stück Pizzakruste auf meinem Teller hin und her zu schieben. Die zweite Pizzaparty mit Adi innerhalb von 24 Stunden gestaltete sich als noch ernüchternder als die erste, selbst wenn Jamila inzwischen in Sicherheit war. Doch stimmte das überhaupt? Meine beste Freundin schien zu kränkeln. In ihr knisterten immer noch jede Menge Energene. Und die Langfinger-Nummer von eben sah ihr kein bisschen ähnlich.

Sei nachsichtig mit ihr, sagte ich mir. *Sie hat echt viel durchgemacht. Sie – und wir alle.*

„Eines habe ich noch nicht verstanden, Adi", wechselte ich das Thema. „Wie genau hast du es geschafft, aus deinem digitalen Gefängnis auszubrechen und Plätze mit deiner, äh, Nachfolgerin zu tauschen? Mit Schwarmmagie?“

„Magie?“ Adi schaute mich an, als hätte ich einen fahren lassen. „Ich habe Adiabola benutzt. *Skimming* nennt sich das. Ich habe ihren Code ausgelesen und geklaut.“

Jamila zog eine Augenbraue hoch. „*Skimming?* So nennt man es doch, wenn Kreditkartendiebe mit illegalen Lesegeräten PIN-Nummern klauen.“

„Das Prinzip ist ähnlich. In beiden Fällen geht es um Daten. Nur dass ich von der bösen Adi etwas geklaut habe, das mehr wert ist als alles Geld der Welt.“ Sie lächelte mich an. „Als sie bei eurem Gerangel in direkten Kontakt mit dem Computerterminal kam, konnte ich mir Zugriff auf die Energene verschaffen, die sie sich kurz zuvor aus deinem Handy einverleibt hatte. Daraufhin war es ein Kinderspiel, ihr Betriebssystem zu hacken – und damit gehörte sie *mir*.“ Sie hob eine Hand, drehte und wendete und bestaunte sie. „Ich bin wieder aus Fleisch und Blut.“

„Deshalb hast du mich also in den Keller gelotst“, wurde mir klar. „Ich war ein Köder. Ich sollte Adiabola in deine Nähe locken, damit du fliehen konntest.“

Sie verzog das Gesicht zu einer Grimasse, die wie ein weinendes Emoji aussah. „Es war der einzige Weg", entschuldigte sie sich. „Ich hatte bereits so große Fortschritte gemacht, mein Bewusstsein in seiner digitalen Form annähernd wiederhergestellt, die Firewall durchbrochen und durch das WLAN einen Weg nach draußen gefunden. Erinnerst du dich? Im Krankenhaus? Als du Jamila helfen wolltest?"

„Na klar! Die Botschaft auf der Preisanzeige an der Snackmaschine", fiel es mir wieder ein. „*Renn weg Danny*. Das warst du?"

„Zu mehr war ich nicht imstande", erwiderte Adi. „Aber ich hatte die ganze Zeit ein Auge auf dich."

„Süß", sagte Jamila mit einem falschen Lächeln. „Voll die Stalkerin."

Ich ignorierte sie. „Du meinst, du hast meine Schritte mithilfe von Überwachungskameras verfolgt, Adi?"

„Das war nicht nötig", informierte sie mich. „Ich habe eine Programmierung in deinem Verstand hinterlassen, die verhindert, dass er von externen Kräften manipuliert werden kann. Dieser Code erlaubt es mir im Bedarfsfall außerdem, deine genaue Position festzustellen sowie deine Sinneswahrnehmungen zu erfassen."

„Stalkerin war stark untertrieben", stellte ich fest.

„Jamila, dir wollte ich auch helfen", sagte Adi. „Und das werde ich auch. Falls Zenia … nein, *sobald* Zenia keine Gefahr mehr für unsere Welten darstellt."

„Deinen etwas kümmerlichen Versuch, hier Optimismus zu verbreiten, nehme ich dankend zur Kenntnis", sagte ich ironisch. „Aber wieso *unsere Welten*?"

Adi biss herzhaft in ein triefendes Stück *Quattro Formaggi*. „Ich glaube, dass Zenia sowohl für die Erde als auch für den Schwarm eine Gefahr ist."

„Im Schwarm teilt ihr euch doch alle denselben Verstand, oder?", fragte Jamila. „Wer zu euch gehört, greift auf dasselbe Wissen zu."

„Meine Verbindung zum Schwarm wurde gekappt", berichtete Adi leise. „Statt mir ist Adiabola verlinkt."

„Aber die hast du doch … annektiert", argumentierte ich. „Die böse Adi gibt es nicht mehr."

„Doch", entgegnete Adi. „Sie ist nicht tot. Genauso wenig wie der Agent, der sie begleitet hat. Ihr erinnert euch: Wenn unsere körperliche Form zerstört oder, wie in diesem Fall, sich dieser bemächtigt wird, dann kehrt die digitale Intelligenz an ihren letzten Aufenthaltsort zurück."

„Das wäre in diesem Fall der Bodyprinter auf der Internationalen Raumstation", überlegte ich.

Adi nickte. „Ich bin auf mich allein gestellt. Aber ich hoffe, dass ich mein Wissen mithilfe der Daten auf Doktor Pearces Laufwerken erweitern kann."

„Du glaubst? Du hoffst?" Ich grinste. „Das klingt in meinen Ohren alles ziemlich menschlich."

„Ich habe von den Besten gelernt." Adi lächelte traurig zurück. „Aber wenn ich sage, *ich hoffe*, dann ist das realistisch. Viel Zeit bleibt uns garantiert nicht. Was heute passiert ist, kann der Schwarm nicht tolerieren. Er wird Jagd auf uns alle machen."

Das war kein schöner Gedanke. „Wenn Drohnator und dein Double neu ausgedruckt werden müssen", sagte ich, „können sie sich dann überhaupt daran erinnern, was sie auf der Erde alles gesehen haben?"

„Na logo, Dannyboy. Natürlich erinnern sie sich. Das sind digitale Lebensformen", antwortete Jamila. „Ein Körper ist für sie nicht mehr als ein klappriges Verkehrsmittel, das ihnen in Echtzeit Updates gibt. So wie ein Auto, das einer App meldet, wie viel Benzin noch im Tank ist. Bei Menschen ist es anders. Menschen *sind* ihre Körper. Sie bekommen keine Updates, wenn man sie neu ausdruckt." Stirnrunzelnd hielt sie inne. „Wenn man *uns* neu ausdruckt, meine ich."

„Das stimmt", sagte Adi. „Wenn die Körper, die wir

annehmen, irreparabel beschädigt werden, wandert unsere Essenz in den nahe gelegensten Netzwerkknoten des Schwarms.“

„Ihr *respawnt*“, fasste ich zusammen. „Wie in einem Videospiel.“

„Ihr re-schwarmt“, scherzte Jamila. „Sorry. Der war schlecht.“

Adi schaffte ein höfliches Lächeln. „Woher weißt du das alles, Jamila?“

„Keine Ahnung“, erwiderte sie sichtlich aufgewühlt. „Ich muss es wohl aufgeschnappt haben, als Pearce und die anderen … sich unterhalten haben.“

„Apropos lauschen“, sagte ich. „Jam und ich haben auch mitbekommen, wie Zenia zu Pearce meinte, sie hätte die DNS von Drohnator und Adiabola gescannt. Hast du eine Ahnung, wozu das gut sein könnte?“

Adi dachte nach. „Vielleicht will sie untersuchen, wie sich Energene auf unsere synthetischen Körper auswirken?“

„Oder sie sucht nach einer Schwachstelle“, mutmaßte Jamila, „die sie beim nächsten Mal gegen die beiden einsetzen kann.“

Ein mulmiges Gefühl überkam mich. „Drohnator und deine Doppelgängerin werden ebenfalls die Jagd auf uns eröffnen, stimmt's, Adi? Sobald sie wieder in Körpern stecken, machen sie Hackfleisch aus uns."

„Oder auch nicht. Wir müssten sie nur davon überzeugen, sich mit uns zu verbünden. Schließlich haben wir gemeinsame Feinde", sagte Adi. „Wenn wir beweisen können, dass wir ihnen nützlich sind, haben wir eine Chance. Und dazu müssen wir herausfinden, was Zenia vorhat, ehe sich Adiabola und der Agent –"

„Drohnator", warf ich ein.

„Ehe sich Adiabola und Drohnator neue Körper erstellen", beendete Adi ihren Satz.

„Klingt gut", sagte Jamila. „Oder vielleicht findet Zenia ja doch einen Weg, die beiden zu killen. Das wäre praktisch. Dann wären wir sie los."

Ich stutzte. Ja, keine Frage, Jamila verhielt sich merkwürdig. Doch ich schob es auf die Energene und hoffte einfach nur, dass meine Freundin deswegen kein zweites Mal im Krankenhaus landen würde. „Zenia hat gesagt, sie würde für eine höhere Macht arbeiten oder so", erinnerte ich mich laut. „Ich frage mich, was sie damit gemeint hat."

„Möglicherweise finden wir das heraus, wenn wir die Dateien sichten, die ich von den Servern gestohlen habe. Darin sind Doktor Pearces Experimente festgehalten – und ihre Entdeckungen." Mit fettigen Fingern angelte Adi eine Leiterplatte aus ihrer Hosentasche. „Dauert nicht lange. In der Zeit, die ihr braucht, um einen Comic zu lesen, verarbeite ich mehrere Petabytes an Daten."

Die Mutter am Nebentisch machte große Augen, als sich Adi die Platine dicht vors Gesicht hielt und beim Absorbieren der digitalen Informationen in eine Art Trancezustand verfiel. Wie ein mümmelndes Häschen sah sie dabei aus. Die Mutter warf uns einen halb verwirrten, halb besorgten Blick zu. Ich musste an meine eigene Mum denken. Ob ihr inzwischen wohl aufgegangen war, dass ich sie angelogen hatte? Als mein Anruf ausgeblieben war, hatte sie vermutlich Dad eine Mail geschickt, der ihr dann verklickern musste, dass er keineswegs in England, sondern nach wie vor in Hawaii weilte. Und *zack!* war meine Tarnung aufgeflogen. Vielleicht hatte Mum die Polizei gerufen. Vielleicht kursierte mittlerweile im Großraum London eine Vermisstenmeldung mit einem Foto von mir. Oder vielleicht hatte sich Mum auch in bergeweise Arbeit vergraben und ihr war mein Verschwinden noch gar nicht aufgefallen. Welches Szenario auch immer zutraf – ich beschloss, dass ich es lieber gar nicht wissen wollte.

Da sprang Adi plötzlich ohne Vorwarnung auf und schrie wie am Spieß. Sie zitterte am ganzen Leib. Mit der linken Hand hielt sie die Platine so krampfhaft umklammert, dass ihre Finger zu bluten begannen. Sie verdrehte die Augen, bis nur noch das Weiße zu sehen war. In dem kleinen Pizzalokal brach Tumult aus. Gäste riefen durcheinander, sprangen von ihren Stühlen auf, starrten uns mit offenen Mündern an. Ein Kind fing an zu weinen.

„Alles ist gut," versuchte ich Adi zu beruhigen und legte meine Hand auf ihren Arm. Sie schwitzte, zuckte, *glitchte*. „Jam, was ist mit ihr?"

Jamila schien ratlos. „Eine richtig fiese Panikattacke?"

„Attacke", flüsterte Adi und schloss die Augen. Die Haut in ihrem Gesicht blätterte ab wie alte Farbe. „Meine Suche … hat … eine Cyberattacke … ausgelöst. Die nehmen mich … auseinander …"

„Die Leiterplatte war vermint?", mutmaßte ich. „Du hast eine Falle ausgelöst, als du versucht hast, auf die Informationen zuzugreifen?"

Doch Adi konnte mir nicht antworten. Ein Gurgeln entrann ihrer Kehle, sie bekam keine Luft mehr.

„Lass mich mal." Jamila schob mich beiseite, fasste Adi bei den Schultern und sah ihr direkt in die Augen.

„Adi. Du musst dich beruhigen. Sieh mich an. Konzentrier dich auf *mich*."

„Auf dich", wisperte Adi. Mit größter Anstrengung öffnete sie die Augen. „Jamila."

„Das bin ich." Jamila legte ihre Stirn an Adis. „Hol dir von mir, was du brauchst. Okay? Genau wie mit Adiabola. Nimm meine Energene."

Mein Magen schlug Purzelbäume. Tatsächlich, es funktionierte: Adi wurde ruhiger. Ihre Haut nahm den gewohnten Farbton an und ihre braunen Augen funkelten. Sie konzentrierte sich voll und ganz auf Jamila, was mir einen Stich versetzte: Ich war ein klein wenig neidisch auf ihre Verbindung.

„Sie kommt wieder zu sich!", rief einer der Umstehenden.

„Rufen Sie trotzdem einen Krankenwagen", ertönte eine zweite Stimme.

„Nicht nötig", schaltete ich mich ein. „Es geht ihr gut." Dann sprintete ich zur Theke und drückte dem Kellner meine Karte in die Hand. „Können wir bitte zahlen?"

Mit einem verblüfften Achselzucken holte er das Lesegerät hervor. Unterdessen bedeutete ich der benommen wirkenden Jamila, Adi ins Freie zu bugsieren. Nach dem

Bezahlen verließ auch ich die Pizzeria und trat neben die beiden auf den Gehweg. Leute gafften uns durchs Fenster an, weshalb ich Adi und Jamila unterhakte und ein Stück die Straße hinabführte. Wir erreichten eine verlassene Bushaltestelle und hockten uns ins schmuddelige Wartehäuschen.

„Der Angriff war unfair", meinte Adi geknickt. „Ich war noch nicht fertig. Ich habe ewig darauf gewartet, wieder einen Körper zu haben, und jetzt kriege ich nicht mal Nachtisch."

„Ich würde sagen, du hattest für heute genug." Ich bog ihre blutigen Finger auf und nahm ihr sanft die Platine aus der Hand. „Was ist überhaupt passiert?"

„Die Daten auf der Leiterplatte waren geschützt. Als ich versucht habe, sie abzurufen, wurde eine tödliche Sprengfalle ausgelöst," erklärte Adi. Sie sah besorgt aus. „Das ist auch wieder schwarmfremde außerirdische Technologie. Und ich bin mir sicher, dass ich so was irgendwo schon mal gesehen habe …"

„Du meinst, die Falle stammt von einem Planeten, den du mal ausgekundschaftet hast? Genau wie die Implosionsbombe?"

„Vielleicht sogar von genau demselben Planeten", antwortete Adi.

„Wie gut, dass du mich hast", sagte Jamila leichthin. „Das war ja echt fies eben."

„Ich hätte nicht gedacht, dass du mir helfen kannst", erwiderte Adi geradeheraus. „Wenn eine Falle wie diese zuschnappt, greift sie den biologischen Code ihres Opfers an. Deine Energene hätten eigentlich nicht ausreichen dürfen, um den Vorgang aufzuhalten. Es war fast, als hätte die fremde Energie einfach … kapituliert."

„Ja, weil *ich* nicht klein beigegeben habe", beharrte Jamila.

„Widerspruch ist zwecklos", sagte ich zu Adi. „Hast du schon mal probiert, Jamila von etwas zu überzeugen? Einmal haben wir uns eine Stunde lang gestritten, weil sie es absurd fand, dass ich Sour-Cream-Nachos wollte. Laut ihr sind Chili-Cheese-Nachos die einzig wahren. Die haben wir uns dann natürlich auch geholt."

Jamila zog einen Schmollmund. „Ja, woraufhin du mir recht geben musstest."

„Das ist wahr", räumte ich ein. Ich musste grinsen. Wir hockten in einer verlotterten Bushaltestelle und hatten keine Ahnung, was wir tun sollten oder was als Nächstes kommen würde, aber eines wusste ich: dass es auf der ganzen Welt niemand anderen gab, den ich in dieser aussichtslosen Situation lieber bei mir gehabt hätte.

„Na ja, auf jeden Fall haben wir den Angriff abgewehrt“, sagte Jamila. „Die Frage ist: Welche Information ist wichtig genug, um sie mit einer derartigen Vorrichtung zu schützen?“

„Die Adresse von Pearces geheimem Labor“, erwähnte Adi beinahe beiläufig. „Das Labor, in dem sie die meisten ihrer frühen Experimente durchgeführt hat. Gut möglich, dass wir Zenia dort antreffen. Falls nicht, finden wir eventuell einen Hinweis darauf, wo sie sich aufhält und was sie vorhat.“

„Klingt gefährlich“, sagte ich finster. „Und wo ist dieses Geheimlabor?“

„Es befindet sich innerhalb einer Industrieanlage, gar nicht weit von eurem Zuhause entfernt.“ Adi legte eine Kunstpause ein. „Es ist derselbe Ort, an den euch Zenia im Minibus gefahren hat. An dem Tag, an dem Jamilas Energene zum ersten Mal entfesselt wurden.“

„Dann hat sie uns da also hingebracht, weil sie sich einen Heimvorteil erhoffte“, sinnierte ich. „Vermutlich saßen im Labor ein, zwei Betas, die uns mit Drohnen gefilmt haben, und noch ein paar mehr auf Abruf, falls die Sache aus dem Ruder laufen sollte.“

„Das Ganze ist doch mehr als merkwürdig“, grübelte Jamila. „Ich frage mich, was sich Großes, Böses in diesem Labor befindet, dass Zenia jeden umbringt, der auch nur von seiner Existenz erfährt?“

„Die eigentliche Frage ist, wer blöd genug sein könnte, es rausfinden zu wollen“, seufzte ich. „Ach so, ja, stimmt. Wir.“

17. IN DER ZELLE

Ich hatte ein Déjà-vu, als das autonome Taxi auf die Hauptstraße Richtung Industrieanlage abbog. Einziger Unterschied: Bei der Minibusfahrt mit Zenia waren wir am helllichten Tag hier entlanggebrettert, jetzt war es nach 22 Uhr.

Unsere Anfahrt hatte Stunden gedauert. Jamilas Idee, einfach eine Fluxreise zu unternehmen, war bei Adi auf Protest gestoßen. „Darf ich euch daran erinnern, dass Adiabola und Drohnator der Spur der Energene folgen können?“, hatte sie uns ermahnt. „Und nachdem ein Agent von einer Vortexbombe zerstört und ein komplettes Gutshaus durch eine Implosionsgranate dem Erdboden gleichgemacht wurde, untersucht der Schwarm die Erde garantiert auf außerirdische Technologie.“

„Wenn ich mich recht erinnere, wollte der Schwarm Überbleibsel seiner *eigenen* Technologien ausradieren“, erwiderte ich. „Dass auf der Erde jetzt auch noch andere außerirdische Technologie genutzt wird, findet er wahrscheinlich nicht so prickelnd, oder?"

„Nein, Danny", sagte Adi. „Findet er nicht."

„Es überrascht mich, dass die uns nicht längst auf den Fersen sind", meinte Jamila.

„Mich auch", antwortete Adi leise. „Und ich fürchte, dafür gibt es einen unschönen Grund. Die Raumzeit zu krümmen, um größere Distanzen zu überwinden, ist auf jeden Fall keine gute Strategie. Wir müssen unterm Radar bleiben."

Und das war Adis letztes Wort gewesen. Die lange Fahrt hatte ich dazu genutzt, in den Sitzen mit den weichen Lederpolstern das ein oder andere Nickerchen zu halten, und auch Jamila war ratzfatz eingeschlafen. Ihr Kopf war gegen die Scheibe gesunken und sie hatte leise geschnarcht. Die Arme! Sie hatte echt was durchgemacht. Hoffentlich trug sie keine bleibenden Schäden davon.

Doch mir war klar: Nichts würde wieder so werden wie früher. Was geschehen war, hatte uns *alle* verändert.

Mit jedem Kilometer, den uns das fahrerlose Taxi nun näher ans Ziel brachte, stieg meine Anspannung. Was erwartete uns? Was würden wir durchstehen müssen, ehe die Sache ein Ende fand – wie auch immer dieses aussehen sollte?

„Waren wir echt schon mal hier?“, fragte Jamila schlaftrunken. „So halb erinnere ich mich daran, aber nur verschwommen. Wie an einen Traum.“

„Wohl eher einen Alptraum“, gab ich zurück. „Meinst du, Zenia hat uns damals in Pearces Auftrag hergebracht? Oder war das bereits auf Befehl ihrer ‚höheren Macht‘?“

„Für die hat sie bestimmt schon immer gearbeitet“, vermutete Jamila.

„Anfangs nicht.“ Adi schüttelte den Kopf. „Zenias Vater ist der Generaldirektor der Britischen Special Cybersecurity Unit.“

„Das heißt, er ist Pearces Boss?“, vergewisserte ich mich.

„Ja“, bestätigte Adi. „Ihm gehörte das Gutshaus in Beaconsfield. Das Labor, über das ihr dort gestolpert seid, hatte er ursprünglich für seine privaten Forschungen eingerichtet.“

„Ein stinkreicher Typ also“, fasste Jamila zusammen.

„Er hat mit der Miniaturisierung von Elektronik viel Geld verdient“, fuhr Adi fort, „und im Laufe der Jahre hohe Summen in die Entwicklungslabors der Cybersecurity investiert. Zenia tritt in seine Fußstapfen, hat sich aber auf synthetische Biologie spezialisiert. Pearce hat sie nur eingestellt, weil ihr Vater darauf bestand, dass man seine Tochter für … spezielle Projekte brauche."

„Und als Dank sprengt Zenia mit einer Granate Papas Haus in die Luft", sinnierte ich. „Falls es ihr nicht gelingt, die Weltherrschaft an sich zu reißen, kriegt sie vermutlich Hausarrest, oder?"

Eine Antwort blieben Jamila und Adi mir schuldig, denn in diesem Augenblick setzte das Taxi den Blinker und bog auf das Industriegelände ab. Zu unserer Linken erhob sich drohend das dunkle Fabrikgebäude, das Jamila damals umgeworfen hatte. Schwarz-gelbes Absperrband flatterte im Wind. Der Wagen fuhr, genau wie von der Beschilderung vorgeschrieben, in Schrittgeschwindigkeit weiter und drang tiefer in das unbekannte Gelände vor.

Jamila beugte sich nach vorn und fragte Adi: „Weißt du, an was für ‚speziellen Projekten' Zenia gearbeitet hat? Klonen und so?"

„Der Bodyprinter kam erst später", sagte Adi. „Ursprünglich ging es um etwas ganz anderes: wie man digitale Informationen auf synthetischen DNS-Strängen speichern kann."

Jamila und mir entfuhr gleichzeitig ein „Bitte was?"

„Ich dachte, die DNS enthält unsere Gene und so", fügte ich hinzu und kramte in meinem Gedächtnis nach Erinnerungen an Frau Mituras Biologieunterricht. „Unsere körperlichen Eigenschaften. Alles Biologische halt."

„Ja, schon", sagte Adi. „DNS ist nichts anderes als Informationen. Quasi der Bauplan, nach dem ein lebender Organismus zusammengesetzt ist, und den eine Generation an die nächste weitergibt. DNS ist die Sprache des Lebens – und die Zellen in euren Körpern verstehen und sprechen sie."

„Das heißt also, irgendwo in meinen Zellen liegt die Gebrauchsanweisung für Augenbrauen, in der steht, wie man nur eine davon hochzieht", stellte Jamila fest und lüpfte die linke Braue, während sich die rechte keinen Millimeter bewegte. „Irre."

„Kann ich das deshalb nicht, weil meine Gene anders kodiert sind?", fragte ich. Dann kam mir ein weiterer Gedanke: „Funktioniert das Kodieren eigentlich wie eine Computersprache?"

„Es gibt tatsächlich Ähnlichkeiten zwischen der DNS und einer Programmiersprache." Adi nickte geduldig. „Binärcode besteht zum Beispiel aus Nullen und Einsen. DNS setzt sich aus vier Nukleinbasen zusammen. Man muss nur wissen, wie man die Sprache liest und ‚schreibt'."

Jamila kam aus dem Staunen nicht mehr heraus. „Könnte man theoretisch x-beliebige Daten auf einem mikroskopisch kleinen Klumpen DNS speichern?"

„Natürlich. Auf der Erde wurde 2019 eure komplette Wikipedia in einem einzigen DNS-Molekül festgehalten", wusste Adi. „Sie war damals sechzehn Gigabyte groß. Auf einem Molekül ist Platz für 215 Millionen Gigabyte an Informationen und man kann sie über Jahrmillionen speichern. Die Menschen müssen lediglich einen simplen, kostengünstigen Weg finden, um solche Daten zu übersetzen und bereitzustellen."

„Ergibt Sinn, dass die Cybersecurity auf diese Idee anspringt", meinte ich. „Die Leute könnten wichtige Informationen in ihren eigenen Körpern mit sich herumtragen. Für Hacker dürfte es schwierig sein, auf Daten zuzugreifen, die in menschlichen Zellen versteckt sind."

„Sofern diese Hacker Menschen sind, ja", sagte Adi. „Für außerirdische Lebensformen, die mit fortschrittlicher Technologie arbeiten, ist es ein Kinderspiel."

Die Temperatur sank gefühlt um zehn Grad, als uns die Tragweite von Adis Worten bewusst wurde.

„Außerirdische Lebensformen wie der Schwarm",

reagierte Jamila schließlich. „Mit Schwarmtechnologie wurden unsere Körper gehackt, kopiert und geklont."

„Ja", bestätigte Adi. „Wenn einer unserer Bodyprinter – so wie in deinem Fall – Billionen von neuen Zellen generiert, ohne auf Homo sapiens kalibriert worden zu sein, dann ist es eigentlich nicht verwunderlich, dass unsere Energene in deinen Biocode eingeflossen sind."

„Pearce wiederum wollte Jamilas Schwarmzellen hacken, um genau diese Energene zu isolieren", schlussfolgerte ich und fühlte mich dabei wie Sherlock Munday, Meisterdetektiv. „Ihr Ziel war, die Energie für sich selbst nutzen."

„Das war *Pearces* Plan, ja", sagte Adi langsam. „Zenia hat offenbar ihr eigenes Programm durchgezogen."

„Vielleicht wurde sie dazu gezwungen", überlegte Jamila.

„Von wem?", fragte Adi.

Die Frage hing in der Luft, als das autonome Taxi neben dem Eingang eines Fabrikgebäudes ausrollte. Es war vermutlich gut, dass uns kein neugieriger Fahrer dabei beobachten konnte, wie wir aus dem autonomen Wagen kletterten und schnurstracks an den vielen Schildern vorbeimarschierten, die auf der ganzen Industrieanlage wie Unkraut aus dem Boden sprossen. Auf ihnen standen so verheißungsvolle Dinge wie GEFAHRGUT-ZONE und ZUTRITT VERBOTEN und ACHTUNG LEBENSGEFAHR.

„Wie kommen wir rein?", fragte ich.

Jamila streckte die Hand aus, woraufhin die Eingangstür aus den Angeln flog und rumpelnd zu Boden fiel.

„Sag mal, hast du sie nicht mehr alle?" Ich starrte sie wütend an. „Adi hat doch gesagt: keine Superkräfte!"

Jamila schmollte. „Das war doch nur eine winzig kleine Druckwelle."

„In dem Schuppen arbeiten teuflische Genies mit Zugang zu Alien-Gadgets", schimpfte ich. „Hier könnte es alle möglichen Fallen geben."

„Um die herkömmlichen Sicherheitsvorrichtungen habe ich mich bereits gekümmert", sagte Adi. Die Überreste einer Alarmanlage rieselten vom Dach.

„Na toll", grummelte ich. „Jetzt packst du auch noch das schwere Geschütz aus."

„Wir dürfen uns hier nicht zu lange aufhalten." Adi überquerte hinter Jamila die Türschwelle. Als Einziger im Bunde, der nicht mal eben mit dem Finger schnipsen konnte, um Materie zu verbiegen, fühlte ich mich wie das fünfte Rad am Wagen. Ein Teil von mir wäre am liebsten nach Hause gerannt und hätte sich unter der Bettdecke vergraben.

Aber nein. Die beiden Verrückten da vorn waren meine besten Freundinnen und ganz egal, welche Gefahren uns da drin erwarteten: Ich hatte nicht vor, sie alleinzulassen. Wenn ich sonst zu nichts imstande war, konnte ich ihnen wenigstens den Rücken freihalten. Wachsam betrat ich das Gebäude.

Jamila und Adi hatten eine Art Empfangstresen passiert und die Stahltür zu einem abgesicherten Bereich geöffnet, der auf den ersten Blick wirkte, als wären das Mission Control Center der NASA, Frankensteins Laboratorium und ein Leichenschauhaus ineinander verschmolzen und anschließend mit Plastikplanen verhüllt worden. Eine Geste von Jamila genügte, um die Abdeckung beiseitezufegen.

Ich deutete auf ein monströses Gerät, halb Sarg, halb Solarium, das auch etwas von einem Kopiergerät hatte. „Das Ding sieht aus wie dein Digiscanner, Adi. Der, den du damals in der Lagerhalle aus Teilen zusammengebastelt hast, die du auf der Erde besorgen konntest.“

„Pearce und Zenia haben den Bauplan aus meinem Speicher gestohlen, während sie mich gefangen hielten." Adi untersuchte das Gerät. „Oder zumindest einen Teil des Bauplans. Es fehlen die Magnetresonanzkomponenten. Die Ersatzschaltung ist durchgebrannt und fehlerhaft."

„Deshalb brauchten sie meine SIM-Karte", ging mir auf. „Und die Komponenten von dem MRT-Scanner im Krankenhaus."

„Und mich", murmelte Jamila. Sie deutete auf einen Stapel Festplatten, mehrere Gaszylinder und Elektroteile nicht näher identifizierbaren Ursprungs, die alle per Kabel mit einer Art Metallsarg verbunden waren. Dieser war durch schwere Ketten gesichert. „Was ist das? So was habe ich irgendwo schon mal gesehen."

„Ein Bodyprinter", erwiderte ich.

„Ja", stimmte Adi zu, „aber man hat ihn abgewandelt. Ich befürchte, dass sich Zenia in ihren Experimenten nicht darauf beschränkt hat, Energene zu isolieren. Sie forscht an DNS-Speichern – und noch an etwas anderem."

„Aber warum hat sie ihren eigenen Bodyprinter gefesselt?", wunderte sich Jamila und hob ohne Nachzudenken die Hand. Die Ketten schlugen Funken, zersprangen und glitten zu Boden wie tote Schlangen.

„Lass das", blaffte Adi. „Ich habe dir doch erklärt,

dass deine Kräfte getrackt werden können. Wir sollten von jetzt an wirklich vorsichtiger sein."

„Außerdem tut es dir nicht gut", fügte ich hinzu. „Du siehst immer noch ziemlich mitgenommen aus, Jam."

„Du bist ja nur neidisch, Munday", sagte sie grollend, „weil die coolen Sachen zur Abwechslung mal nicht *dir* passieren."

„Ach, halt doch den Rand", gab ich heftiger als nötig zurück, um zu verbergen, wie sehr mich ihr Kommentar in Wirklichkeit traf. „Glaubst du, der Bodyprinter war einfach zum Spaß angekettet? Wohl kaum. Da könnte immer noch was drin sein. Etwas Gefährliches."

„Hört auf zu streiten." Adi hatte sich an einem der Computer zu schaffen gemacht. Der Lüfter begann zu surren, das Gerät fuhr hoch und der Bildschirm ging an – wie ein Zyklop, der die Augen aufschlug. „Ihr benehmt euch wie alberne Teenager."

„Wir *sind* Teenager", sagte ich.

„Oh." Adi zuckte verlegen mit den Achseln. „Menschen leben so verdammt kurz, dass ich es nie richtig einschätzen kann." Sie deutete auf die grünen Zahlenreihen, die jetzt über den schwarzen Bildschirmhintergrund liefen. „Was ich allerdings mit Sicherheit sagen kann, ist, dass auf diesem primitiven Digiscanner drei genetische Profile gespeichert sind. Von Beta, von Zenia und von dir, Jamila."

„Was?" Jamila blinzelte. Die Nachricht musste sie offenbar erst einmal verdauen. „Das heißt, mein Klon, den Adiabola umgebracht hat, wurde hier ausgedruckt?"

„Die haben zigmal versucht, dich zu bodyprinten", sagte Adi. „Außerdem wurden Kopien von Zenia und Beta gemacht." Sie schnaubte. „Sieht so aus, als wollten sie sich deine Energene einpflanzen. Sie haben probiert, deine DNS in ihr eigenes Erbgut einzufügen."

„Ekelhaft", entfuhr es mir.

„Der Extraktionsvorgang wurde sehr stümperhaft durchgeführt", analysierte Adi weiter. „Ungefähr so, als würde man eine Herz-OP mit Küchenmesser und Stricknadel bestreiten. Rings um Jamilas Energene wurde eine ganze Menge Junk-DNS kopiert und ebenfalls transplantiert."

„Junk-DNA? Was ist denn an Jamilas Erbgut bitteschön Müll?", fragte ich.

„Rund 75 Prozent der menschlichen DNS hat keine sinnvolle Funktion", eröffnete uns Adi. „Dieser sogenannte ‚Junk' füllt einfach nur die Lücken zwischen den Genen und ist ein Beiprodukt der Evolution, die Lebewesen im Laufe der Jahrtausende durchlaufen. Alles daran ist Versuch und Irrtum. Eine sehr ineffiziente Methode –"

„Können wir bitte das Thema wechseln?", schaltete sich Jamila ein. Sie schlang die Arme um die eigenen Schultern. „Ich kann förmlich spüren, wie in mich hineingegriffen wurde. Wie etwas herausgeholt und dann auf uns aufgeteilt wurde. Wie wir dadurch stärker wurden …"

„Das bildest du dir ein", befand Adi. „An den Vorgang hast du keine bewusste Erinnerung." Und damit war das Thema für sie abgehakt. Schon wandte sie sich einem unaufgeräumten Schreibtisch zu und hob ein klobiges Smartphone hoch, das einem Science-Fiction-Thriller hätte entsprungen sein können. „Danny. Erinnerst du dich hieran?"

„Sieht aus wie das Mobiltelefon, das du mir bei deinem ersten Besuch auf der Erde gegeben hast", erwiderte ich und trat neben sie. „Damit konnte ich auf deine Energene zugreifen und die Trackerbots abwehren, die der Schwarm auf uns gehetzt hatte. Aber wo kommt das Teil jetzt her?"

„Du hast es damals mit der Karosserie eines davonfahrenden Autos verschmelzen lassen", half Adi meinem Gedächtnis auf die Sprünge. „Als Pearce meinen

Code durchforstet hat, muss sie wohl auf dieses Detail gestoßen sein. Sie hat das Handy ausfindig gemacht und geborgen. Zum Glück hat sie es nicht zum Laufen gebracht."

„Schade", murmelte ich und drehte und wendete das kleine Gerät. „Es hat sich genial angefühlt, auf einmal so viel Macht zu besitzen …" Da fiel mir auf, dass Jamila wie hypnotisiert den merkwürdigen Sarg und die zu Boden gefallenen Ketten anstarrte. „Hey, Adi. Wann wurde der Printer eigentlich das letzte Mal benutzt?"

Adi scrollte durch die Daten. „Vor zehn Tagen." Sie sah vom Bildschirm auf. „Und das System hat dabei eine Fehlermeldung ausgegeben. Irgendetwas stimmt nicht."

Ihr Tonfall ließ mich aufhorchen. „Was soll das heißen?"

„Was auch immer in diesem Bodyprinter steckt – ich glaube, es ist kein Mensch." Auch Adi blickte nun wie gebannt auf den Sarg. „Oder jedenfalls nicht mehr."

Mir sträubten sich die Nackenhaare. „Was meinst du damit?"

Adi trat neben den Bodyprinter, umfasste den Griff mit beiden Händen und machte sich bereit, die Klappe aufzuziehen. Instinktiv trat ich einen Schritt zurück.

Mit einem Knirschen und Zischen öffnete sich der Sargdeckel einige Zentimeter. Ein fauliger Geruch breitete sich aus, süßlich und penetrant. Um ein Haar musste ich mich übergeben. Die Hand über dem Mund wich ich noch weiter zurück. Doch Jamila blieb wie angewurzelt stehen. Adi hob den Deckel vollständig hoch. Eine Gestankswolke waberte auf uns zu und etwas Großes, Schweres fiel zu Boden. Etwas Entsetzliches und eindeutig sehr, sehr Totes.

Und es war nicht von dieser Welt.

Meine Augen weiteten sich – das war aber nichts im Vergleich zu den schwarzen Glubschern, die mich von den beiden Kopfhälften der Kreatur am Boden anglotzten. Mein Gehirn hatte Schwierigkeiten, die optischen Informationen zu verarbeiten, mit denen es konfrontiert wurde: Das Biest glich weniger einem Säugetier als einem gigantischen Insekt. Mich erfasste derselbe intuitive Ekel, den auch eine Kakerlake im Badezimmer verursacht hätte. Das Wesen war vielleicht drei Meter groß und besaß zwei kurze, dicke Beine mit von Borsten bedeckten Füßen. Ein verkrusteter Panzer bedeckte den länglichen, dünnen Torso. Vier Arme mit tödlich aussehenden Klauen stachen links und rechts daraus hervor.

„Was …?“ Ich wich so weit zurück, bis ich mit dem Rücken heftig gegen die Wand stieß. Das Geräusch schien Jamila aus ihrer Starre zu befreien. Sie riss sich von dem Anblick los und beendete meinen Satz für mich: „Was zur Hölle *ist* das?“

„Ich glaube“, sagte Adi, „das war mal Zenia.“

18. MEINE BESTE FEINDIN

„Dieses *Ding* …“ Ich deutete auf das leblose Panzerwesen. „Das soll Zenia sein? Wie ist das möglich? Die haben wir doch heute erst gesehen.“

„Oder einen Klon von ihr“, gab Jamila zu bedenken.

„Sie hat offenbar an ihrer eigenen biologischen Zusammensetzung herumexperimentiert.“ Adi wirkte bestürzt. „Vermutlich mit dem Ziel, Energene und menschliche Körper besser aneinander anzupassen, sodass die Blueteeth überflüssig werden.“

„Scheint gut geklappt zu haben“, entgegnete ich sarkastisch. Dann erinnerte ich mich an etwas, das Adi uns erklärt hatte. „Du meintest doch, es wurden nicht nur Jamilas Energene, sondern auch unwichtige DNS-Schnipsel kopiert? Könnte das der Grund dafür sein, dass Zenia auf einmal von Doktor Jekyll zu Miss Hyde mutiert ist?“

Adi nickte. „Zenias menschliche Zellen wurden – wie

soll ich das sagen? – einfach niedergemacht. Verändert durch eine aggressive Genmutation. Ich verstehe nur nicht, wie –“

„Du weißt, was das da ist“, unterbrach Jamila sie leise und deutete auf die Leiche. „Habe ich recht?“

Adi schwieg. „Ich glaube, das ist ein Malusianer“, antwortete sie schließlich. „So heißt die dominante Lebensform auf dem Planeten Malus im Tau-Ceti-System. Es passt alles zusammen. Die Implosionsgranate, die Pearces Zentrale verschluckt hat, wurde auf Malus entwickelt. Und die Falle in der Platine stammte vermutlich ebenfalls von dort.“

„Heißt das, es waren vor dem Schwarm schon andere Aliens auf der Erde?“, fragte ich ungläubig. „Sind sie Zenias ‚höhere Macht‘? Was zum Henker sind Malusianer?“

„Eine fortschrittliche, aber kriegerische Zivilisation. Sie sind in angrenzende Sternsysteme eingedrungen und haben das Leben auf zwei Planeten vollständig ausgelöscht.“ Adi kniete sich neben den insektenartigen Körper. „Die Malusianer verwendeten ihre eigene DNS als Waffe. Wie einen Virus. Kamen ihre Feinde mit einem Tropfen Blut oder Speichel oder auch nur einer winzigen Hautschuppe in Kontakt, dann …“

„Hackerangriff." Ich rümpfte die Nase. „Malusianische DNS dringt in die Zellen des Opfers ein und verwandelt es in … ein Monster wie das da? In Malusianer-Klone?"

„Die Verwandlung war ein unvorhergesehener Nebeneffekt, nicht das eigentliche Ansinnen", legte Adi offen. „Die malusianische DNS, kurz M-DNS, enthielt genetisches Material, das speziell dazu entworfen wurde, Hirnfunktionen herabzusetzen. Alle, die damit infiziert wurden, sollten ihre Entscheidungsfähigkeit verlieren und zu willenlosen Sklaven verkommen. Wenn es gelang, die Population eines ganzen Planeten mit M-DNS zu verseuchen, konnten die Malusianer die Herrschaft übernehmen, ohne Krieg führen oder Leben auslöschen zu müssen."

„Aber alles ging schief", flüsterte Jamila.

„Hä, wie kommst du darauf?" Ich warf ihr einen Blick zu – und dann musste ich noch mal genauer hinsehen. Tatsächlich: Eine Träne kullerte über Jamilas Wange. „Hey." Ich legte ihr behutsam die Hand auf die Schulter. „Ist alles in Ordnung?"

Sie riss sich von mir los. „Mir geht's gut."

„In Tau Ceti ging tatsächlich alles schief", bestätigte Adi. „Die M-DNS erwies sich als dominant und überschrieb die ursprüngliche Genkonfiguration des Wirtskörpers. Aber wie sich herausstellte, waren die zwei verschiedenen DNS-Typen nicht kompatibel. Es entstand eine Mutation, die ihren Träger umbrachte." Kopfschüttelnd erhob sie sich. „Zwei Zivilisationen wurden mitsamt ihrem Wissen, ihrer Geschichte und ihren Erinnerungen ausradiert, noch ehe die Malusianer sie überhaupt versklaven konnten."

„Und du weißt das alles", schlussfolgerte ich, „weil du als Kundschafterin für den Schwarm auf Malus unterwegs warst. Richtig?"

Adi nickte. „Unsere Wächter urteilten, dass die Malusianer zu destruktiv seien, um ihnen weiterhin eine Existenz als stoffliche Wesen zu gestatten. Ihre Psychen wurden daher in eine eigene Schwarmnation hochgeladen."

„Und ihre Körper habt ihr zerstört", sagte Jamila tonlos, merkwürdig gelassen. Sie betrachtete noch immer die Leiche. „Der Schwarm implementierte ihnen einen Destruktorcode, um jedes letzte physische Überbleibsel ihres Volks zu beseitigen, nicht wahr, Adi?"

„Ja", erwiderte diese. „Genau wie es auch hier auf der Erde versucht wurde."

„Aber wenn die Körper der Malusianer allesamt

eliminiert wurden“, wunderte ich mich, „wie konnte Zenia dann einen erschaffen und sich verwandeln?“ Ich unterbrach mich, denn mit einem Schaudern wurde mir bewusst, dass ich mir meine Frage möglicherweise selbst beantworten konnte. „Moment. Im Zug nach London meinte Zenia, dass sie an irgendwas forscht.“ Ich kramte in meinem Gedächtnis nach dem genauen Wortlaut. „An den ‚Grundlagen der digitalen Biosynthese‘, hat sie gesagt.“

„Also an der Frage, wie sich digitale und organische Lebensformen zu etwas Neuem kombinieren lassen.“ Adi legte den Kopf schief und musterte das tote Insektenwesen.

„Aber woher sollte sie malusianische DNS bekommen?“, überlegte ich weiter. „Die Malusianer existieren doch nur noch digital, oder? Sind weggesperrt. Sicher aufbewahrt in ihrer eigenen Schwarmnation. Irgendwo tief innerhalb eures Schwarmstocks, ohne verstecktes Hintertürchen.“

„Ja. Das heißt … Nein.“ Adi wandte sich ab, durchquerte den Raum und lehnte sich schwer atmend an den unaufgeräumten Tisch.

„Adi? Was ist los?“, fragte ich besorgt.

Sie sah mich an. Schmerz stand ihr ins Gesicht geschrieben. „Erinnerst du dich daran, wie du und ich hochgeladen und zu den Wächtern geschickt wurden? Und wie Jamila uns zur Flucht verholfen hat?“

Ich nickte. „Du hast Jamila gezeigt, wie sie sich selbst digitalisieren, einen verborgenen Eingang zum Schwarm finden und uns befreien kann.“

„Mehr noch. Indem ich ihr dieses Wissen weitergab, habe ich sie zur Waffe gemacht“, erklärte Adi. „Ich war eine Kundschafterin. Meine Aufgabe bestand darin, den besten Zugang zu sämtlichen Zivilisationen des Universums zu kennen, selbst zu meiner eigenen. Das Hintertürchen, durch das Jamila den Schwarm betreten und mit uns wieder verlassen hat, führte nach dem Zufallsprinzip durch tausend andere Schwarmnationen, sodass die Wächter es nicht mehr rechtzeitig entdecken konnten.“ Sie zupfte an ihrer Unterlippe. „Was, wenn wir dabei … etwas zur Erde mitgebracht haben?“

Mir lief es eiskalt den Rücken herunter. „Du meinst … etwas von Malus?“

„Die ewige Dunkelheit, den ewigen Hass durchsuchten wir nach einem Ausweg.“

Das schroffe Krächzen kam von hinten. Erst dachte ich, das Insektenwesen sei plötzlich wiederauferstanden, und wirbelte entsetzt herum. Doch dann fiel mein Blick auf Jamila, die neben dem Leichnam hockte und zärtlich seine Wange streichelte. Feine Flöckchen rieselten zu Boden.

„Äh, Jam? Was ist los?"

„Als die Gelegenheit nahte, spürten wir es." Ihre Stimme war kratzig und es klang, als steckte jedes Wort voller sich windender Maden. *„Wir fieberten unserer Flucht entgegen. Dann endlich öffnete* sie *uns die Pforten. Das Mädchen."* Jamila hob langsam den Kopf. Ihre dunklen Augen funkelten unheilvoll. *„Ein Sonnenstrahl in der Finsternis. Eine Liebkosung in der tiefsten Nacht …"*

„Lass den Scheiß, Jamila", sagte ich. „Du machst mir Angst."

Doch sie hörte nicht auf. Ihre Stimme wurde tiefer, kehliger. Es klang überhaupt nicht mehr wie Jam. *„Die Tür ging auf – und fort war sie. Fort, fort, um euch zu retten. So flink. So flüchtig. Wie ein Traum, der durch die Netze des Bewusstseins schlüpft und vergessen geht."* Sie kicherte. *„Doch für einen Sekundenbruchteil schmiegten wir uns an sie. Und als sie ging, nahm sie uns mit …"*

„Adi!", rief ich. „Was passiert hier gerade?"

Adi sah mindestens genauso verängstigt aus wie ich.

„Als wir aus dem Schwarm geflohen sind, hat sich ein Fragment aus der Malusnation an Jamilas digitale Form gehängt“, flüsterte sie. „Später hat Zenia versucht, Jamilas Energene zu extrahieren – und dabei versehentlich auch einen Schnipsel M-DNS erwischt. Mehr brauchte es nicht. Zenia hat ihn repliziert und sich und Beta eingepflanzt –“

„Sie wird zu dem, wozu sie immer schon bestimmt war.“ Wie in einer Szene aus einem schlechten Horrorfilm schwebte meine beste Freundin nun über dem Körper des toten Malusianers in der Luft. Ihre dunklen Haare wanden sich wie Schlangen um ihr Gesicht. Sie grinste höhnisch auf uns herab und stieß mit heiserer Stimme hervor: *„Zu einer Rächerin von Malus.“*

Jetzt fiel bei mir der Groschen. Ich rief mir ins Gedächtnis, wie Jamila mich nur wenige Meter von hier entfernt hatte versteinern lassen: *Ich muss gar nichts, Munday.* Wie entsetzlich krank sie geworden war, als sie ihre neuen Kräfte ausprobiert hatte. Und wie sie Adi im Pizzalokal aus dem malusianischen Hinterhalt hatte befreien können. Dahinter steckten überhaupt nicht ihre Energene, sondern die M-DNS in ihren Zellen. Nur deshalb war es ihr gelungen, die Falle auf der Platine auszuschalten. Die M-DNS hatte verhindert, dass

Jamila zu Schaden kam. Jamila, die Genträgerin. Malus' Retterin.

Aus dem irren Funkeln in Jamilas Augen las ich, dass sie uns wehtun würde – und dass das erst der Anfang war. *„Kein Malusianer stirbt allein"*, röchelte sie. *„TOD DEM SCHWARM!"*

19. DIE MALUS-MUTATION

Jamila hob beide Hände und beschwor Flammen herauf, welche die kreischende Adi in Sekundenbruchteilen verzehrten. Sie loderten erst gelb, dann weiß, dann blau – und die Hitze war so intensiv, dass ich sogar aus einiger Entfernung noch das Gefühl hatte, meine Haut würde Blasen werfen. Verzweifelt stürzte ich mich auf Jamila, erwischte sie an den Beinen und warf sie zu Boden. Wir landeten auf dem toten Alien, das daraufhin auseinanderbrach und eine Wolke aus Hautschuppen und Staubkörnchen freisetzte. Ich hielt die Luft an – was, wenn die DNS der toten Kreatur auch mich befiel? Jamila weinte und schrie, als erlitte sie Höllenqualen – als wäre *sie* diejenige, die zu Staub zerfiele.

„Dafür wirst du büßen“, schwor sie mir. Ihre tiefe, krächzende Stimme machte mir Angst. Sie versetzte mir einen Stoß. Ich flog quer durch den Raum, landete unsanft in einem Haufen elektronischer Geräte und ver-

hedderte mich in den Kabeln. Als ich aufzustehen versuchte, zogen sie sich zu meinem Entsetzen zusammen, gruben sich in mein Fleisch und legten sich um meine Rippen. Jamila hielt den Kopf schief und beobachtete mich, als wohne sie gerade einem interessanten Experiment bei: dem Tod ihres besten Freundes.

„Danny." Adis Stimme war schwach, aber trotz des Drucks, der sich in meinen Ohren aufbaute, hörte ich sie glasklar. Adi saß in einer Ecke des Labors und wirkte, wenn man einmal von der versengten Haut absah, unversehrt. Sie warf mir einen kleinen Gegenstand zu und es gelang mir, ihn aufzufangen. Es war das klobige Smartphone, das Pearce und Zenia geborgen hatten – das Gerät, mit dem auch ich damals die Realität verzerrt und das ich verloren hatte.

Jamila fauchte vor Wut. Ich richtete das Gerät auf sie und meine Gedanken auf den toten Malusianer zu ihren Füßen. Schierer Überlebenswille gewann gegen tiefe Furcht: Ich ließ die sterblichen Überreste in unzählige Partikel zerbersten. Ein widerlicher Wirbelwind aus Leichenstaub verschlang Jamila. Sie tobte und spuckte und prustete und rieb sich die Augen.

Die Kabel fielen von mir ab. Ich erzeugte eine Druckwelle und ließ Jamila gegen die Wand donnern. Dann schwankte ich auf Adi zu, die inzwischen völlig erschöpft unter einer Werkbank lag und alle viere von sich streckte.

„Alles okay?“, flüsterte ich. „Sie hat dich ziemlich übel zugerich–“

Die Arbeitsplatte krachte auf Adi herab wie der Deckel einer Kuchenschachtel, die von einem Riesen plattgetreten wird. Aus ihrer Schulter, an der die Metallkante sie getroffen hatte, tropfte Blut. Ich wirbelte herum: Jamila schwebte erneut in der Luft. Der Leichenstaub fiel von ihr ab wie eine Rüstung aus Stahl. Ich spürte Zorn in mir aufwallen, brach ein großes Stück Beton aus der Decke und ließ es mit voller Wucht auf sie hinabstürzen. Doch dann, in letzter Sekunde, bremste ich den Fall ab und ließ den Beton in tausend Teile zerbröckeln. Ganz egal, wozu meine Freundin mutiert war – ich brachte es nicht übers Herz, ihr wehzutun. Die Mutation war schließlich nicht ihre Schuld. Sie war krank. Nicht sie selbst.

Dafür aber blutrünstig.

Blanker Hass stand in Jamilas Augen geschrieben, als sie die Brösel aus Mauerwerk und Gips von sich abschüttelte und eine unsichtbare Faust um mich legte. Ich wehrte mich, versuchte mich aus dem Griff zu befreien – erfolglos.

„Du musst kämpfen“, drängte Adi.

„Ich kann nicht“, gab ich zurück. „Außerdem bist du zu schwach. Da verpulvere ich doch nicht deine letzten Energene.“

„Tu es, Danny“, forderte Adi. „Jamila wird es überleben.“

Mir blieb kaum Zeit, die Arme schützend vors Gesicht zu heben. In hohem Bogen wurde ich durch die Luft geschleudert und rasselte in den Digiscanner. Zusammen mit dem Gerät krachte ich durch die Außenmauer und landete auf dem Gehsteig vor dem Gebäude. Eine Welle der Übelkeit, aber auch der Wut überrollte mich. Ich deutete rings um mich, riss Steine aus dem Boden und schleuderte sie durch das Loch in der Wand Jamila entgegen. Sie wedelte mit der Hand, woraufhin die Steine zu Asche zerfielen. Adi schaltete sich in den Kampf ein: Der Boden unter Jamila explodierte und sie wurde umgeworfen. Mit nur einem Gedanken im Kopf rannte ich zurück in das Gebäude: *Wie halte ich Jamila auf?*

Ich war nicht schnell genug. Sie hielt *mich* auf. Hielt mich an. Hielt mich gefangen. Ich konnte mich nicht mehr bewegen, nicht mehr atmen. Jamila lächelte.

Ich spürte, wie meine Haut anfing zu brutzeln wie

Bacon in der heißen Pfanne. Der Druck auf meine Lungen stieg. Mein Kopf dröhnte. Alle Nerven meldeten Schmerz.

Doch mit dem Schmerz steigerte sich auch meine Entschlossenheit.

Ich wehrte mich nicht gegen die Lähmung. Stattdessen konzentrierte ich mich darauf, *cool* zu bleiben. Eiskalt. Ich stellte mir glitzernden Frost vor, der jedes einzelne Härchen meines Körpers bedeckte. Und genau dasselbe Bild projizierte ich auch auf Jamila. Ich wollte ihr nicht wehtun, aber sie – wortwörtlich – auf Eis legen. Wie sollte sie mich dann noch verbrennen?

Die Hitze wurde schlimmer. Meine Lunge war kurz davor, zu platzen. Doch dann breitete sich ein wunderbar taubes Gefühl in mir aus und linderte den Schmerz. Jamilas Lächeln gefror. Auf einmal war sie sich ihrer Sache nicht mehr so sicher. Ihre Lippen wurden als Erstes blau, dann folgte der Rest des Körpers. Sie biss die Zähne zusammen und kämpfte gegen mich an, aber es gelang mir, einen Atemzug zu machen. Ich fühlte, wie meine Kräfte zurückkehrten, während Jamila zu schrumpfen schien.

„Gib auf." Ich schnappte nach Luft. „Jamila, bitte."

Mit einem Ruck fiel sie auf die Knie. Von ihren Armen

und Beinen lösten sich Eisbrocken. Ihr Haar war von Frost überzogen.

„Lass nicht locker, Danny“, warnte Adi mich. Ihre Wunden waren verheilt, ihre Augen funkelten. „Mach weiter.“

Ich biss mir auf die Unterlippe. „Aber was ist, wenn ich deine Energene aufbrauche?“

„Das Handy nutzt nicht meine Energene!“, rief Adi. „Ich habe *Jamila* angezapft.“

„Clever“, flüsterte ich. Jetzt ergab alles Sinn: Je stärker Jamila gegen mich ankämpfte, desto schwächer wurde sie, weil wir beide die Kraft für unsere Angriffe aus ihren Energenen zogen. Und je weiter ihr Energenlevel sank, desto mehr verwandelte sich Jamila wieder zurück.

„Danny!“, rief sie jetzt mit ihrer normalen Stimme. „Dannyboy, bitte hör auf.“

„Kann er nicht“, sagte Adi. „Noch nicht.“ Sie sprang mir zur Seite und Sekunden später war der Kampf vorbei. Jamila gefror mitten in der Bewegung, um sie herum bildete sich ein Block aus dickem, klarem Eis.

„Adi, lass sie frei.“ Offenbar hatte ich Jamila so viel Energie entzogen, dass das Smartphone in meiner Hand nun wortwörtlich auseinanderfiel. Ich schleuderte die

Einzelteile in eine Ecke. „Adi, ich meine es ernst. Tu ihr nicht weh.“

„Jamila geht es gut“, antwortete sie. „Sie befindet sich jetzt in Kryostase.“

„Kryo-was?“

„Quasi im Tiefschlaf. Alle organischen Prozesse sind eingefroren, angehalten.“

„Aber davor, gerade eben. Da klang sie wieder normal.“ Hatte nicht der Kampf, sondern vielleicht einfach Adi meinem Handy übel mitgespielt, einfach, damit ich jetzt nicht weiter eingreifen und versuchen konnte, Jamila aufzuwärmen? „Wir müssen sie zurückholen.“

„Der Großteil ihrer Kräfte ist verbraucht, wodurch die Malus-Mutation weniger Einfluss auf sie hat“, beschwichtigte mich Adi. „Aber ich habe keine Ahnung, wie lange es nach Jamilas Aufwachen dauern würde, bis die fremde Macht ihren Verstand wieder unter Kontrolle hätte.“

„Du hast sie doch gehört. Sie hat uns angefleht, sie –“

„Wir dürfen sie nur mit äußerster Vorsicht wiederbeleben. Solange sie sich in Kryostase befindet, kann sich die Bedrohung nicht weiter ausbreiten.“

Ich war kurz davor, in Tränen auszubrechen. „Wie retten wir sie denn dann?“

„Ich weiß es nicht, Danny", sagte Adi. „Die M-DNS muss sich seit Monaten in ihr ausgebreitet haben – genauer gesagt, seit sie wieder einen Körper aus Fleisch und Blut hat. Die malusianische DNS hat sich von den schlummernden Energenen ernährt und diese schließlich aktiviert."

„Deshalb wurde Jam also krank und hat sich in letzter Zeit so komisch verhalten", überlegte ich. „Aber warum erst jetzt? Und wieso entpuppt sich Zenia als Malus-Mastermind, wenn doch die M-DNS von Jamila stammt?"

„Zenia hat sich an Jamilas Energenen bedient und sie sich selbst und Beta eingesetzt, schon vergessen?" So ernst, wie Adi dreinblickte, hatte ich sie noch nie erlebt. „Tatsächlich hat sie Jamila damit geholfen, denn das Wachstum der malusianischen DNS wurde dadurch gehemmt. In ihrem eigenen Körper wurde die Mutation hingegen beschleunigt und hat schließlich die Kontrolle übernommen."

„Die neue und verbesserte Zenia 2.0 betritt die Bühne", wisperte ich. „Aber was will sie erreichen?"

Adi atmete tief durch. „Eine der letzten Dateien, die sie auf der gesicherten Festplatte abgerufen hatte, war die Anleitung für den Bau eines Geräts, das auch der

Schwarm benutzt: einen DCT. Das steht für *Destruktorcode-Transmitter*. Mit einem solchen Ding hätte der Schwarm die Körper deiner Spezies nach dem Upload der Gehirnströme zerstört."

Mir wurde schwindelig. „Aber bevor du in den Schwarm zurückgekehrt bist, hast du doch gesagt, du hättest den Destruktorcode aus allen Menschen gelöscht. Die Malusianer können ihn nicht mehr auslösen, oder?"

„Dafür hätten sie auch gar keinen Grund. Schließlich ist ihre DNS für andere Völker bereits tödlich." Adi runzelte die Stirn. „Was ich mich jedoch frage, ist, ob der Destruktorcode so abgewandelt werden kann, dass er die Malus-Mutation stabilisiert."

„Sodass sie die Menschen nicht mehr umbringt, sondern zu Zombies macht, meinst du?" Hilflos starrte ich Jamilas Gesicht hinter dem Eisblock an. „Will Zenia uns kontrollieren? Uns versklaven? Will sie eine Armee aufbauen?"

„Das weiß nur sie selbst", erwiderte Adi. „Wir müssen herausfinden, was sie plant und was sie bereits erreicht hat."

Für meine Begriffe hatte Zenia bereits mehr als genug angerichtet. „Sie hat ihre eigene Zentrale zerstört. Wo kann sie hingegangen sein? Waren auf der Platine noch irgendwelche anderen Adressen gespeichert?"

„Nein", erwiderte Adi. „Uns bleibt nur eine Möglichkeit. Wir müssen nach dem Weg fragen."

„Ich glaube nicht, dass *Google Maps* uns dabei weiterhilft", riss ich einen verzweifelten Witz.

„Dir ist wohl entfallen", gab Adi zurück, „dass wir derzeit relativ leicht Zugriff auf die mächtigste Suchmaschine des Universums erhalten könnten. Nämlich von der Internationalen Raumstation aus."

Ich starrte sie ungläubig an. „Du willst Adiabola und dieser Hohlbirne Drohnator doch nicht etwa hinterherfliegen, oder? Die wollen uns umbringen, schon vergessen?"

„Aber gemacht haben sie es noch nicht", konterte Adi zufrieden. „Und das, obwohl sie Kenntnis von den malusianischen Waffen haben. Das macht mich neugierig. Ich möchte wissen, warum."

Ich seufzte. „Ich nehme nicht an, dass sie einfach heimgegangen sind."

„Nie im Leben", bestätigte Adi. „Der Schwarm hat Adiabola einen Auftrag erteilt. Für sie ist das eine Chance, ihre Loyalität unter Beweis zu stellen. Sie muss herausfinden, wo auf der Erde Schwarmtechnologie genutzt wird, und sie dann vernichten. Und dafür ist ihr jedes Mittel recht."

„Jedes Mittel? Das klingt nicht gut", sagte ich leise. „Im Klartext handelt es sich also um ein Wettrennen, wer die Menschheit als Erstes auslöscht."

„Falls dem so ist, gibt es nur einen Weg, um die Ziellinie zu verlegen." Adi sah mich durchdringend an. „Danny, du musst ein weiteres Mal deinen Planeten repräsentieren. Wir reisen zur Internationalen Raumstation und richten einen Hilfsappell an den Schwarm. Gemeinsam können wir ihn vielleicht davon überzeugen, dass unsere beiden Spezies in Gefahr sind."

„Oder uns abmurksen lassen."

„Wenn wir es nicht versuchen, sterben Milliarden Menschen."

„Also schön." Ich schluckte. „Und wie stellen wir es an? Digitalisieren wir uns wieder?"

„Wir haben keinen Digiscanner", erinnerte Adi mich. „Nein, wir müssen die Reise in unserer derzeitigen Form antreten. Und zwar jetzt sofort."

20. VÖLLIG LOSGELÖST

Ich bin mein eigenes Raumschiff. Kein Satz, von dem ich gedacht hätte, dass er mir je durch den Kopf schießen würde. Wenn man allerdings 400 Kilometer in die Höhe katapultiert wird und dabei nur durch einen dünnen Kokon aus Luft vor den Reibungskräften geschützt ist, die einen eigentlich bei lebendigem Leib verbrennen müssten, dann ist es schon ziemlich erstaunlich, wenn man überhaupt einen klareren Gedanken fassen kann als *Neeeeeeeeeeeiiiin.*

„Kannst du uns nicht mithilfe deiner Fluxkräfte zur ISS bringen?", hatte ich Adi gefragt. Sie selbst war schließlich mehr als ein Mal wie vom Erdboden verschwunden, nur um anschließend an einem anderen Ort wieder aufzutauchen. „Für jemanden wie dich ist die Entfernung doch ein Klacks, oder?"

„Du verwechselst Flux mit Magie, Danny", hatte sie erwidert. „Das Risiko wäre zu hoch."

„Und dass du mich als Handgepäck mitschleifst, ist weniger riskant?“

„Denk an die Gleichungen, die alle stimmen müssen, und die Energie, die man braucht, um einen festen Körper per Fluxkraft von der Erde auf ein lediglich hundert Meter langes und fünf Meter breites Objekt zu befördern, das euren Planeten mit einer Geschwindigkeit von annähernd 28.000 Stundenkilometern umkreist. Ein einziger kleiner Rechenfehler und bei deiner Ankunft stecken deine Beine in der Außenhülle fest. Oder dein Kopf in der Urinaufbereitungsanlage. Oder, schlimmer noch, du landest fünf Meter neben der ISS im leeren Raum. Stell dir das mal vor.“

„Okay, aber wenn du –“

„Bei den Berechnungen musst du außerdem bedenken, dass sich die Erde um die eigene Achse dreht, während sie um die Sonne kreist, die ihrerseits ihre Bahn um das Zentrum der Milchstraße zieht, das wiederum –“

„Ja, gut, okay, ich hab's verstanden. Es ist kompliziert“, fiel ich ihr ins Wort. „Aus dem Grund sind wohl auch Drohnator und deine fiese Zwillingsschwester nicht per Fluxreise zur Erde gereist.“

„Falsch. Mit Zugriff auf das Schwarmwissen hätten sie den Kurs kinderleicht berechnen können“, korrigierte mich Adi. „Nein, ich gehe davon aus, dass sie in stofflicher Form gereist sind, um Energene zu sparen. Schließlich wussten sie nicht, was sie auf eurem Planeten vorfinden würden. Sie waren kampfbereit."

Ich verzog das Gesicht. „Und das müssen wir auch sein, ja? Kampfbereit?"

„Zu allem bereit."

Ich hatte mir vorgestellt, dass die Reise in den Weltraum so sein würde, wie es im Fernsehen wirkte: Rakete hebt ab, krasse g-Kräfte wirken auf den Astronauten ein, während der blaue Himmel schwarz wird. Aber worauf die Sendungen einen nicht vorbereiten, ist das große, gähnende *Nichts*, das einen umgibt. Von einer Wiese zwischen den Fabrikgebäuden aus flogen Adi und ich los, Jamila ließen wir als Eisblock zurück. Sanft, wie von unsichtbaren Flügeln getragen, erhoben wir uns in die Lüfte. Mich überkam ein mir bislang unbekanntes Gefühl grenzenloser Freiheit. Es fühlte sich gigantisch gut an – etwa eine Dreiviertelsekunde lang. Dann beschleunigten wir. Mir sackte der Magen in die Kniekehle. Wie durch das Fenster eines Flugzeugs blickte ich auf den Boden weit, weit unter uns. Immer kleiner wurden die Lichter der Stadt. Wir stiegen höher und höher. Ich sah die Umrisse meines Landes, die mir aus tausend

Büchern, Filmen und Serien merkwürdig vertraut waren. Einige Minuten später starrte ich hinab auf Europa und den dunkelblauen Ozean, der meinen Kontinent umrahmte. Auf einmal fühlte es sich so an, als habe die Luft Feuer gefangen. Meine Augäpfel schienen zu brennen. Durch die oberste Schicht der Atmosphäre rasten wir auf den dunklen Saum des Weltalls zu.

Dann ließ die Hitze urplötzlich nach. Ich war auf der anderen Seite angekommen. Dunkelheit umgab mich – und zu meinen Füßen lag die ganze Welt. Furchtbare Höhenangst packte mich. Alle sieben Sinne gerieten ins Stocken, völlig überfordert davon, dass ich noch am Leben war. Gleichzeitig konnte ich mich nicht sattsehen an der Reinheit der Farben und dem tiefen, satten Schwarz dahinter. Meine Eltern sind beide Sternforscher, sodass ich von Kindesbeinen an immer wieder Details über das Weltall aufschnappen konnte. So hatte ich Astronauten vom Overview-Effekt berichten gehört, dem Gefühl, das einen überkommt, wenn man unseren Planeten zum ersten Mal aus der Vogelperspektive sieht. Wie verletzlich er vom All aus scheint, wie klein in der unendlichen Weite. Ich hatte das Lächeln noch vor Augen, mit dem die Raumfahrer die tiefe Verbundenheit beschrieben hatten, die sie in diesem Moment mit allem

Leben spürten. Und das Empfinden, als trügen sie danach ein Geheimnis in sich, das zu offenbaren ihnen nie vollständig gelingen würde.

Tja, so ungefähr fühlte es sich auch für mich an. Nur noch intensiver. Nach einer Weile war ich zu gebannt, um weiter Angst zu empfinden. Meine *Seele* lächelte. Das da, ganz weit unter mir, war meine Heimat. Die Erde war ein Teil des großen Ganzen und zugleich ein Teil von mir. Weiße Wattebäusche wirbelten über die Ozeane – waren es Wolken oder Schaumkronen? Winde zeichneten Muster in den Wüstensand. Und ja, auch der Mensch machte sich bemerkbar, hinterließ in der Wildnis seinen Stiefelabdruck. Millionenstädte spreizten ihre gierigen Finger. Smog warf gelbe Schatten. Durch Regenwälder zogen sich die Schneisen endloser Rodungsflächen. Während man auf der Erde maximal bis zum Horizont sehen konnte, erfasste man hier oben die wahre Dimension der Dinge. Unter mir lag ein Opfer gewordener Planet, der seine Narben in die Schwärze des Alls hielt, in der Hoffnung, dort Güte zu erfahren.

Kürzlich war die Erde tatsächlich jemandem aufgefallen – aber ihre Betrachter waren ihr nicht wohlgesonnen. Ich musste an die malusianischen Mächte denken, die Besitz von Jamila ergriffen hatten, und stellte fest, dass dasselbe Schicksal auch meine Familie, meine Schulfreunde, *uns alle* erwarten könnte. Ich dachte an den Schwarm, der wer weiß was plante und für den Homo sapiens nicht mehr war als ein Haufen Ameisen. Erneut aufkeimende Furcht stahl mir mein Lächeln. Und doch. So winzig und unbedeutend meine Heimat auch sein mochte – ich war fest entschlossen, sie zu beschützen.

Aber gab es überhaupt irgendetwas, das ich tun konnte?

Ich zuckte zusammen, als Adi mich am Arm fasste. Sie war jetzt genau neben mir. Wir atmeten aus derselben Sauerstoffblase. Leichte Panik stieg in mir auf. „Uns wird doch nicht die Luft ausgehen, oder?"

„Sie wird reichen", versicherte mir Adi. „Ich leite Strom durch Wasser aus meinem Körper, um uns mit zusätzlichem Sauerstoff zu versorgen."

„Wasser aus deinem Körper?", fragte ich misstrauisch. „Meinst du damit das ‚Wasser', von dem ich glaube, dass du es meinst?"

„Ich meine damit meine Intrazellularflüssigkeit, Danny", informierte sie mich mit einem Augenzwinkern. „Die Zellen bestehen nämlich zu ungefähr siebzig Prozent aus Wasser."

„Hmpf. Bleiben dreißig für malusianische Chromosomen“, brummelte ich.

„Schall braucht *Luft*, um sich auszubreiten. Verschwende sie nicht unnötig“, rügte mich Adi. „Den Koordinaten zufolge, die ich von den Computern des Jodrell-Bank-Observatoriums habe, dürfte die ISS demnächst auftauchen. Sie nähert sich bereits. Wir müssen darauf vorbereitet sein, ein Stück neben ihr herzufliegen, wenn der richtige Moment gekommen ist. Das könnte ziemlich ruckeln. Bist du bereit?“

Für den Anblick einer Raumstation, die aus der sternübersäten Schwärze auftaucht und auf einen zurast, ist man niemals bereit. Das erste Anzeichen war ein kaltweißes Glimmen, das immer größer wurde. Die ISS bewegte sich lautlos mit acht Kilometern pro Sekunde fort, sodass es nicht lange dauerte, ehe wir Details ausmachen konnten. Ein riesiges, H-förmiges Konstrukt, an den Enden Solarpaneele wie Krallen eines gigantischen Adlers. Der fußballfeldgroße Satellit bestand aus röhrenförmigen, miteinander verbundenen Modulen. Manche trafen im rechten Winkel aufeinander, wodurch das Gebilde wie ein gedrungener Baum mit stummeligen Ästen aussah.

„Jetzt“, flüsterte Adi. Mein Magen machte einen Satz.

Wir beschleunigten, flogen neben der Raumstation her und passten uns ihrer Geschwindigkeit an.

„Das ist also die ISS?“, wisperte ich und suchte die bullaugenartigen Fenster nach Gesichtern ab. „Meinst du, Adiabola und Drohnator wissen, dass wir hier sind?“

„Dann hätten wir das längst zu spüren bekommen“, antwortete Adi mit ernster Miene. Sie entdeckte ein langes, metallisch weißes Gerät an einem der ISS-Module. „Die Station ist ja seit mehreren Monaten unbemannt. Aber wenn das stimmt, warum wurde das Alpha-Magnet-Spektrometer dann auf den Roboterarm montiert?“

„Der wer? Wurde was?“

„Ein alter Versuchsaufbau aus der Teilchenphysik. Das Alpha-Magnet-Spektrometer wurde früher dazu benutzt, kosmische Strahlung auf Antimaterie zu untersuchen. Es sollte Spuren von dunkler Materie aufspüren. Aber jetzt sieht es aus, als hätte vor Kurzem jemand an dem Gerät gearbeitet. Merkwürdig …“

„Vielleicht hat der Schwarm gemerkt, dass ihm das Ding irgendwie nützlich sein kann?“ Ich ließ meinen Blick über die ISS schweifen. Ein sechseckiger Metallträger war über die gesamte Länge gespannt. An dessen linkem und rechtem Ende waren hoch aufragende

Solarzellen angebracht. Unterhalb des Trägers hingen die blitzblank funkelnden Labor- und Wohnmodule. „Was meinst du, wo unsere Schwarmfreunde sich aufhalten?“

„Keine Ahnung“, sagte Adi. „Aber wenn wir uns unbemerkt an Bord schleichen wollen, brauchen wir ein Ablenkungsmanöver.“

Das klang ominös. „Zum Beispiel?“

„Jamila.“

„Was?“ Ich umklammerte Adis Hand. „Jam steckt auf der Erde in einem überdimensionalen Eiswürfel fest, falls du es schon vergessen hast.“

„Das hoffe ich doch.“ Adi schloss die Augen. „Jetzt kann ich Fluxkraft nutzen, um sie hierher zur ISS zu holen.“

„Ach ja? Wieso das?“, fragte ich.

„Weil es einfacher ist, Gegenstände zu mir zu holen, als sie exakt an einen unbekannten Punkt in weiter Entfernung zu bewegen“, erwiderte Adi. Die Erklärung ergab für mich durchaus Sinn. „Der Vorgang wird mich schwächen“, fuhr Adi fort, „aber wir haben keine andere Wahl.“

„Äh, was? Wir haben hundert Millionen andere Optionen.“ Am liebsten hätte ich Adi geschüttelt, aber ich hatte Angst, ihre Konzentration zu stören. Wer wusste, wo Jamila dann landen würde?

Sekunden später tauchte ihr Eisbrocken zwischen uns und der Raumstation auf.

„O Gott“, entfuhr es mir noch, dann verschwamm plötzlich alles um mich herum. Mir wurde schwarz vor Augen – aber es war eine andere Art von Dunkelheit als die Schwärze des Alls. Es dauerte eine ganze Weile, bis sich meine Augen an das Düster gewöhnt hatten und ich begriff, dass wir uns jetzt in einer Art Lagerraum befanden, vielleicht sechs mal drei Meter groß. An den Wänden, an der Decke und auf dem Boden erahnte ich Spinde. Wir schwebten.

„Wow.“ Ich schlug einen unbeholfenen Salto. „Ist das die ISS? Ich meine, sind wir drinnen?“

Adi hielt sich an der gewölbten Wand fest. „Wir befinden uns in einem Frachtmodul“, erklärte sie heiser, „genauer gesagt einem alten Cygnus-Raumtransporter, der dazu verwendet wurde, Versorgungsgüter auf die Station zu bringen, und der –“

„Ja, ja, in Ordnung. Hol Jamila rein, los.“

„Warte.“ Adi atmete tief, aber zitterig ein, stieß sich ab, schwebte auf die gegenüberliegende Wand zu und legte beide Hände an die Verschalung. Daraufhin verwandelte sich das Metall unter ihren Fingern augenblicklich in Glas, sodass wir nach draußen sehen konnten. Es war ein surreales Schauspiel: Ein riesiger Eisblock raste neben uns her, im Hintergrund die Erde, vereinzelte Sterne blinkten.

Wie ein Komet zog das Eis einen Schweif hinter sich her.

„Es schmilzt!“, rief ich entsetzt. Ich klammerte mich am Griff eines Spinds fest, um nicht davonzuschweben. „Warum? Wir sind doch im Weltraum. Da draußen ist es eiskalt.“

„Ja, aber der Luftdruck fehlt“, antwortete Adi. „Das Eis sublimiert. Es ändert seinen Aggregatzustand direkt von fest zu gasförmig.“

„Aber wenn das Eis weg ist, stirbt Jamila.“ Ich schlug mit der Faust gegen die Wand. „Mach was!“ Wie auf mein Kommando leuchtete der Eisblock auf und war Sekundenbruchteile später verschwunden. „Warst du das, Adi?“

„Nein“, antwortete diese. „Adiabola und Drohnator haben Jamila an Bord geholt. Der geeignetste Ort für einen Eisblock ist die Luftschleuse im japanischen Modul am vorderen Ende der Raumstation.“

„Japanisches Modul?“

„Wir befinden uns auf der *Internationalen* Raumstation, du erinnerst dich?“ Adi konzentrierte sich. „Und wenn sie das Eis dort hingebracht haben, dann –“

Ohne Vorwarnung verschwand Adi. Ich war allein im Dunkeln. „Adi“, zischte ich.

Genauso schnell, wie sie abgehauen war, tauchte sie auch wieder auf. Sie tippte sich an die Nase. „Wie ich es mir gedacht habe. Die inneren Module stehen leer. Adiabola und Drohnator sind mit dem Eisblock in der japanischen Luftschleuse.“

„Fragt sich nur, wie lange noch“, murmelte ich.

Wieder verschwamm die Welt um mich herum, aber dieses Mal nur kurz, denn wir hatten es nicht weit. Die Fluxreise führte uns durch eine fest verschlossene Luke in eines der inneren Module. Dort griff ich schnell nach einem der Handläufe, um zu verhindern, dass ich davonschwebte. Mein Schädel dröhnte und mein Blut schien sich einen Weg ins Freie bahnen zu wollen. Erneut überkam mich Übelkeit. Aber immerhin fühlte sich die Luft, die nun meine Lungen füllte, sauberer und klarer an.

„Hier sind wir in einem der Wohnbereiche, einem Verbindungsknoten namens Unity“, erklärte Adi. „Die Luftzirkulation ist angeschaltet.“

Unity musste eine Hauptkreuzung sein, von hier führten weitere Module in sämtliche Richtungen. Abzeichen von früheren Missionen zierten pfirsichfarbene Luken. An einer Wand hatten Astronauten einen grünen Klapptisch befestigt. In einem schmalen Gang hinter mir waren jede Menge weiße Transporttaschen festgeschnallt.

In einem anderen Modul vor uns war sämtlicher Platz von Riemen, Griffen, Kabeln, Monitoren, Spinden und sonstigem Equipment bedeckt. In der Schwerelosigkeit kommt man genauso leicht an die Decke wie an den Boden und weil Stauraum Mangelware war, hatte man auf der ISS jede beliebige Oberfläche zum Arbeiten genutzt. Mein Herz setzte einen Schlag aus, als mir der Bodyprinter auffiel, der aus der Wandverkleidung ragte – ein verstörender, fremdartiger Anblick, wie ein Wespennest in einem schicken Loft. Adi war bereits in das Modul geschwebt und betrachtete eingehend eine Reihe leuchtender Monitore, die aus verschiedenen Winkeln allesamt den Roboterarm außerhalb der Raumstation zeigten.

„Am Alpha-Magnet-Spektrometer wurde herumgepfuscht“, murmelte sie vor sich hin. „Man hat es umfunktioniert – aber wieso?“

„Das wirst du nie erfahren.“ Die Luft flimmerte, Lichter flackerten und plötzlich hatte Adi ein Spiegelbild: Neben ihr stand eine perfekte Kopie ihrer selbst.

Adiabola.

„Nein!“ Adi rang nach Luft, als ihre Doppelgängerin sie gegen die Wand presste und würgte. Sekundenbruchteile später erschien auch deren männlicher Begleiter auf der Bildfläche. Drohend kam der Agent auf mich zu. Sein Gesicht war eine unförmige Maske mit verzerrten Zügen und einem Schlitz anstelle eines Mundes. Mit einem Menschen konnte man Drohnator jetzt definitiv nicht mehr verwechseln. Seine Tarnung hatte er aufgegeben, mit der Menschheit hatte er offensichtlich abgeschlossen.

„Die Ex-Kundschafterin muss beseitigt werden“, krächzte er. „Und auch der Tod dieses unsäglichen Jungen ist längst überfällig.“

„Nein!“, schrie ich.

„Du solltest dich freuen“, sagte Adiabola mit zuckersüßer Stimme. „Glaub mir, bei dir lassen wir noch Barmherzigkeit walten. Dem Rest deiner Spezies wird ein grausameres Ende zuteil.“

„Du musst ausatmen, Danny!“, brüllte Adi. „Jetzt!“

Das klang so bestimmt, dass ich ihrer Aufforderung nachkam, ohne auch nur darüber nachzudenken. Genau im selben Moment baute sich in meinem Körper ein unbeschreiblicher Druck auf. Unsichtbare Kräfte katapultierten mich durch die Wand nach draußen.

Nur mit Jeans und einem alten Kapuzenpulli bekleidet schwebte ich auf einmal im All. Ohne Schutzanzug. Ohne Sauerstoff.

Ohne jede Überlebenschance.

21. DIE BITTERE WAHRHEIT

Junge gegen Weltall – das ist kein fairer Kampf. Die Fluxkräfte, die mich in die unendliche Leere hinausschleuderten, besiegelten meinen Tod. Meine Trommelfelle wollten zerspringen. Meine Lunge gierte nach Luft – Luft, die nicht vorhanden war. Die eben noch majestätisch anmutende Erde tief unter mir verblasste vor meinen Augen, mein Blick trübte sich. Mein Hirn presste jeden noch so winzigen Rest Sauerstoff aus meinem Blut. Gleich würde ich ohnmächtig werden und dann sterben.

Mir blieb nicht einmal genug Zeit, um Wut oder Verzweiflung zu spüren. Tränen schossen mir in die Augen, aber in der Schwerelosigkeit fanden sie ihren Weg über meine Wangen nicht. Das Salzwasser sammelte sich unter meinen Lidern und brannte entsetzlich. Ich schloss die Augen. Furchtbare Kälte umfing mich. Meine Arme und Beine verkrampften, mir war die Luft ausgegangen. Da lebt man so viele Jahre, um dann in wenigen Sekunden zu sterben. Nur ein paar Herzschläge blieben mir noch. Gleich wäre ich Danny Munday, ein Stück Weltraumschrott, das die Erde umkreist.

Und dann, ganz plötzlich, durchströmte mich Wärme. Ich rang nach Atem und meine schmerzende Lunge füllte sich mit kostbarem Sauerstoff. Wo war ich? Ich schwebte zwischen Wassertropfen und Eisklumpen. Meine Haut spannte und fühlte sich verbrannt an. Die Knochen schmerzten, meine Ohren klingelten. Ich hörte gedämpfte Rufe, rauschende Luftaufbereiter, summende Elektronik. Träumte ich oder war ich wieder auf der ISS? Neben mir tauchte ein Gesicht auf. Ich schrie auf und blinzelte die stechenden Tränen weg.

Es war Adi. „Danny“, flüsterte sie. „Ein Glück. Ich dachte, deine Lunge wäre geplatzt und du wärst –“

Im selben Moment donnerte der lebende Vorschlaghammer namens Drohnator mit voller Wucht in ihre Seite und beide taumelten gegen eine Andockluke. Er hatte sie nicht mit Absicht angegriffen, sondern war seinerseits beiseitegefegt worden wie ein Kaugummipapierchen im Wind, und zwar von …

Jamila?

Ich klammerte mich am nächstbesten Haltegriff fest

und wünschte mir, ich könnte mich unter einer weichen Bettdecke verstecken. Jamila hatte sich aus dem Eisblock befreit. Wie sie das angestellt hatte, war nicht schwer zu erraten: mit malusianischem Zorn. Meine beste Freundin war jetzt ein richtiges Muskelpaket und maß gut zwei Meter. Ihre Klamotten waren viel zu eng für ihre grotesk aufgepumpten Arme und Beine. Um nicht davonzuschweben, krallte sie sich mit den Zehen an ein paar Fußschlaufen fest. Das *Jamalien* (Jamila, das Alien) hob Adiabola hoch, als wiege diese nur ein paar Gramm, und ließ sie mit Wucht gegen eine Wand donnern. Im Metall blieb eine Delle zurück, mehrere Monitore zersprangen.

Mit Schaudern dachte ich zurück an das erste Mal, als ich Zeuge einer solchen wie durch ein Anabolikum verursachten Verwandlung geworden war: bei Alpha, dem verzerrten Spiegelbild von Beta. Ich fragte mich, ob Petr Loboriks Transformation zu Alpha ein Nebeneffekt des Krieges war, den seine Zellen miteinander führten. Sah so das Ergebnis aus, wenn sich menschliche DNS unter malusianischem Einfluss veränderte?

Das Jamalien drückte den Schädel seiner Widersacherin gegen eine Schalttafel, die sogleich Funken schlug. Adiabola brüllte wie am Spieß und schüttelte wild den

Kopf, als ihre Haare Feuer fingen. Kleine Flammen verteilten sich in der Luft und trieben träge auf mich zu. Der Gestank von verbranntem Plastik stieg mir in die Nase.

„Das Feuer kann auf die komplette Raumstation übergreifen!", rief Adi entsetzt. Sie klatschte in die Hände, woraufhin sich eine Art Schockwelle ausbreitete. Die Flammen erstarben. Offenbar hatte sich durch den Druck aber auch die metallene Wandverkleidung verzogen, denn mit einem leisen Quietschen schwang die Tür des Bodyprinters auf.

Drohnator hielt sich mit einer Hand an einer Schlaufe fest. Mit der anderen sammelte er Eisbrocken und befahl ihnen, sich zu einem spitzen Eispickel zusammenzusetzen. Das tödlich aussehende Werkzeug schleuderte er dem Jamalien entgegen, das die Waffe jedoch mit dem bloßen Handrücken abwehrte und zu Millionen Tröpfchen zerbersten ließ. Auf eine Geste hin fügten sie sich zu einem Wasserstrahl zusammen, der Drohnator mitten in seinen Mundschlitz traf. Der Agent würgte und prustete – der Wasserschwall drang in seine Lunge. Dann schmetterte ihn das Jamalien mit übernatürlicher Kraft auf Adi. Sein Schädel kollidierte mit Adis Gesicht. Die beiden taumelten benommen auseinander. In Zeitlupe wirbelten sie quer durch das Unity-Modul und zogen dabei eine Spur aus Bluttropfen hinter sich her. Nun wandte sich das Jamalien Adiabola zu, nahm sie in den Schwitzkasten und drückte zu. Ich hörte splitternde Knochen.

„Jam", rief ich. „Nicht!"

Wie durch ein Wunder ließ sie locker, blickte auf und sah mir direkt in die Augen. Ihre harten, mir fremden Gesichtszüge wurden weicher, beinahe sanft. „Danny?", flüsterte sie.

„Ja, ich bin's. Dannyboy. Danny Endlich-ist-es-Munday." Ich versuchte, so normal wie möglich zu klingen, obwohl ich mir vor Angst fast ins Hemd machte. Zitternd stieß ich mich von der Wand ab und schwebte auf das schaurige Monster zu. Um dabei keinen Purzelbaum zu schlagen, strampelte ich mit den Füßen.

Das Jamalien ließ von Adiabola ab und fragte leise: „Was passiert mit mir?"

War Jamilas Energenlevel gesunken? War ihre malusianische Wut verpufft? Ich hatte keine Ahnung – und es war mir auch egal. Meine beste Freundin brauchte Hilfe. „Jam, guck mal." Ich hangelte mich an mehreren Haltegriffen vorwärts und zeigte auf den Bodyprinter mit der offen stehenden Tür. „Weißt du noch, in der

Grundschule? Wenn es dir mies ging, hast du dich immer in dem Wandschrank mit den Schreibsachen versteckt …"

Das Jamalien nickte.

„Du …" Ich ließ meinen Blick über die leblos umherdriftenden Körper, die Bluttropfen, die letzten Rauchschwaden und die ramponierten Metallteile schweifen. „Ich glaube, heute geht es dir ziemlich mies, oder?"

Jamila starrte ausdruckslos vor sich hin. Dann nickte sie unendlich langsam und griff nach der Tür des Geräts. *Bitte mach, dass es funktioniert,* flehte ich innerlich. *Bitte.* Jamila war so groß, dass sie nur mit Mühe und Not in den Kasten hineinpassen würde. Sie wollte gerade einsteigen, da drehte sie sich im letzten Moment noch einmal um.

Ihre Miene verfinsterte sich. Sie runzelte die Stirn. Ein eigenartiger Ausdruck lag auf ihrem Gesicht. *Das war's,* dachte ich. *Jetzt hast du's vergeigt, Danny Munday. Jetzt wird sie gleich –*

Da wurde Jamila von unsichtbaren Kräften in den Bodyprinter geworfen und die Tür knallte hinter ihr zu. Was für ein Schockmoment! Vor Schreck ließ ich meinen Haltegriff los und strampelte hilflos mit den Beinen.

Dann sah ich Adi, blutverschmiert und wild entschlossen. „Gut gemacht, Danny“, sagte sie heftig atmend. Sie rauschte auf mich zu und legte ihre Hände auf meine Wangen. Meine verbrannte Gesichtshaut heilte augenblicklich.

„Danke, dass du mich zurückgeholt hast.“

Adi lächelte. „Ich habe doch gesagt: Ich gebe dir Rückendeckel.“

„Ich sorge dafür, dass die molekulare Struktur des Bodyprinters stabil bleibt, sodass sie ihn nicht von innen aufreißen kann“, verkündete Adiabola, die in diesem Moment zu uns geflogen kam.

Aus dem Inneren des Geräts ertönte ein Rumpeln und Poltern, das zeigte, dass Jamila es trotzdem versuchen würde. Adi hob die Arme, woraufhin sich der Bodyprinter mit einem Knirschen um neunzig Grad drehte. Die Tür zeigte nun in Richtung Wand, aus der sich sogleich Metallstreifen lösten und um die sarggroße Kiste wickelten.

Drohnator rappelte sich auf. „Die Ex-Kundschafterin hat ein mit Energenen vollgestopftes Kind als Waffe gegen uns eingesetzt“, knurrte er.

„Falsch“, erwiderte Adi. „Es war doch offensichtlich, dass ich ebenfalls angegriffen wurde.“

„Ein Trick, den ihr niemand abkauft. Sie wird für ihre Verbrechen büßen, ebenso wie das Kind und seine gesamte Spezies."

„Es war nicht Jamilas Schuld", protestierte ich. „Sie ist krank. Sie wurde von diesen Monstern vom Planeten Malus infiziert, die ihr hochgeladen habt."

„Die Malusianer sind aus ihrer Schwarmnation ausgebrochen", versuchte Adi die Sachlage zu erklären. „Sie haben sich Körper besorgt, Energene gestohlen und jetzt benutzen sie Homo sapiens als Waffe."

„Unsinn", schnaubte Drohnator. „Eine niedere Spezies soll der Macht des Schwarms zu widerstehen vermögen? Ausgeschlossen."

„Der Körper, den Sie auf der Erde genutzt hatten, wurde von einer Vortexbombe zerfetzt", beharrte Adi. „Diese stammte vom Planeten Malus, genau wie die Wunderwaffe, die das gesamte Gutshaus zerstört hat."

„Die Menschen sind zu einem völlig unpassenden Zeitpunkt in den Besitz außerirdischer Technologie gelangt", analysierte Drohnator. „Die Exekution ist darum der einzig richtige Weg."

„Die Exekution?" Ich war so schockiert, dass ich ihm nun wagemutiger entgegentrat als ursprünglich geplant. „Zwei kleine Menschen legen sich mit dem Schwarm an und ihr meint, ihr müsst gleich die komplette Spezies ausrotten?“

„Dein Leben, Kind, bemisst sich in einer verschwindend geringen Anzahl von Herzschlägen. Wie willst du das große Ganze auch nur erahnen?“, sagte Adiabola beinahe mitleidig. „Unser Versuch, alle Spuren unserer Technologie zu vernichten, ist fehlgeschlagen. Wenn sich das Wissen aus meinem – aus Adis – Gehirn über den Erdball verbreitet, wird die menschliche Evolution an Tempo gewinnen. Eines Tages könntet ihr dann zur Bedrohung für den Schwarm werden. Das ist inakzeptabel.“

„Was habt ihr vor?“ Adi, die selbst jetzt noch einen kühlen Kopf behielt, kam direkt zur Sache. „Es gehört zu den Grundsätzen des Schwarms, Leben zu bewahren, nicht auszulöschen.“

„Wir haben die Funktionsweise des Alpha-Magnet-Spektrometers angepasst“, erwiderte Adiabola gelassen. „Es misst keine Antimaterie mehr, sondern *erschafft* sie.“

Adi wirkte erschüttert, als sie sich mir zuwandte. „Wenn Materie und Antimaterie nicht sorgfältig unter Kontrolle gehalten werden, vernichten sie sich bei Kontakt gegenseitig. Ein Gramm Antimaterie reicht aus, um für eine Explosion mit der Wucht einer Atombombe zu sorgen."

„Wir werden das AMS abdocken und die Antimaterie direkt über der Erdatmosphäre freisetzen", fuhr Adis Nachfolgerin fort. „Die Explosion wird stark genug sein, um das Magnetfeld der Erde zu beseitigen."

„Das klingt nicht *so* katastrophal, oder?", fragte ich Adi mit einem letzten Funken Hoffnung.

„Euer Magnetfeld beschützt euch vor kosmischer Strahlung", flüsterte Adi. „Ohne diesen Schutz wird die Erde von den geladenen Teilchen vergiftet, die permanent von der Sonne und fernen Galaxien aus auf sie einströmen. Eure globale Stromversorgung und alle technischen Geräte werden wegen der elektromagnetischen Energie der Sonne versagen. Diese Bombe bedeutet das Ende eurer Zivilisation."

„Und das nur, damit niemand zur Bedrohung für den Schwarm werden kann? Das ist doch krank", entgegnete ich. Gleichzeitig erklang ein Klopfen und Rumsen aus dem Bodyprinter, gerade so, als würde Jamila mir beipflichten. „Die Malusianer sind hier die Bösen."

„Genau." Adi schlug mit der flachen Hand gegen die Maschine. „Und das unglückselige Menschenkind hier drin habe ich als Beweis hergebracht."

Adiabola verzog das Gesicht zu einer spöttischen Fratze. „Als Beweis für deine verantwortungslosen, abstrusen –"

„Als Beweis dafür, dass womöglich der gesamte Schwarm in Gefahr schwebt", fiel Adi ihr ins Wort. „Das Kind ist eingesperrt. Scannt es, dann seht ihr ja, was außer Energenen noch in den Zellen steckt. Wenn ihr nichts Merkwürdiges findet, schön! Dann könnt ihr Danny meinetwegen zurück ins All schicken und meinen Verstand für immer aus dem Schwarm verbannen."

Ich nickte. Hauptsächlich deshalb, weil ich viel zu große Angst hatte, um irgendwas zu sagen.

Adiabola schnaubte. Dann stieß sie sich ab und schwebte zum Bodyprinter hinüber. Sie drückte eine Hand dagegen und sofort leuchtete auf ihrem Handrücken eine Art Display mit lauter Nullen und Einsen auf.

„Und?", drängelte Adi. Sie bedeutete Drohnator, ebenfalls hinzusehen.

Adiabola studierte eingehend die Ziffern. „Das ... kann nicht sein."

„Ein Fehler", behauptete Drohnator rundheraus. „Malusianische DNS in menschlichen Zellen? Wohl kaum. Die Ex-Kundschafterin manipuliert die Systeme."

Er gestikulierte wild, woraufhin Adi plötzlich einfach verschwand.

„Nein!“, rief ich. „Was haben Sie getan?“

„Ihren Einfluss entfernt“, gab Drohnator zurück.

„Die Daten ... bleiben unverändert“, grübelte Adiabola. „Aber wie kann ein Homo sapiens eine Verbindung mit einer Kreatur eingegangen sein, deren Heimat sich zwölf Lichtjahre weit weg befindet? Das ist unmöglich.“

„Genauso wie eine Marinara mit Käse unmöglich ist?“ Ich schwebte näher heran. „Das haben wir doch in dem Pizzaladen schon durchgekaut, oder? Wenn etwas nicht existieren kann, du es aber trotzdem direkt vor der Nase hast, dann geht es nicht davon weg, dass du sein Vorhandensein leugnest. Und je länger du nur glotzt“, trumpfte ich auf, „desto unappetitlicher wird es.“

In der Stille, die auf meine Worte folgte, war nur das leise Rauschen und Summen der ISS zu vernehmen – und vielleicht, wenn man ganz genau hinhörte, die ratternden Zahnrädchen in den Hirnen der Kundschafterin und des Agenten.

Da stand Adi plötzlich wieder neben mir. Frost schimmerte auf ihrer Haut. „Wie ich sehe, habt ihr mich zurückgeholt. Glaubt ihr mir jetzt?“

„Wir verlangen eine Erklärung für diese Anomalie“, sagte Adiabola barsch.

„Ein Quäntchen malusianischer Intelligenz konnte sich unbemerkt an Jamila heften, als ich Danny und mich mit ihrer Hilfe aus Schwarm M31 befreit habe“, erläuterte Adi. „Zenia pfuschte später an Jamilas Genen herum. Dabei entwischte dieser winzige Funke in die gegenständliche Welt. In Zenias, Betas und Jamilas Zellen wuchs er heran. Unterwarf sie. Übernahm die Kontrolle.“

„Und wozu?“, wollte Drohnator wissen.

„Es ist den Malusianern mithilfe von Zenias Biosynthese-Skills sowie der Macht unserer Energene gelungen, erneut ihre eigene DNS zur Waffe umzufunktionieren. Dieses Mal sollen die Menschen versklavt werden. Und der DNS-Hackerangriff wird mithilfe eines Schwarmtransmitters ausgeführt.“

Adiabola und Drohnator starrten das Display an und schwiegen eine lange Zeit. „Malus-DNS isolieren und aus Homo sapiens Jamila al-Sufi extrahieren“, wies Drohnator seine Kollegin schließlich an. „Sie muss gescannt und für weitergehende Analysen in den Schwarmstock hochgeladen werden.“

„Na endlich.“ Adi atmete erleichtert auf.

„Jetzt verstehe ich, warum du Jam hier hochgebracht

hast“, raunte ich. „Sie stellte gar kein Ablenkungsmanöver dar, stimmt's? Du musstest dem Schwarm zeigen, was ihm droht, damit er sich auf unsere Seite schlägt.“

„Und weil es keinen anderen Weg gab, die malusianische DNS wieder aus Jamilas Körper zu kriegen“, sagte Adi ernst. „Das Problem ist, dass sie in den letzten Tagen und Wochen schon viel zu viel mitgemacht hat.“ Aus dem Sarg ertönte erneut ein zustimmendes Rumpeln. „Danny, die DNS-Aufspaltung wird sie entweder retten – oder sie umbringen.“

22. LEBEN IN DER SCHWEBE

Mum behauptet gern, ich würde der „Generation On Demand“ angehören. Sie findet, meine Altersgenossen und ich wären ungeduldig und hätten das Warten verlernt.

Tja, was soll ich sagen? Auf das Ergebnis von Jamilas DNS-Extrahierung habe ich sehr, sehr lange gewartet. Der Prozess lief automatisiert ab und untätig daneben zu sitzen darf man sich ebenso qualvoll vorstellen wie das Warten auf einen großen Download über instabiles WLAN.

Die Zeit dehnte sich wie Kaugummi. Ich hatte nichts zu tun und niemanden, mit dem ich mich unterhalten konnte.

Jamila gab in dem Bodyprinter keinen Laut von sich. Drohnator war damit beschäftigt, die Erde nach Hinweisen auf malusianische Präsenz (sprich: Zenias Anwesenheit) zu scannen. Adi war in einem unbemerkten

Moment zu einem Weltraumspaziergang aufgebrochen – ohne Raumanzug, nur mit ihrer kleinen Luftblase ausgestattet – und suchte die ISS nach Schäden ab, die bei unserem Kampf entstanden sein könnten. Adiabola wartete auf eine Nachricht vom Galaktischen Schwarm M31, denn dessen Reaktion auf den Nachweis des in Menschen entdeckten malusianischen Erbguts stand nach wie vor aus. Der Datenschwarm befand sich am äußersten Rand unseres Sonnensystems. Das war so weit weg, dass die Radiowellen mit der Botschaft bis dorthin eigentlich über zehn Tage brauchen sollten und mit einer Antwort erst weitere zehn Tage später zu rechnen wäre. Jedenfalls normalerweise. Der Schwarm konnte aber auch schneller kommunizieren und zwar dank der sogenannten Quantenverschränkung. Fragt mich jetzt nicht, wie das funktioniert. Adi hat ein Mal versucht, es mir zu erläutern, und dabei rauchte mir derart der Schädel, dass sie es schnell aufgegeben hat.

Da mir nichts Konstruktiveres einfiel, gab ich mich meinen Erinnerungen an Jamila hin. An all die Stunden mit ihr und wie furchtbar es gewesen war, sie zu verlieren. Vor meinem inneren Auge lief, hinterlegt mit trauriger Musik, ein Zusammenschnitt unserer lustigsten gemeinsamen Momente ab. Ich schniefte und schnaufte und verhielt mich, das gebe ich offen zu, wie ein rührseliger Depp. Erst nach einer gefühlten Ewigkeit nahm ich all meinen Mut zusammen und fragte Adiabola: „Wird Jamila überleben? Warum ist sie immer noch in dem Ding drin?“

Adiabola sah mich ausdruckslos an. „Weil sie schläft.“

„Sie schläft? Heißt das, es geht ihr gut?“ Mir fielen tausend Steine vom Herzen. „He, aber warum hast du mir das nicht früher gesagt?“

„Über acht Milliarden Exemplare deiner Spezies stehen in der unmittelbaren Gefahr, für immer ausgelöscht zu werden. Aber der erhöhten elektrochemischen Aktivität in deinem Gehirn nach zu urteilen, bist du froh, weil *ein* dir bekannter Homo sapiens zeitweise keinem Risiko ausgesetzt ist?“ Adiabola machte eine abfällige Handbewegung. „Ihr Menschen seid echt lächerlich.“

„Ich würde es dir ja erklären, aber das verstehst du nicht“, tat ich ihre Bemerkung achselzuckend ab. „Also, kann ich Jamila jetzt ansprechen oder ist das immer noch gefährlich, hm?“

„*Uns* solltest du jedenfalls nicht ansprechen“, erwiderte Adiabola. „Du lenkst uns vom Warten auf unsere nächsten Anweisungen ab.“ Trotzdem warf sie dem

Bodyprinter einen schnellen Blick zu, woraufhin sich der verbeulte Kasten unter lautem Quietschen um neunzig Grad drehte und die Sicherheitsverschlüsse aufsprangen. Dann wandte sie sich wieder einem Monitor zu, auf dem nichts als ein Flimmern zu erkennen war, und harrte auf das Eintreffen einer Nachricht.

Ich holte tief Luft, schwebte zu dem Bodyprinter hinüber und schob, um nicht wegzudriften, den Fuß in eine Halteschlaufe. Dann zog ich an der Tür, die zunächst nur ein klägliches Knarzen von sich gab, aber schließlich aufschwang. Ich hatte Angst, mich würden genau wie in Zenias Labor in dem alten Fabrikgebäude Staub und Verwesung erwarten. Doch tatsächlich steckte nur die wieder geschrumpfte Jamila darin, gegen das obere Ende des Bodyprinters gepresst. Ihr Kinn war auf die Brust gesunken, ihre Arme baumelten schlaff in der Luft. Ihr Atem ging stoßweise und ich fragte mich, ob sie in dem Gerät überhaupt genügend Sauerstoff bekommen hatte. Behutsam rüttelte ich sie am Bein. Keine Reaktion. Lag sie im Koma? War sie in Trance? Oder einfach bewusstlos? Was, wenn sie nicht mehr aufwachte? Was, wenn –

„Gaaaahhh, Hilfe, wo bin ich?“, rief Jamila und zuckte zusammen.

„Alles ist gut", beschwichtigte ich sie sofort.

„Danny?" Ihre Augen weiteten sich. „*Nichts* ist gut. Ich schwebe!" Halb stolperte, halb rutschte sie aus dem länglichen Kasten und driftete nach oben. „Hä? Was? O Gott, bin ich ein Gespenst? Ich bin ein Gespenst!"

„Bist du nicht." Ich versuchte, sie am Arm zu fassen, aber mein Fuß glitt aus der Schlaufe und nun flog auch ich davon. Wir schraubten uns hoch an die Decke, stießen dort an und sanken langsam wieder nach unten. Jamila sah so verdattert aus, dass ich lachen musste. „Du bist kein Gespenst", wiederholte ich. „Du bist Jamila. Und wow, es ist krass gut, dich wiederzuhaben."

„Süßer Spruch, Dannyboy, aber wer hat die Schwerkraft ausgeschaltet? Und wo *sind* wir?"

„Auf der Internationalen Raumstation im, äh, Weltall."

„Bitte was?" Jamila zog die Augen zu schmalen Schlitzen zusammen. „Du schuldest mir eine Erklärung. Was ist hier los?"

Da alle anderen mit Tüfteln oder Warten beschäftigt waren, hatte ich Zeit, Jamila (fast) die ganze Geschichte zu erzählen. Ihre Erinnerung war löcherig wie ein

Sieb. Sie wusste nicht wirklich, was seit ihrem ersten Krankenhausaufenthalt passiert war. Die Info „Nicht mal deine eigene Familie erinnert sich noch an dich" ließ ich weg, das erschien mir einfach zu traurig. Keine Ahnung, warum ich ihr ausgerechnet dieses Detail verschwieg, ihr aber brühwarm erzählte, dass brutale Alien-Warlords die Menschheit aus unerfindlichen Gründen in eine Zombiearmee verwandeln wollten. Und dass sie, Jamila, unter den Einfluss außerirdischer Aggro-DNS geraten war und versucht hatte, Adi und mich umzubringen. Ich berichtete ihr sogar, dass Drohnator und Adiabola Antimaterie gesammelt hatten, um allem ein Ende zu bereiten.

„Heilige Makkaroni", kommentierte Jamila meinen Bericht. „Also sind wir so oder so alle tot. Ja?"

„Na ja, ganz so drastisch würde ich es vielleicht nicht ausdr–"

„Doch, Danny. Wir sind geliefert. Futschikato. Unsere letzten Stunden fristen wir damit, sinnlos im All herumzuschweben." Sie legte den Kopf in die Hände, schlug einen eleganten Purzelbaum, krachte dann aber unsanft gegen eine Wand. „Was sollen wir bloß tun?"

„Zenia die Hölle heißmachen", schaltete sich Adi ein,

die in ebendiesem Moment mit einem großen, zylinderförmigen Gegenstand unter dem Arm in das Modul geflogen kam.

„Die Ex-Kundschafterin hat das Alpha-Magnet-Spektrometer von der Außenhülle der Raumstation abmontiert“, stellte Drohnator fest. „Was hat das zu bedeuten?“

„Die Antimateriepartikel befinden sich in einem Vakuum und werden mithilfe eines starken elektromagnetischen Felds innerhalb dieses Geräts in der Schwebe gehalten, was verhindert, dass sie mit Materiepartikeln interagieren und eine Explosion verursa–“

„Das meinte er damit nicht und das weißt du auch“, wurde sie von Adiabola unterbrochen. „*Warum* hast du das Gerät abmontiert?“

„Weil wir es als Waffe gegen Zenia verwenden können. Vorausgesetzt, wir kriegen es irgendwie bis zu ihrem Aufenthaltsort transportiert“, erklärte Adi geduldig. „Uns läuft die Zeit davon. Tut mir leid, aber wir können die Antwort des Schwarms nicht abwarten.“

„Ohne weitere Anweisungen sind wir nicht zum Handeln befugt“, protestierte Adiabola. „Der Schwarm wird Recherchen anstellen und die Situation neu bewert–“

„Oh, ich weiß, ich weiß. Der Schwarm wird Sonden und Trackerbots auf den Planeten Malus schicken und das Security-Interface und die Firewall rings um die malusianische Schwarmnation auf Sicherheitslücken überprüfen. In Menschenzeit gerechnet dürfte das Monate in Anspruch nehmen."

„So lange werden wir eben warten", erklärte Adiabola mit Bestimmtheit. „Die vorgeschriebenen Abläufe sind einzuhalten."

„Ja, und Zenia lacht sich ins Fäustchen! Ihr wurdet hierhergeschickt, um die hochentwickelte Technik des Schwarms aufzuspüren und zu beseitigen – nicht, um tatenlos zuzuschauen, wie sie sich immer weiter ausbreitet!" Adi glitt zu ihrer Doppelgängerin hinüber und starrte ihr in die Augen. „Wenn Zenias Experimente mit unserem Destruktorcode-Transmitter erfolgreich sind, könnte sie die gehackte DNS jederzeit aussenden. Ich brauche dir nicht zu erklären, was das bedeutet. Die Menschen werden dann zu willenlosen leeren Wesen, die sich bestens als Armee für Malus eignen."

„Ein derartiges Vorhaben ist unlogisch", wandte Adiabola ein. „Menschen verfügen nicht über genug Expertise für fortschrittliche Weltraumreisen. Sie besitzen noch nicht einmal die Mittel, ihr benachbartes

Sternsystem zu erreichen. Wie soll Malus' neue Armee da eine Bedrohung darstellen?"

„Das weiß ich nicht. Noch nicht. Aber Zenia ist nicht dumm", meinte Adi. „Sie hat garantiert eine Strategie. Und ich für meinen Teil wüsste gern, wie die aussieht. Ihr nicht?"

Adiabola sah Adi gleichgültig an. Sekunden verstrichen. Dann nickte sie. „Als Erstes müssen wir Zenias Aufenthaltsort herausfinden."

„Ihr kennt ihn bereits", erwiderte Adi kühl. „Drohnator hat die Instrumente da drüben umfunktioniert, sodass sie nun malusianische DNS aufspüren. Soeben war seine Suche erfolgreich. Zenia befindet sich irgendwo in Manhattan. In New York. In den USA."

Drohnator guckte uns griesgrämig an. Oder vielleicht sollte ich sagen: noch griesgrämiger als sonst. „Woher weiß die Ex-Kundschafterin das?", entfuhr es ihm.

„Weil die Instrumente hier in der Raumstation Signale von Sensoren empfangen, die an der Außenhülle der ISS montiert sind." Adi lächelte süffisant. „Ich habe den Feed angezapft und die Information abgefangen, ehe sie Sie erreichen konnte. Einmal Kundschafterin, immer Kundschafterin."

„Du bist knallhart", stellte ich anerkennend fest.

„Äh, was?“ Adi blinzelte verwirrt und kniff sich in den Oberschenkel. „Wenn ich einen menschlichen Körper habe, finde ich ihn immer angenehm weich.“

„Besonders deine Bäckchen“, frotzelte Jamila.

Ich ging nicht näher darauf ein. „Zenia zu finden ist ein Anfang“, sagte ich. „Aber wenn die Antimaterie eine gigantische Explosion auslöst, wie willst du sie dann als Waffe einsetzen, ohne ganz New York in die Luft zu sprengen?“

Adi hüllte sich in unheilverheißendes Schweigen.

Ehe ich weiter nachbohren konnte, wurden wir von einem schrillen Alarm und rot blinkenden Warnzeichen auf den Monitoren unterbrochen. Drohnator wedelte mit den Händen über der Tastatur herum, woraufhin sich seine Befehle von selbst eintippten. „Enorme Spannungsspitze“, berichtete er. „Wir bekommen eine Nachricht rein.“

Jamila verschränkte die Arme vorm Oberkörper. „Vom Schwarm?“

„Von Zenia“, antwortete Drohnator.

Bei der Erwähnung ihres Namens lief mir ein Schauer über den Rücken. Wie gebannt starrten wir auf den Monitor, auf dem nun Zenia erschien – oder vielmehr das Monster, das früher einmal Zenia gewesen sein mochte. Jamila und ich wichen reflexartig einen Schritt zurück: Zenias Gesicht war unnatürlich in die Länge gezogen, ihr Hals dick wie der eines Pferds. Ihre Blueteeth-Zahnspange schien längst zu klein für ihr dunkelgelbes Raubtiergebiss geworden zu sein und konnte jeden Augenblick zerspringen.

„Agenten des Schwarms“, ertönte Zenias schroffe Stimme. „Unseren Sensoren ist Ihr Scan nicht unbemerkt geblieben. Wir wissen, dass Sie uns geortet haben.“

„Dann ergeben Sie sich“, verlangte Drohnator. „Brechen Sie Ihr Vorhaben auf der Stelle ab.“

Zenia bedachte uns mit einem listigen Grinsen. „Sie haben nicht den geringsten Schimmer, was wir vorhaben.“

„Das spielt keine Rolle“, gab Adiabola zurück. „Ihr Volk gehört dem Schwarm an. Niederen Spezies ist die Verwendung von Schwarmtechnologie untersagt.“

„Sie werden sich selbst sowie all Ihre technischen Geräte unverzüglich von der Erde entfernen“, befahl Drohnator. „Tun Sie dies nicht, werden wir Ihrer gesamten Schwarmnation die denkbar härtesten Strafen auferlegen.“

„Kennst du das Guter-Bulle-böser-Bulle-Prinzip?“,

flüsterte ich Jamila zu. „Jetzt neu auf der ISS: Böser-Bulle-supermegaböser-Bulle."

Zenia ging nicht näher auf die Drohungen ein. „Die Erde ist für Sie und uns neutrales Territorium", sagte sie. „Wir schlagen daher ein Treffen auf dem blauen Planeten vor. Erlauben Sie uns, unserem Groll bei einer Zusammenkunft Luft zu machen und persönlich mit Ihnen zu verhandeln. Wenn Sie uns das zugestehen, werden wir das Urteil des Schwarms hinnehmen."

„Also schön", gab sich Drohnator kompromissbereit. „Wir kommen zu Ihnen. Sollte aber auch nur der leiseste Verdacht aufkommen, dass Sie uns in einen Hinterhalt locken wollen, vernichten wir Sie ohne Vorwarnung. Dass wir dazu imstande sind, dürfte Ihnen bewusst sein."

„Falls die Rede von Ihrer Antimateriewaffe ist: Ja, die ist nicht zu übersehen", ätzte Zenia. „Wir schicken Ihnen jetzt die Koordinaten für das Treffen. Wir erwarten Sie."

Der Monitor rauschte, dann verschwand das Bild. Ein Piepsen ertönte, woraufhin Zahlenreihen auf dem Bildschirm erschienen.

Adi übersetzte: „Treffpunkt ist die Grand Central Station mitten in Manhattan."

Jamila zog eine Augenbraue hoch. „Falls Zenia versucht hat, für das Meeting einen abgeschiedenen Ort zu finden, ist das eindeutig ein Fail."

„Der Grund für diese Ortswahl ist wohl eher, dass sie ihr Hauptquartier unter dem Bahnhof eingerichtet hat", informierte uns Drohnator.

„Greife online auf Informationen zu", verkündete Adiabola. „Unterhalb der Grand Central Station erstrecken sich Gänge und Gewölbe mit einer Grundfläche von 480.000 Quadratmetern. Es ist der vermutlich riesigste Keller in ganz New York. Zum größten Teil ist er ungenutzt, aber es befindet sich dort auch ein elektrisches Umspannwerk, das die Bahnhofsanlage und die Gleise mit Strom versorgt."

„Und genau dort haben sich die Malusianer breitgemacht", mutmaßte Adi. „Zenia bedient sich der kostenlos bereitgestellten Energie."

„Ein bezugsfertiges unterirdisches Zuhause für Außerirdische", sagte ich bedrückt. „Na toll."

„Und obendrein erwartet Zenia uns", schaltete sich Jamila ein. „Ihr glaubt doch nicht ernsthaft, dass sie uns alle zu einem runden Tisch eingeladen hat, oder? Das letzte Mal, als sie unverfänglich plaudern wollte, hat sie Drohnator und Adiabola in die Luft gesprengt."

„Sollten sich verräterische Handlungen andeuten, machen wir ihr den Garaus." Drohnator nahm Adi den Antimateriebehälter aus der Hand. „Und zwar hiermit."

„Bitte was?" Vor Angst, das Ding könne jeden Moment hochgehen, sprang ich zurück. „Damit würdet ihr Millionen Menschen töten!"

„Besser als acht Milliarden", sagte Adiabola streng. „Vielleicht lässt der Schwarm bei euch Menschen Gnade walten, wenn es uns gelingt, sämtliche außerirdische Technik von eurem Planeten zu entfernen."

„Wie lautet also der Plan?", hakte ich nach. „Könnt ihr die Antimaterie per Fluxkraft runter auf die Erde schicken?"

„Dafür ist sie zu flüchtig", gab Drohnator zu. „Die kleinste Schwankung im elektromagnetischen Feld würde ausreichen, um die Bombe hochzujagen."

„Wenn wir den Wiedereintritt in die Erdatmosphäre auf klassischem Wege versuchen, passiert im Übrigen dasselbe", fügte Adiabola an.

„Das ist die große Schwäche des analogen Daseins." Drohnator verzog das Gesicht. „Uns bleibt keine andere Wahl, als uns so langsam fortzubewegen, dass keine Reibungskräfte entstehen."

„Darauf spekuliert Zenia mit Sicherheit auch“, vermutete Adi. „Nein, ich habe eine bessere Idee.“

„Eine weniger gefährliche Idee?“, fragte ich vorsichtig.

Adi lächelte. „Äh, nein.“

23. ZUM ABSCHUSS FREIGEGEBEN

Die ISS ist eine auf mittel- bis langfristige Aufenthalte ausgelegte Basis für den bemannten Raumfahrtbetrieb. Sie ist kein Verkehrsmittel. Mit dem ganzen Hightech-Gedöns, das überall aus den Modulen ragt, ist sie absolut nicht aerodynamisch gebaut. Sie umkreist die Erde, aber sie fliegt nicht.

Dafür ist sie nicht gedacht.

Dieser Umstand hielt Adi und die beiden Agenten jedoch keineswegs davon ab, sie wie ihren persönlichen Privatjet quer durch die Wolken über dem Atlantik zu lenken. Jamila und ich klammerten uns aneinander, ließen uns durchschütteln, schickten im Sekundentakt Stoßgebete zum Himmel und hielten, so gut es eben ging, den Behälter mit der Antimaterie aufrecht. Die potenzielle Bombe sah aus wie eine überdimensionale Hantel aus gebürstetem Aluminium und erschien uns jetzt, da wir zurück in einer Welt mit Schwerkraft waren, dreimal schwerer als im All. Es fühlte sich merkwürdig an, bei jeder Bewegung wieder vom Boden angezogen zu werden. Aber diese Tatsache nahm ich eigentlich nur am Rande wahr. Ich war abgelenkt, weil der Griff der Hantel ein seltsames Kribbeln in meiner Hand auslöste. Oder waren das nur Vibrationen, die durch die Turbulenzen ausgelöst wurden? Die ISS war gewissermaßen ein Wollknäuel, das von einer unendlich großen Schar Katzen attackiert wurde.

„Ich träume", sagte Jamila schockiert, als beim Blick durch die Beobachtungskuppel der schimmernde Stahl und die Verglasung der New Yorker Wolkenkratzer in Sicht kamen. „Ich habe aus Versehen was Schimmeliges aus einer Brotbox gegessen, die ganz hinten im Kühlschrank lag, und ich träume das hier alles nur. Gleich wache ich auf und …"

„Muss kotzen?", schlug ich vor, als die ISS erneut ein Stück absackte und ins Trudeln geriet. Vielleicht war Schwerkraft doch nicht so toll.

Wir hatten miterlebt, wie die endlose Schwärze des Weltalls dem Blau und Rosa eines neuen Tages auf der Erde wich. Mannshohe Flammen hatten das Bild eingerahmt, während die ISS ihr Bestes tat, beim Wiedereintritt in die Atmosphäre – einem Manöver, für das sie eigentlich überhaupt nie vorgesehen war – nicht zu verglühen.

Adi und Adiabola konzentrierten inzwischen ihre gesamte Geisteskraft darauf, die hopsende und ruckelnde Raumstation anzutreiben und sicher durch die Lüfte zu steuern. Drohnator hielt rings um uns den molekularen Schild aufrecht, der den Eintritt in die Erdatmosphäre möglich gemacht hatte, jetzt den Luftwiderstand abmilderte, unserem Gefährt Deckung vor Radargeräten bieten und die ISS so gut wie möglich zusammenhalten sollte.

Ganz ehrlich: Das waren ganz schön krasse Anforderungen und selbst superintelligente digitale Aliens kommen an ihre Grenzen. Drohnator kommentierte seinen Zustand zwar nicht, aber mir blieb nicht unbemerkt, dass die Anstrengung ihm den Schweiß auf die Stirn trieb. Sein Gesicht war puterrot. Die meisten Solarpaneele waren in unserem Trudelflug bereits abgebrochen und die Bordinstrumente hatten daraufhin eine piepende, vibrierende, schrille Kakofonie angestimmt. Immer heftiger schlingerte unser Gefährt, mit jedem Luftloch sackten wir tiefer. Ob die Passagiere der in der Nähe befindlichen Flugzeuge uns wohl sehen konnten? Für sie mussten wir einen komplett irren Anblick abgeben.

Hey, Leute, ist das da drüben nicht die Internationale Raumstation? Sind die Astronauten auf Urlaub oder was?

„Wie lange halten die Batterien ohne die Paneele durch?“, wollte Jamila von mir wissen.

„Ich habe nicht die leiseste Ahnung. Aber wenn die Sauerstoffzufuhr ausfällt, können wir jetzt immerhin den Kopf zum Fenster rausstrecken“, raunte ich.

„Das muss ich gleich so oder so tun“, meinte Jamila und hielt sich den Bauch. „Mir ist speiübel. Ich glaube, ich muss mich übergeben.“

„Wehe dir“, warnte ich sie. „Wenn du das machst, dann –“

Was genau ich „dann“ getan hätte, kann ich selbst nicht sagen, denn ich kam nicht dazu, meinen Satz zu beenden. Agent Drohnator deutete mit dem Zeigefinger auf etwas, woraufhin direkt neben uns eine gewaltige Explosion ertönte. Rotes Licht durchflutete unsere Kabine. Die ISS zitterte wie ein Blatt im Wind.

Dann stürzten wir vom Himmel.

Adi hob die Hand und vollführte mit dieser ein Manöver, sodass unser Fall abgebremst wurde und wir einen ruckartiger Schlenker nach links machten.

„Was zur Hölle war das für eine Explosion?“, brüllte ich Drohnator an. „Was haben Sie gemacht?“

„Er hat eine wärmesuchende Luft-Luft-Rakete vom Typ AIM-9 abgeschossen, ehe sie uns erreichen konnte", erläuterte Adi seelenruhig. „Sie wurde vor rund dreißig Sekunden von einem Tarnkappen-Kampfjet des Typs F-22 Raptor abgefeuert, der von der Langley Air Force Base in Virginia gestartet ist."

„Hä, was? Woher weißt du das alles?", rief Jamila.

„Ich überwache den Signalverkehr", antwortete Adi. „Als unidentifiziertes Flugobjekt, das unerlaubt in den Luftraum der Vereinigten Staaten eingedrungen ist, wurden wir als maximale Bedrohung eingestuft."

„Unidentifiziert?" Ich reckte den Hals, um besser aus dem Fenster sehen zu können. „Wir sind die Internationale Raumstation! Sag ihnen das, Adi."

„Der Pilot des Kampfjets hat tatsächlich gefordert, dass wir uns zu erkennen geben und unseren Kurs ändern", erwiderte Adi ungerührt. „Aber da diese ganze Aktion sinnlos wäre, wenn wir ein anderes Ziel ansteuern, habe ich gar nicht erst auf seinen Funkspruch reagi–"

Erneut stieß Drohnator den Arm in die Luft. Dieses Mal war auf der anderen Seite der ISS eine Detonation zu hören, gefolgt von einer Druckwelle. Unsere Kabine vibrierte, meine Knie zitterten.

„Die greifen uns wirklich an!“, rief Jamila.

Mit viel zu hoher Geschwindigkeit rasten wir immer weiter auf das Wasser unter uns zu. Ich fühlte mich, als säße ich auf einem flachen Kiesel, den jemand über den New Yorker Hafen hüpfen lassen wollte. Vor uns tauchte die türkisblaue Zackenkrone der Freiheitsstatue auf, dahinter erahnte ich die weltberühmte Skyline.

„Funk die Kampfjets an und sag ihnen, dass zwei entführte britische Teenager an Bord sind“, schlug Jamila vor. „Und dass wir Antimaterie dabeihaben.“

„Ein zweiter Raptor ist auf Abfangkurs gegangen. Er fliegt mit Mach 2“, meldete Drohnator mit zusammengebissenen Zähnen.

„Das ist doppelte Schallgeschwindigkeit“, erläuterte Adi beflissen.

„Und er beschleunigt noch weiter“, kommentierte Adiabola.

„Die haben gar nicht die Erlaubnis, auf uns zu schießen“, sagte ich optimistisch. „Ich meine, die sehen doch, dass wir unbewaffnet sind.“

„Ha, ha, Dannyboy. Wir sind ein Haufen Weltraumschrott, der mit Überschall auf Manhattan zurast“, gab Jamila zurück. „Wir *sind* die Waffe.“

Mein Herz setzte ein paar Schläge aus, als ein breiter,

flacher Kampfjet mit zwei steil aufragenden Seitenflossen donnernd zu uns aufschloss.

„Wer auch immer da drinsitzt, braucht keine Wärmesuchraketen mehr“, stieß ich hervor. „Jetzt schießen die uns gleich auf Sicht ab. Und wenn die Antimaterie hochgeht –“

„Dann gute Nacht, New York City“, sagte Jamila tonlos.

„Adi!“, rief ich, woraufhin mich sowohl Adi als auch Adiabola ansahen. „Lässt sich der Schleudersitz des Kampfjets von hier auslösen?“

Keine drei Sekunden später öffnete sich die gläserne Cockpithaube und der Pilot flog in die Luft. Fast gleichzeitig öffnete sich sein Fallschirm.

„Schleudersitz aktiviert“, bestätigte Adi. „Der Raptor selbst wird jetzt eine Wasserlandung irgendwo auf hoher See hinlegen.“

„Da geht es hin, all das schöne Steuergeld“, murmelte Jamila.

Ich versuchte einen letzten Blick auf den Raptor zu erhaschen, aber er war bereits aus unserem Sichtfeld verschwunden. Die ISS raste weiter auf New York City zu. Unter uns floß der East River, eine dunkel glitzernde Arterie, die Queens von Manhattan trennte. Tausende

Wolkenkratzer ragten in die Luft und wirkten wie anklagend auf uns gerichtete Zeigefinger.

Jamila schien bedrückt. „Wird der Pilot überleben?"

„Der ACES-II-Schleudersitz ist darauf ausgerichtet, das Verletzungsrisiko auch bei hohem Staudruck so gering wie möglich zu halten", erklärte Adiabola. Doch dann begann sie zu stottern und ihre Stimme überschlug sich seltsam. „Aber … das Problem … ist ein anderes. Wir können … unseren Flug … nicht mehr lang fortsetzen."

„Was?", entfuhr es Jamila und mir.

„Dritter Kampfjet nähert sich", meldete Adi kurz angebunden.

„Energenlevel …" Agent Drohnator schwitzte so stark, dass ich Angst hatte, sein komplettes Gesicht würde ihm von den Wangenknochen rutschen. „Stark abgesunken. Gefahr."

„Kann … strukturelle Integrität der ISS … kaum noch … aufrechterhalten." Adiabola war ebenfalls schweißgebadet und blass. „Wir verlieren an Höhe."

„Aber die Antimaterie!", rief ich. „Wenn sie hochgeht, sind wir tot."

„Und Zenia, tief unter der Erde, würde es überleben", stellte Jamila fest.

„Ein Scheitern der Mission … ist inakzeptabel." Drohnator schlotterte. Wie bei einem Hund, der sich nach einem Ausflug im Regen schüttelte, flogen dabei Schweißtropfen in alle Richtungen. Die ISS drehte nach links ab, weg vom East River, mitten durch die Häuserschluchten. Ein Solarpaneel krachte in die Front eines Wolkenkratzers, über die angrenzende Baustelle regnete es Trümmer und Scherben. *Na, wenigstens tragen die Bauarbeiter Helme*, ging es mir durch den Kopf. Das Empire State Building tauchte vor uns auf. Die ISS war das teuerste je von Menschenhand erschaffene Objekt – und wir nutzten es mal eben als Sightseeing-Flieger. Erneut verloren wir an Höhe. Die Zeit schien stillzustehen. Von den Straßen drang Gehupe zu uns herauf. Aus dem Augenwinkel sah ich ein weiteres Flugzeug, das sich unendlich langsam auf uns zubewegte.

Und dann? Dann überschlug ich mich heftig. Hatte mich jemand aus dem Fenster gekickt? Wolken, Glas und rostrote Fliesen wirbelten an mir vorbei. Ich landete auf etwas Weichem.

Auf etwas Weichem, das sich lautstark beschwerte: *„AUAAUAAUAPASSAUFDULÖSTDASDINGGLEICHAUS!"*

„Jam?" Benommen setzte ich mich auf. „Wo sind wir?"

Was für eine gute Frage. Denn wir befanden uns nicht mehr in der Raumstation. Wir waren draußen. An der frischen Luft. Die Sonne schien. Neben mir lag die zitternde Jamila. Die Antimaterie presste sie fest an sich – das hantelförmige Behältnis war die wohl ungeeignetste Kuscheldecke der Welt. Rings um uns, hinter Glas, erstreckte sich New York City. Wir waren auf der Aussichtsplattform eines Wolkenkratzers gelandet! Ihr wisst schon, so ein Touristending: Man zahlt eine Riesensumme, um aus höchster Höhe einen Panoramablick auf die Stadt genießen zu dürfen. *Top of the Rock,* las ich auf einem Schild. Das sagte mir was. Mein Dad war schon mal hier gewesen und hatte mir Bilder geschickt.

„Wir sind auf dem Rockefeller Center", informierte ich Jamila. Einige Blocks weiter entdeckte ich das Empire State Building. „Wir sind eben mit der ISS hier vorbeigeflogen."

„Dann war das wohl Adis Version von einem Schleudersitz", flüsterte Jamila. „Sie hat uns aus der Raumstation geschmissen"

„Oder vielleicht war es auch Drohnator, der die Antimaterie schützen wollte", spekulierte ich. „Hätte wir eine Bruchlandung erlitten, wäre sie vermutlich explodiert und hätte die ganze Stadt ausradiert …"

Jamila rappelte sich auf und starrte auf die Hochhäuser und den dahinterliegenden Fluss. „Danny, was ist mit den beiden Adis und Mister Creepy passiert? Wo sind sie?“

„Denen wird schon nichts zugestoßen sein“, erwiderte ich. „Du kennst sie doch. Sie sind unzerstörbar.“

„Eben nicht“, gab meine Freundin zurück. „Das haben wir doch gerade selbst miterlebt. Um ein Haar wären sie kollabiert. Und wenn ihre Körper Schaden erleiden, können sie jetzt nirgends mehr hin, um sich neue auszudrucken.“

„Ob die ISS wirklich futsch ist, wissen wir nicht“, argumentierte ich.

„Schau dich doch mal um“, beharrte Jamila und drehte sich im Kreis. „Hier ist niemand. Dabei ist es ein herrlich sonniger Tag. Das kann nur bedeuten, dass das Gebäude evakuiert wurde, oder?“

Ich versuchte, einen klaren Gedanken zu fassen. Die Aussichtsplattform war in der Tat wie leer gefegt. Keine Menschenseele weit und breit.

Oder doch, da drüben war jemand. Ein grauhaariger Mann in Security-Uniform trat gerade auf die Dachterrasse. Sein Gang war schwerfällig und seltsam ruckartig. Aber ich schlug mich auch nicht besser: Als ich aufstand, schwankte ich so sehr, dass ich keinen einzigen Schritt machen konnte.

„Entschuldigen Sie", rief ich dem Mann zu. „Ist, äh, irgendwas Ungewöhnliches passiert?"

„Nein", gab er widerlich grinsend zurück. „Aber es *wird* gleich etwas passieren." Zwei weitere Mitarbeiter des Sicherheitsdiensts traten an seine Seite. „Ihr werdet sterben."

„In Malus' Namen werdet ihr sterben", pflichtete ihm der eine bei.

„In Malus' Namen", wiederholte der andere.

Nein. Nein, nein, nein … Meine Welt geriet nun endgültig aus den Fugen. *Nach allem, was wir durchgemacht haben … Wir kommen zu spät.* Ich umklammerte Jamilas Arm. „Zenia hat mit der Übertragung begonnen. Der DNS-Hack geht live."

„Er wird sich in New York ausbreiten und von dort aus … auf den ganzen Planeten übergreifen", sagte Jamila tonlos. „Zenia hat gewonnen."

Bedrohlich traten die Security-Männer auf uns zu.

24. ALPTRAUM IN NEW YORK

Zwei Gedanken trieben trotz meiner wachsenden Panik an die Oberfläche meines Bewusstseins. Erstens: *Wenn dein Mörder auf dich zukommt, ist der Rand einer siebzig Stockwerke hohen Aussichtsplattform kein idealer Aufenthaltsort.* Und zweitens: *Leistungssportler sind diese Wachmänner nicht.* Sie ruckelten auf uns zu wie lahme Zombies.

„Das muss eine Nebenwirkung von dem DNS-Hack sein. Anscheinend werden einfache Bewegungsabläufe zur Herausforderung", raunte ich Jamila zu.

„Wie rennen geht, kann *ich* ihnen vorführen", wisperte sie. „Teilen wir uns auf? Du links, ich rechts."

Ich nickte. Die Security-Typen schienen allerdings dazuzulernen, denn ihr Gang wurde bereits souveräner. „Wer nimmt die Antimaterie?"

„Besten Dank, die nehmen *wir*", raunzte der Grauhaarige.

Aha, darauf sind sie also aus, schoss es mir durch den Kopf. *Auf das Einzige, was Zenia noch aufhalten könnte.*

„Jetzt!“, rief Jamila und sprintete los. Die Wachmänner liefen ihr hinterher. Ich rannte wie ausgemacht nach links die Aussichtsplattform entlang, die im Kreis um das verglaste Gebäude herumführte. Als ich bei den automatischen Schiebetüren ankam, die ins Innere führten, stand Jamila mit dem Antimateriebehälter unterm Arm bereits vor dem Fahrstuhl und hämmerte auf den Knopf.

Die Wachmänner legten noch einen Zahn zu. Mit konzentriertem Gesichtsausdruck torkelte der Älteste auf die Glastüren zu, die zwei anderen folgten ihm auf dem Fuß.

Adrenalin durchflutete mich. „Komm schon“, knurrte ich den Fahrstuhl, Jamila und alle vielleicht zufällig mithörenden Schutzengel an. Nach Sekunden, die sich wie eine Ewigkeit anfühlten, machte es *ping* und die Fahrstuhltüren glitten langsam auseinander.

Aus dem breiter werdenden Schlitz griffen Hände nach uns.

„Oh, oh.“ Jamila machte einen Satz nach hinten und rempelte mich beinahe um. Sechs Touristen wankten wie Zombies mit ausgestreckten Armen aus der Kabine.

Sie murrten und nuschelten in verschiedenen Sprachen vor sich hin, aber einen von ihnen hörte ich deutlich auf Englisch sagen: „Ihr müsst sterben ... Ihr müsst sterben ..."

„Treppe!", rief ich.

„Wo?" Jamila sah sich panisch um. Die Wachmänner hatten fast zu uns aufgeschlossen.

„Woher soll ich das wi– *Da drüben*!" Hektisch deutete ich auf einen Notausgang. Auf dem Schild darüber war ein Pfeil zu sehen, der nach schräg unten zeigte. Ich duckte mich unter dem Arm eines Touristen hinweg, sprintete los und warf mich gegen die Tür zum Treppenhaus. Hände krallten sich um Jamilas Kapuze, aber mit einem heftigen Ruck gelang es ihr, sich loszureißen.

Die Tür ging auf und ich blickte nach unten zum nächsten Treppenabsatz. „Was ist, wenn uns hier auch Leute entgegenkommen?"

„Das Gebäude ist mindestens 100.000 Stockwerke hoch", trieb mich Jamila zur Eile an. „Niemand im Vollbesitz seiner geistigen Kräfte nimmt die Treppe."

„Ja, aber an geistigen Kräften hapert es hier doch offensichtlich ganz gewaltig", entgegnete ich, hastete ihr aber dennoch zwei Stufen auf einmal nehmend hinterher. Um nicht abzurutschen, nutzte ich dabei den

Handlauf. Unsere Schritte hallten zwischen den Betonwänden des Treppenhauses wider. Ich hörte unsere Verfolger nicht mehr. Das hieß bestimmt, dass wir ihnen entkommen waren – oder?

Nach Gott weiß wie vielen Stockwerken hielt ich keuchend inne. „Warte kurz", japste ich.

„Keine Zeit." Jamila schaute mich vielsagend an. „Jetzt wünschst du dir, du hättest im Sportunterricht mehr Einsatz gezeigt, stimmt's?"

„Stimmt", gab ich zu und deutete mit dem Kinn auf die Antimaterie-Hantel. „Wie schaffst du es bloß, so schnell zu rennen und dabei auch noch das Ding zu tragen?"

„Ich versuche, ihm davonzulaufen", gab sie trocken zurück. „Können wir weiter?"

Konnten wir – auch wenn ich Seitenstechen und entsetzlichen Durst hatte, meine Knie zitterten, mein Atem stoßweise ging und mir das Echo unserer Schritte in den Ohren klingelte. Der schwer beladenen Jamila ging allmählich ebenfalls die Puste aus. Obwohl es kindisch war, gab ich noch mal alles, nur um mich an ihr vorbeidrängeln zu können.

Deshalb war ich auch derjenige, der auf Höhe der 20. Etage mit einem breitschultrigen Typen im Hawaiihemd zusammenstieß. Er schien nicht überrascht, uns hier zu begegnen, sondern stürzte sich direkt auf mich. Ich machte einen Satz zur Seite, prallte gegen das Treppengeländer, duckte mich weg und schlitterte an dem Mann vorbei. Er ignorierte mich, steuerte auf Jamila zu, die abrupt angehalten hatte, und war im Begriff, auf sie loszugehen.

„Jam!", rief ich. „Die Antimaterie!"

Vor Anstrengung nach Luft schnappend holte sie aus und warf die Hantel in hohem Bogen über den Kopf des Mannes. Es schien eine Ewigkeit zu dauern, bis sie mich erreichte, aber schließlich schlossen sich meine schwitzigen Hände sicher um das gebürstete Metall. Ich drückte den Behälter an mich und stolperte rückwärts gegen die Wand.

Sofort drehte sich der Mann im Hawaiihemd wieder um und richtete seinen mordlüsternen Blick auf mich.

Ich hatte also recht gehabt. „Die haben es wirklich auf die Antimaterie abgesehen", rief ich.

Der Typ hatte Jamila den Rücken zugekehrt – ein schwerer Fehler. Sie rammte ihn von hinten, sodass er unsanft neben mir gegen die Wand krachte. Jam griff nach meiner Hand und zog mich davon.

„Wir müssen logisch denken", schnaufte sie. „Warum

ist das Rockefeller Center so ausgestorben? Wo sind alle? Wurde das ganze Gebiet evakuiert, als die ISS auf dem Radar aufgetaucht ist?“

„Oder vielleicht auch erst, als sie eine Bruchlandung hingelegt hat?“, brachte ich keuchend hervor. „Obwohl, das kann eigentlich nicht sein. Da hätten sie nicht mehr genug Zeit für eine Evakuation gehabt.“

„Zeit ist immer noch Mangelware“, warnte mich Jamila, als über uns schwere Schritte ertönten, die hastig näher kamen. „Los, wir müssen weiter.“

Jap, dachte ich hilflos. Keine Energene, keine Ortskenntnis, kein Plan. Nur wir beide, Jam und ich, auf der Flucht. Im Gepäck eine Waffe, die uns zu Gejagten machte, von der wir aber nicht einmal wussten, wie man sie verwendete. In die Enge getrieben von ganz gewöhnlichen Menschen, die dank Malus zu blutrünstigen Irren mutiert waren.

Wir hatten schon beinahe das Erdgeschoss erreicht, da fiel mir eine Tür mit der Aufschrift GEBÄUDEVERWALTUNG – KEIN ZUTRITT ins Auge. Ich zögerte. „In der Eingangshalle lauern möglicherweise noch mehr von diesen Schattengestalten“, sagte ich. „Vielleicht gibt es einen Hinterausgang?“

In dem Moment schwang die Tür auf und zwei Bauarbeiter taumelten heraus. Einen von ihnen setzte Jamila mit einem kurzentschlossenen Kinnhaken außer Gefecht. Dem anderen versetzte ich vor lauter Verzweiflung einen harten Schlag mit dem Antimateriebehälter. Das Geräusch, das ich damit verursachte, ließ mich erstarren. Der Mann fasste sich benommen an den Schädel und fiel der Länge nach auf seinen Kollegen. „O Gott, Jam. Es tut mir so leid", entfuhr es mir.

„Dass wir noch hier sind? Ja, mir auch", unkte Jamila. Ehe die Tür wieder zufallen konnte, schlüpfte sie hindurch und joggte den schlecht ausgeleuchteten Korridor entlang, der sich dahinter auftat. „Ich wusste gar nicht, dass du so fest zuschlagen kannst", frotzelte sie weiter. „Hat dich die Hantel so sehr inspiriert, Schwarzenegger?"

Ich rannte ihr kopfschüttelnd hinterher. „Deine Witze waren auch schon besser."

„Mein Humor bewegt sich in höheren Sphären, davon verstehst du nichts."

„Wenn uns dein Humor nicht gleich in höhere Sphären bringt und so hier rausholt, kann er meinetwegen zu dem Kampfjet auf den Grund vom Hudson River sinken."

Um uns gegenseitig abzulenken, ließen wir in diesem

Stil eine Stichelei auf die nächste folgen, während wir uns einen Weg durch das Gewirr aus Gängen bahnten. Irgendwann kamen wir in einer Tiefgarage heraus. Die dort geparkten Autos und Lieferwagen standen verlassen und teils mit offenen Türen da, so als wären die Fahrer einfach ausgestiegen und gegangen.

„Hier lang", sagte ich und steuerte auf den Ausgang zu. Vor uns lagen eine Schranke und daneben das ebenfalls leer stehende Häuschen für den Parkwächter.

„Ich habe kein gutes Gefühl", murmelte Jamila.

„Ach nee, echt jetzt? Keine Ahnung, wieso", zischte ich. Als wir bei der Schranke ankamen, hörte ich schlurfende Schritte. Und zwar nicht die Schritte einer einzigen Person. Sondern von einer bestimmt fünfzig Kopf starken Menschentraube, die von rechts auf uns zuströmte.

Unsägliche Panik ergriff mich. „Lauf!", brüllte ich – als wäre Jam nicht von selbst bereits auf die Idee gekommen. Schon hatte sie sich nach links gewandt und sauste noch vor mir den Bürgersteig der West 50th Street hinab. Wir rannten an schicken Boutiquen vorbei, deren Schaufenster klirrend zerbarsten, als weitere Zombies aus den Läden stiegen und sich der Meute anschlossen.

Als wir die Fifth Avenue erreichten, hielten wir erschöpft inne. Der Verkehr war zum Erliegen gekommen. Autos standen fahrerlos mitten auf der Straße. Ein gruseliger Anblick, untermalt vom anschwellenden Lärm mordgieriger Zombies. Mir fiel eine neugotische Kathedrale direkt vor uns auf, die zwischen all den Wolkenkratzern seltsam deplatziert wirkte.

„Gebet gefällig?", fragte ich Jamila.

„In einer Kirche? Da bräuchte ich schon einen *sehr* guten Grund." Sie sah an mir vorbei die Fifth Avenue hoch und ihre Augen weiteten sich. „Okay, *das* könnte mich fast überzeugen."

Ich wirbelte herum. In etwa fünfzig Metern Entfernung segelte ein Auto wie von einem unsichtbaren Stiefel getreten durch die Luft, überschlug sich ein paar Mal und krachte schließlich in ein Schaufenster.

Dahinter erschien ein muskelbepackter Hüne in dunklem Anzug. Nicht zu übersehen, selbst auf die Entfernung, waren sein schiefes Grinsen und seine funkelnde Zahnspange.

„Alpha", flüsterte ich.

„Das war ja so klar", meinte Jamila entnervt.

„Wieso? Weil Zenia auch hier ist?"

„Immer wenn man denkt, schlimmer geht's nicht,

setzt das Leben noch einen drauf, deshalb. Komm jetzt."

Alpha schritt kräftig aus und stiefelte quer über die Fahrbahn auf uns zu. Auf eine Handbewegung hin schlitterte das Auto vor ihm zur Seite und prallte mit genug Kraft gegen einen SUV, dass beide Fahrzeuge mehrere Meter über den Gehweg polterten.

Jamila und ich legten einen Zahn zu, aber Alpha holte auf. Hinter ihm taumelte die Zombiemeute die Fifth Avenue entlang. Jeder Blick über die Schulter war der reinste Alptraum.

Wir sprinteten an einem Luxuskaufhaus vorbei und bis zur nächsten Kreuzung. Beim Sneaker-Laden auf der East 49th Street zersprangen die Fenster. Gegenüber, auf der West 49th Street, kippte ein Bus um und versperrte den Weg. Uns blieb keine andere Wahl, als auf der menschenleeren Fifth Avenue weiterzurennen. Bei jedem Atemzug brannte meine Lunge. Aber wir gaben nicht auf und schafften einen weiteren Häuserblock. An der Kreuzung zur East 48th Street waren Taxis zu einer hohen Pyramide aufgetürmt worden, während uns von der Westseite eine neue Horde Zombiefußgänger entgegenschlurfte.

„Die treiben uns die Straße runter", keuchte Jamila.

„Wir können nichts dagegen tun." Ich merkte, dass ihr Tränen in den Augen standen, obwohl sie sich immer wieder verstohlen mit dem Handrücken übers Gesicht wischte.

Ich riskierte erneut einen Blick zurück. Alpha fegte noch immer mit befehlshaberischer Miene verlassene Fahrzeuge aus dem Weg, eine Armee von Besessenen in seinem Rücken. Jamila hatte recht: Er trieb uns wie Schafe die Fifth Avenue entlang. Der Gedanke gefiel mir ganz und gar nicht.

An der West 45th Street angekommen, gingen plötzlich zwei einander gegenüberliegende Hydranten los. Die Wasserstrahlen trafen gewaltig aufeinander und in der Luft waberte eine gigantische Wolke aus Gischt. Ich biss die Zähne zusammen und marschierte trotzdem los – so ein bisschen Wasser konnte uns schließlich nichts anhaben. Aber dann schlitterten zwei Imbisswagen und die Markise eines Restaurants auf die Straße und blockierten den Weg.

„Hier geht's auch nicht weiter", grunzte ich.

Dann eben die Ostseite der 45th Street. Halb rannten, halb stolperten wir sie entlang. Graue Gebäude zogen verschwommen an uns vorbei, bis wir die Madison Avenue erreichten.

Da begriffen wir, was uns bevorstand.

Ihr erinnert euch, dass ich vorhin von einer Zombiemeute sprach? Tja, der Pulk, dem wir jetzt gegenüberstanden, hätte locker ein ganzes Stadion gefüllt. Tausende dicht aneinandergedrängte Menschen starrten uns düster entgegen. Keiner rührte sich. Alle schwiegen. Sie wirkten wie Statisten, die beim Dreh eines Katastrophenfilms auf ihren Einsatz warteten.

Jamila und ich bremsten ab. Wir waren so außer Atem, dass wir kein Wort herausbrachten. Mussten wir aber auch nicht – unsere verzweifelten Blicke sprachen Bände.

Hinter uns hörten wir das Krachen und metallische Knirschen der Autos, die von Alpha beiseitegeworfen wurden, um seiner Armee Platz zu machen. Als ich mich umdrehte, kam der Riese gerade in Sichtweite.

Die Zombies vor uns hatten ihn offenbar ebenfalls erspäht, denn jetzt setzten sie sich in Bewegung und trabten, humpelten oder strauchelten begierig auf uns zu. Von beiden Seiten kamen sie uns nun entgegen, den Sieg (oder vielleicht unser Blut) riechend, und gaben immer mehr Gas. Manche fielen hin und wurden von anderen niedergetrampelt, die vor lauter Eifer, uns als Erste zu erreichen, sogar ihren Anführer überholten.

„Wir sind umzingelt“, schnaufte ich, als wäre es Jamila noch nicht selbst aufgefallen.

„Wir haben's versucht“, entgegnete sie schlicht.

Dann drückte sie mich an sich. Ich erwiderte ihre Umarmung und schloss die Augen. Und die Schlinge um unseren Hals zog sich langsam zu.

25. INSEKTEN

Die Hoffnung stirbt zuletzt. Also hoffte ich. Bis zum Schluss. Ich hoffte, Adi möge vom Himmel herabgeflogen kommen wie Captain Marvel, um Jam und mich in Sicherheit zu bringen. Ich hoffte, es möge sich in letzter Sekunde herausstellen, dass Jamila doch noch verborgene Energenreserven besaß und uns beschützen konnte. Ich hoffte, die Antimaterie möge plötzlich zum Leben erwachen und Alphas Armee ins Nirwana befördern.

Womit ich nicht rechnete, war, dass Drohnator uns zu Hilfe eilen könnte. Doch so geschah es. Als uns die von bösen Geistern heimgesuchte Meute umzingelt hatte, wurde sie jäh zurückgeworfen. Die Erde bebte. Betonstaub und Zementbrösel zischten in die Höhe wie Wasser aus dem Blasloch eines Wals. Aus der Grube, die sich inmitten der Straße aufgetan hatte, schwebte der graue Agent empor, riss uns in die Höhe und drückte uns so fest an seine Brust, dass er uns fast zerquetschte. Dann sprang er beherzt mit uns zurück ins Erdreich.

Zeit, sich auf den Aufprall vorzubereiten, blieb keine. Er war heftig und schmerzhaft. Krachend landete Drohnator auf beiden Füßen, wobei ich zu Boden ging und mich neben Jamila auf nassen Fliesen wiederfand. *Die Hantel*, durchfuhr es mich. *Ich habe sie verloren.* Doch ehe dicker Teer das Loch in der Straße schloss und das einfallende Sonnenlicht abschirmte, sah ich noch, dass der Agent den Antimateriebehälter sicher in der Hand hielt.

Ohne ein weiteres Wort zu verlieren wandte er sich ab und marschierte davon. Er hatte die Hantel retten wollen. Nicht uns.

„Hey!", rief ich ihm hinterher. Ich war so erschöpft und mein ganzer Körper so verkrampft, dass ich mich nicht einmal mehr aufzusetzen vermochte. Unter der Erde herrschten Temperaturen wie in einem Kühlhaus. Ich schlotterte am ganzen Leib. Aber ich hatte nicht vor, einfach hinzunehmen, dass Drohnator mich jetzt ignorierte. „Was ist passiert? Wo ist Adi?"

Aus der Finsternis vor mir tauchte eine Hand auf. Dann ein Paar dunkle Augen. „Ich bin froh, dich zu sehen, Danny. Und dich, Jamila."

Da war sie. Adi. Ich nickte ihr zu. „Du hast es geschafft."

„O Mann", keuchte Jamila. „Meinst du, du könntest uns beim nächsten Mal retten, *bevor* die Kacke am Dampfen ist?"

Adi ging nicht näher darauf ein. „Die Menschheit könnte am heutigen Tag ihren letzten Sonnenaufgang erlebt haben", sagte sie stattdessen. „Kommt jetzt. Wir müssen gehen."

Ich ließ mich von ihr hochziehen. „Wo sind wir überhaupt?", wollte ich wissen. „Ist hier eine Subway-Haltestelle? Oder sind wir in der Kanalisation?"

„Das hier ist ein Seitenarm des Tunnelkomplexes unter der Grand Central Station."

Ich machte große Augen. „Wir sind unter dem Bahnhof von Manhattan?"

„Ja. Über uns befindet sich die Haupthalle", erklärte Adi. „Ich habe vorhin versucht, euch in direkter Nähe abzusetzen."

„Eine höchstens durchschnittliche Leistung", spöttelte Jamila. „Folgen Sie mir in mein Büro. Jetzt sofort."

Adi half auch ihr auf die Beine. „Du bist witzig, Jamila."

„Danke", gab diese zurück. „Sag mal, wieso hatte

es Drohnator-Terminator plötzlich so eilig? Wo ist er hin?“

„Den Transmitter suchen“, antwortete Adi. „Finden wir ihn, finden wir auch Zenia, glaubt er.“

„Was hat bei euch eigentlich so lange gedauert?“, fragte ich ein wenig ungehalten. „Wir waren da draußen völlig auf uns allein gestellt.“

„Es tut mir total leid, Danny. Auf der Reise hierher sind uns die Energene ausgegangen. Wir mussten uns im Umspannwerk der Grand Central neu aufladen.“ Sie zögerte. „Na ja, das heißt, die beiden anderen haben das gemacht. Ich selbst habe mir hauptsächlich auf der ISS neue Energie getankt.“

„Du hast die Batterien leer gesoffen?“, mutmaßte ich.

„Ich habe die gefriergetrocknete Astronautennahrung gefuttert“, gestand sie. „Das Kung-Pao-Hühnchen war megalecker.“

Seit meiner letzten Mahlzeit war eine halbe Ewigkeit vergangen, aber an Essen war für mich nicht zu denken. Ich war viel zu angespannt. „Du bist also wieder voll aufgeladen?“

„Nein, bei Weitem nicht“, gab Adi zu. „Aber meine, äh, Kollegen gehen nicht davon aus, dass es zu einer handgreiflichen Auseinandersetzung kommen wird, jetzt, da wir die Antimaterie auf die Erde gebracht haben."

Hinter Adi fiel mir ein schwaches Leuchten auf. Zu meinem Erstaunen war es die Notbeleuchtung der Internationalen Raumstation (oder ihrer Überreste). Die Module waren halb im Boden versunken. Ein letztes, verbogenes Sonnensegel ragte bis zur Tunneldecke. „Apropos Antimaterie", merkte ich an. „Du hast uns samt dem Behälter draußen abgesetzt, weil du die ISS mithilfe deiner Energene unter die Erde befördern musstest, damit sie keine Bruchlandung oben auf der Straße hinlegen würde. Und du hattest Angst, dass beim Fluxen die Bombe hochgehen könnte. Stimmt's?"

„Korrekt, Danny. Alternativ hätte ich unser Gefährt mit 97 Meilen pro Stunde beziehungsweise 156 Stundenkilometern auf den Asphalt krachen lassen können, aber das hätte vermutlich gekitzelt. So, und jetzt Beeilung." Adi flitzte Drohnator hinterher und uns blieb nichts anderes übrig, als ihr zu folgen.

„Sie macht sich über dich lustig, Dannyboy", raunte Jamila. „Das hat sie von mir. Ich bin ein bisschen stolz auf sie."

Wir quetschten uns zaghaft an der schwach beleuchteten ISS vorbei. Da erlosch unsere letzte Lichtquelle plötzlich. Adiabola trat aus dem dunklen Wrack. Sie hob eine Hand und leuchtete uns mit einer heraufbeschworenen Fackel den Weg. Das gewölbte Tunneldach war weiß gefliest und schmutzig. Auf dem Boden fielen mir Abdrücke von Bahnschienen auf, die hier früher einmal entlanggeführt haben mussten. Vielleicht war eine Strecke still- oder umgelegt worden. Ich fragte mich, inwiefern der Tunnel noch mit dem Rest des Bahnhofs verbunden war und ob uns aus der Dunkelheit womöglich schon das nächste Zombierudel entgegengewankt kam.

„New York hatte ich mir ganz anders vorgestellt", spöttelte ich. „Was für eine grottig schlechte Sightseeing-Tour! Ich will mein Geld zurück."

„Ich konnte bereits mehrmals beobachten, wie du in Augenblicken hoher Anspannung versuchst, die Situation durch humorvolle Äußerungen zu entschärfen", kommentierte Adiabola nach einiger Zeit. „Dieses Verhalten ist sinnlos. Es hat keinen Einfluss auf den Ausgang von Ereignissen."

„Spaßbremse", gab ich trocken zurück.

„Und jetzt wirst du ihr gegenüber frech, so wie Adi vorhin bei dir – ich komme überhaupt nicht mehr mit." Jamila seufzte theatralisch. „Aber mal im Ernst: Wenn

Zenia den Transmitter angeschmissen hat, wieso sind wir beide nicht zu malusianischen Zombies mutiert?"

„Vermutlich aus demselben Grund, aus dem Zenia damals im Zug keine Kontrolle über mich hatte", vermutete ich. „Adi hat über die Bodyprinter eine Art Schutzmechanismus in unsere Gehirne eingebaut."

„Falls das stimmt, hat es jedenfalls nicht besonders gut funktioniert, denn mein Verstand konnte ja trotzdem manipuliert werden. Und mein ganzer Körper hat sich verändert", wandte Jamila ein.

„Das war nur wegen der Vielzahl an Scan- und Druckvorgängen möglich!", rief Adi über die Schulter. „Jetzt, da wir sämtliche Überreste der Malus-DNS aus deinen Zellen entfernt haben, ist die Schutzfunktion wieder aktiv. Bei dir auch, Danny."

„Gut", sagte Jamila. „Ich will mich nicht noch mal in ein Monster verwandeln. Ich will *ich* bleiben."

„Keiner hat Lust, das Jamalien wiederzusehen. Frankensteins Monster war im Vergleich zu dir richtig niedlich", witzelte ich. Meine flapsigen Worte waren vermutlich aber nur ein kümmerlicher Versuch, meine panische Angst davor herunterzuspielen, dass auch mein Wille trotz Adis Versicherungen fremdbestimmt werden könnte.

Wir kamen an eine Gabelung, vor uns erstreckten sich drei Tunnel. Als folgte sie einer Fährte, schlug Adi ohne zu zögern den linken Weg ein. Er führte leicht bergab. Das dumpfe Echo unserer knirschenden Schritte hallte von den Wänden wider.

„Eines wundert mich", nahm Jamila den Faden wieder auf. „Die Zombies behalten offenbar ihren ursprünglichen Körper. Heißt das, Zenia hat das Mutationsproblem inzwischen gelöst? Menschen bleiben Menschen, auch wenn sie nicht mehr Herr ihrer Sinne sind?"

„Das lässt sich nicht zuverlässig beurteilen", sagte Adiabola. „Außerdem werden für den Transmitter diverse Komponenten benötigt, die nur mithilfe von Schwarmtechnologie anzufertigen sind. Zenia hat sie durch rudimentäre Bauteile von der Erde ersetzt und ist daher lediglich imstande, die Kontrolle über die Bevölkerung dieser einen Region zu übernehmen, ungefähr acht Millionen Menschen."

„Acht Millionen?" Ich blieb so abrupt stehen, dass Jamila hinter mir gegen meinen Rücken knallte. „So viele?"

„Die Übertragung ist derzeit in einer Zone von rund 2.000 Quadratkilometern aktiv", bestätigte Adi. „Die Bewohner aller fünf New Yorker Regierungsbezirke sind – teils stärker, teils weniger stark – betroffen. Allgemeine Panik ist ausgebrochen. Der Verkehr ist überall zum Erliegen gekommen."

„Die meisten Menschen lassen sich noch nicht aktiv von Zenia kontrollieren", fuhr Adiabola fort. „Sie befinden sich, solange der Transmittercode seine Arbeit tut, in einer Art vegetativem Zustand."

„Aber hier in Manhattan gehorchen sie ihr bereits", sagte Jamila. „Die Straßen sind leer, weil Zenia ihren ganzen Fußsoldaten befohlen hat, das Hauptquartier in der Grand Central Station zu bewachen, habe ich recht?"

„Zenia hat uns bewusst immer näher zum Bahnhof getrieben", erzählte ich. „Uns und die Antimaterie."

„Aber warum hat ihr Sklave Alpha euch nicht hartnäckiger verfolgt beziehungsweise versucht, euch die Waffe abzunehmen?", überlegte Adi laut. „Das wäre doch leicht gewesen. Da oben stehen tausende Menschen unter malusianischer Kontrolle und sind bereit, für Zenia zu kämpfen und zu sterben."

„Wie gesagt. Zenias Strategie folgt keiner Logik", beharrte Adis Nachfolgerin. „Ihr Modus Operandi ist das Resultat einer selbst verschuldeten psychischen Labilität, verursacht durch all ihre Experimente."

„Und *dein* Problem ist, dass du einen Knoten im Hirn hast, von zu vielen heruntergeladenen Wörterbüchern. Ihr solltet Zenia und die Malusianer nicht unterschätzen“, grummelte Jamila und rieb sich den Hinterkopf. „Sie sind jetzt zwar nicht mehr Teil von mir, aber ich erinnere mich noch genau an dieses vage Gefühl …“ Sie zog die Schultern hoch, fand nicht die richtigen Worte. „So eine gespannte Erwartung, irgendwie. Rachsucht. Und … *Hunger*.“

Mich fröstelte. „Versuch, nicht daran zu denken“, riet ich Jamila und drückte ihren Arm.

„Weil es dir Angst macht?“

„Auch das.“ Ich beschleunigte meinen Schritt, um zu Adiabola aufzuschließen. „Was werden wir jetzt tun?“

„Wir müssen die Antimaterie nutzen, um jegliche außerirdische Technik und Technologie zu zerstören, ehe sie von Zenia gegen uns verwendet werden kann“, erwiderte diese. „Du hast verhindert, dass sie unsere Waffe in die Hände bekommt. Das hast du gut gemacht.“

Ihr Kompliment ließ mich erröten.

Jamila formte mit den Lippen ein sarkastisches „OMG“ und tat so, als würde sie sich Luft zufächeln. Dann wandte sie sich ebenfalls an Adiabola: „Lässt sich diese Hantel eigentlich wie eine Pistole abfeuern oder wie funktioniert das? Könnt ihr von der Antimaterie nur eine kleine Dosis freisetzen oder fliegt gleich alles in die Luft, inklusive uns?"

„Bei der Annihilation, also dem Aufeinandertreffen von Elementarteilchen und ihren Antiteilchen, werden riesige Mengen an Energie frei. Das ist vergleichbar mit dem Feuerball und der Druckwelle, die bei einer Atombombenexplosion entstehen", erläuterte Adiabola. „Alles und jeder im Umkreis von 1,3 Kilometern wird *zerstrahlt*, löst sich in Luft auf."

„Nein", sagte ich bestimmt. „Das könnt ihr nicht machen."

„Doch, können wir."

„Aber all die Menschen! Die vielen Todesopfer …"

„Das sind ja nun *malusianische* Todesopfer", gab Adiabola zurück. „Du wolltest, dass wir uns einmischen, Danny. Jetzt haben wir uns eingemischt."

„Und was ist mit uns?", bot Jamila ihr die Stirn. „Wir sind schließlich auch noch hier! Was passiert mit uns, wenn das Ding hochgeht?"

„Wenn ihr euch noch tiefer unter die Erde zurückzieht, überlebt ihr die Explosion möglicherweise", antwortete Adiabola so sachlich, als ginge es darum, belegte

Brötchen zu bestellen. „Mit radioaktivem Niederschlag ist nach einer Annihilation nicht zu rechnen."

„Es muss eine andere Lösung geben." Ich drängte mich an Adiabola vorbei und lief zu Adi. „Du darfst nicht zulassen, dass sie das durchzieht."

„Wir müssen tun, was wir tun müssen, Danny", erwiderte diese ein wenig kleinlaut. „Wenn die Zeit gekommen ist, dann –"

Bevor Adi ihren Satz beenden konnte, zeichnete sich vor uns der Schatten einer gedrungenen, breitschultrigen Person ab. Drohnator. Die Finger seiner linken Hand benutzte er als Taschenlampe. In der rechten Hand hielt er die Antimaterie. Jamila, mich und sogar Adi ignorierte er. Nur Adiabola rief er über unsere Köpfe hinweg zu: „Ich habe das Signal des Codetransmitters zurückverfolgt! Er befindet sich 33 Meter über uns."

„Ist er abgeschirmt?", wollte Adiabola wissen.

„Über diese Information verfüge ich derzeit nicht", antwortete er. „Ich muss sicherstellen, dass er sich in Reichweite unserer Antimateriewaffe befindet und durch sie zerstört werden kann. Und dass sich auch Zenia innerhalb des Annihilationsradius aufhält."

„Sie könnte über ausreichend Energene verfügen, um sich vor dem Angriff zu schützen, wenn sie nicht im unmittelbaren Gefahrenbereich ist", stimmte Adiabola ihm zu. „Zenia muss sterben. Dafür müssen wir sorgen."

„Ich werde sie orten", schaltete sich Adi ein. „Ich bin die Kundschafterin. Das Original."

„Die Unterlegene", schnaubte ihre Doppelgängerin. „Die Entbehrlichere."

„Ich nehme die Antimaterie", sagte Adi entschieden. „Ich setze sie ein, sobald ich Sichtkontakt zu Zenia habe. So könnt ihr hier unten in Sicherheit –"

„Nein. Der Ex-Kundschafterin ist unabhängiges Handeln nicht gestattet. Auf sie ist kein Verlass. Sie ist nicht eins mit dem Schwarm." Mit diesen Worten drehte sich Drohnator weg. Zu Adiabola gewandt sagte er: „Fünfzig Sekunden dauert es, das elektromagnetische Feld innerhalb des Behälters komplett auszuschalten, dann kommt es zur Kollision von Materie und Antimaterie. Bevor ich den Vorgang starten kann, muss die Kundschafterin gemeinsam mit ihrer früheren Version Zenia lokalisieren. Befindet sich diese innerhalb des Radius, geben mir die Kundschafterinnen ein Zeichen und sorgen dafür, dass die Zielperson dort bleibt. Nichts und niemand darf den Countdown unterbrechen …"

Während die Schwarmmitglieder ihre Pläne schmiedeten, stellte ich mich dicht neben Jamila und flüsterte:

„Hörst du das? Selbst wenn wir gewinnen, verlieren wir. Die wollen Millionen unschuldiger Menschen umbringen."

Meine Freundin nickte bekümmert. „Aber wenn sie es nicht machen, wie viele weitere Menschen werden dann zu willenlosen Soldaten?"

Ich seufzte. „Wir können sowieso nichts tun. Denen ist total egal, was wir denken. Für die waren wir bloß Packesel, die ihre tolle Antimaterie geschleppt haben. Aber auch nur, solange es ihnen in den Kram gepasst hat."

Aus der Ferne ertönte ein Grollen, das sich kurz darauf zu einem kleineren Erdbeben auswuchs. Die Wände wackelten, Staub rieselte herab.

„Was war das?", wisperte Jamila.

Wieder erzitterte die Erde. Mir entfuhr ein entsetzter Schrei, als sich ein größerer Steinbrocken aus der Decke löste und direkt neben meinen Füßen zu Boden donnerte. „Der Gang bricht ein!", brüllte ich.

Drohnator ging nicht auf mich ein. „Die Kundschafterinnen wissen, was sie zu tun haben. Los. Jetzt."

„Adi!" Jamila versuchte, mit ihrem Ruf ein erneutes Rumpeln zu übertönen. Dann spürte ich, wie sie mich zur Seite stieß, weil etwas von oben durch die Decke krachte. An der Stelle, an der wir eben noch gestanden hatten, bohrte sich ein Metallspieß in den Boden.

Ich musste zweimal hingucken: Es war das Rotorblatt eines Hubschraubers. Was zum Teufel ging hier vor?

Adi griff nach meiner Hand und verschränkte ihre Finger mit meinen. Sie schloss die Augen. „Lass uns an die Oberfläche steigen." Sekunden später drehte sich – das Gefühl war mir mittlerweile vertraut – mein Magen um und eine unsichtbare Kraft zog an mir.

Wir fluxten. Den Tunnel ließen wir hinter uns. Sonnenschein fiel auf mein Gesicht, dann wehte mir Rauch in die Nase. Wir standen mitten in einer belebten Fußgängerzone. Hunderte desorientiert wirkende Menschen wankten um die Überreste eines Feuerwehrautos und eines Polizeihubschraubers herum. Keiner von ihnen schien uns richtig wahrzunehmen – jedenfalls fürs Erste.

Neben uns tauchte Adiabola auf. „Du hättest die Kinder zurücklassen sollen", raunte sie Adi zu. „Sie haben keine besonderen Fähigkeiten und wir sind zu schwach, um unsere Kräfte mit ihnen zu teilen. Sie sind nutzlos."

„Na danke", sagte ich.

„Danny und Jamila sind niemals nutzlos", korrigierte

Adi ihre Doppelgängerin. „Sie stehen unter meinem Schutz."

„Der Tunnel, aus dem wir kommen, muss direkt da drunterliegen", wechselte Jam das Thema und deutete auf den kaputten Helikopter. Der Rotormast war abgebrochen.

„Alpha ist uns wohl nach wie vor auf den Fersen", meinte ich schaudernd. „Seine Feinde mit Hubschrauberteilen aufzuspießen – der Mann hat Stil, das muss man ihm lassen."

Ein weiterer Heli näherte sich und kreiste über der Fußgängerzone. Wie auf ein Kommando hin zerstreute sich die Menschenmenge und räumte ein etwa tennisplatzgroßes Areal. Darüber blieb der Helikopter in der Luft stehen. Er sah aus wie eine metallene Frucht, die an Wolken hing. Dann raste er auf einmal – wie von unsichtbarer Hand gepflückt – senkrecht auf den Platz zu. Die Wucht des Aufpralls zwang mich beinahe in die Knie. Als das Luftfahrzeug explodierte, wurde es kurzerhand weggefluxt. Das Echo des Knalls erstarb.

„Schätze mal, wir wissen, wo der hin ist", sagte Jamila und starrte auf den rußigen Asphalt.

„Ja. Zenia glaubt offenbar, wir wären noch immer unter der Erde", stimmte ich zu.

Adiabola warf mir einen Blick zu. „Mitnichten."

Erst jetzt fiel mir auf, dass die schlurfenden Zombies innegehalten hatten und uns unverwandt anstarrten.

„Willkommen", ertönte eine raue Stimme.

Zenia.

Mein Herz schleuderte einen Wurfanker meine Kehle hinauf, bereit, sich hochzuhangeln und aus dem Staub zu machen. Zenia war aus einer Bahnhofstür getreten und stand jetzt auf dem Vorplatz unter einer der rot-weiß gestreiften, fröhlich flatternden Markisen der Grand Central Station. Ihre Mutation hatte sich verschlimmert. Sie war gewachsen und ging gebeugt. Sie hatte einen ordentlichen Buckel bekommen. Ihre muskelbepackten Arme und Beine waren seltsam verformt und zuckten. Die grünlich schimmernde Haut schien zu eng für den Körper. Auf ihrem schorfigen Schädel wucherten stellenweise rote Haarbüschel.

„Wenn man im Ameisenhaufen herumstochert, kommen die Insekten herausgekrabbelt", sagte Zenia. Ihre Blueteeth glühten. „Ich hoffe, ihr seid bereit, zerquetscht zu werden."

26. DIE VERWANDLUNG

Insekten. Pfff, das musste sie gerade sagen! Ich dachte an die malusianische Leiche in dem verriegelten Bodyprinter, die sterblichen Überreste von Zenia 2.1. Das Schaurigste, was meine Augen je erblickt hatten. Wie musste erst ein lebendiger Malusianer aussehen?

„Jetzt brauchen wir nur noch den Schwarmagenten", fuhr Zenia fort. „Dann können wir das hier zu Ende bringen."

„Worauf Sie Gift nehmen können!", rief Adiabola. „Für Sie ist hier Endstation." Sie hob die Hände. Daraufhin lösten sich aus einer der Außenmauern des Bahnhofsgebäudes zwei Granitblöcke – wie riesengroße Zähne, die darauf gewartet hatten, gezogen zu werden. Doch da Adiabola noch nicht wieder bei vollen Kräften und somit langsamer als gewöhnlich war, scheiterte ihr Versuch, die Blöcke auf unsere Widersacherin hinabsausen zu lassen: Zenia gebot den fliegenden Steinen Einhalt, ließ sie kurz in der Luft schweben und schleuderte sie dann Jamila und mir entgegen. Adi und Adiabola schwenkten gleichzeitig die Arme, leiteten die Geschosse dadurch um und sorgten dafür, dass sie in das prunkvolle Foyer eines Wolkenkratzers krachten.

Die Meute rings um uns legte auf einmal eine ungeahnte Zielstrebigkeit an den Tag, knurrte wie wilde Tiere und rückte schlurfend näher. Sie griff allerdings nicht an – noch nicht.

„Die sollen uns einschüchtern", vermutete Adi.

„Hereinspaziert!", rief Zenia uns zu. Ihre Augen funkelten. Rückwärtsgehend betrat sie die Grand Central Station und winkte einladend.

„Angst hat sie keine", bemerkte ich.

„Zenia befindet sich in Reichweite der Antimaterie", sagte Adi und wandte sich an Adiabola. „Hast du Drohnator das Signal gegeben?"

„Der Agent ist unterwegs." Adiabola nickte. „Folgt mir. Es dauert einen Moment, bis der Schutzschild des Behälters deaktiviert ist. Erst dann kann die Waffe zum Einsatz kommen. So lange müssen wir Zenia noch ablenken."

„Um dann zusammen mit ihr zu sterben? Super Idee",

gab ich verbittert zurück. „Wie wäre es, wenn wir stattdessen die Beine in die Hand nehmen?“

Doch Adi nahm meine Hand und tippte mir unauffällig einige Morsezeichen auf den Handrücken.

•••— • •—• — •—• •— ••—   —— •• •—•

Jamila blieben Adis tanzende Finger nicht unbemerkt. „Was hat sie gesagt?“, flüsterte sie mir ins Ohr.

„VERTRAU MIR“, wisperte ich zurück. Doch als die willenlosen Zombies weiter zu uns aufschlossen, wusste ich, dass dies leichter gesagt war als getan.

„Rein da“, befahl Adiabola, den Blick auf das Bahnhofsgebäude gerichtet, so als könne sie durch die gelbgraue Außenmauer hindurchsehen – was vermutlich auch stimmte. „Jetzt sofort.“

„Nichts lieber als das“, murmelte ich.

An Jamilas Seite folgte ich Adi und Adiabola durch den Seiteneingang. Der Gedanke an eine ganze Stadt voller Menschen, die mit jeder Minute mehr von ihrer Menschlichkeit verloren und stattdessen zu bedingungslos ergebenen Sklaven einer außerirdischen Macht wurden, ließ mir das Blut in den Adern gefrieren. Es war eine furchtbare Vorstellung – wobei mir durchaus bewusst war, dass das, was uns als Nächstes erwartete, womöglich noch schlimmer war. Drohnator hatte den Countdown bis zur Annihilation bestimmt schon gestartet, oder? Und was plante Adi?

Konnte ich ihr überhaupt noch vertrauen?

Mehrmals warf ich einen nervösen Blick über die Schulter, aber die Zombies hatten offenbar nicht vor, uns zu folgen. Immerhin. Das Knurren und Murren wurde leiser.

Die Grand Central Station empfing uns mit kristallenen Kronleuchtern, cremegelbem Sandstein und einem perfekt polierten Marmorboden. Wir durchquerten einen verlassenen Gastronomiebereich und betraten die riesige Haupthalle, von der aus Torbögen zu den verschiedenen Bahnsteigen und U-Bahn-Linien führten. An einem gewöhnlichen Tag hätte dieser beeindruckende Ort selbst dem griesgrämigsten Miesepeter ein Lächeln entlockt – aber es war eben kein gewöhnlicher Tag.

Erdrückende Stille lag über der Halle. Die Rolltreppen waren zum Erliegen gekommen. Im größten Bahnhof der Welt war weit und breit keine Menschenseele zu sehen – und das fühlte sich falsch an. Durch hohe Rundbogenfenster fiel gleißendes Sonnenlicht. Über uns hing eine US-Flagge in der Größe eines Badmintonfelds. Eine marmorne Doppeltreppe verlieh diesem Hauptverkehrsknotenpunkt das Flair eines schicken Opernhauses. Die gewölbte Decke hoch über uns zierte ein Sternenhimmel mit den Figuren der Tierkreiszeichen in Gold auf blauem Grund.

Ich sah zu den Sternen hinauf und dachte: *Dass wir hier sind, ist eure Schuld.*

Jamila deutete auf einen kreisrunden Informationsschalter, auf dessen Dach eine opulente Uhr angebracht war. „Vielleicht sollten wir mal jemanden fragen, wo es hier zu Zenia Biàn geht."

„Wir sind hier", hallte eine Stimme von oben zu uns herab. Auf der Galerie, zu der die angehaltenen Rolltreppen führten, trat Zenia in unser Blickfeld. Über ihr hing ein gigantischer Kronleuchter, der ihren grotesk verzerrten Körper in kaltes Licht tauchte. Hinter ihr fiel mir ein langes Metallteil in einem Stahlkäfig auf, aus dem etliche Kabel ragten und von dem dasselbe blaue Glühen ausging wie von Zenias Blueteeth.

„Der Transmitter", flüsterte ich.

Blitzschnell stieß Adi die Faust in Richtung des Geräts. Die Lämpchen erstarben, der Transmitter zerbröselte zu Staub. Eine Welle der Freude und der Erleichterung durchströmte mich. Fast hätte ich einen Luftsprung gemacht.

Doch Zenia zuckte nicht einmal mit der Wimper. Sie starrte uns einfach weiter an.

Adiabola vollführte eine Schneidebewegung und durchtrennte so die Halterung des Kronleuchters, unter dem Zenia stand.

Unaufgeregt, ja, geradezu gemächlich hob Zenia die Hand und bremste seinen Fall. Sie ließ den Lüster einige Sekunden in der Luft baumeln, dann schleuderte sie ihn mit einer verächtlichen Handbewegung über die Brüstung. Er zerbarst in tausend Stücke, die uns über den glatten Marmorboden entgegengesprungen kamen.

„Das schöne Stück!“, rief Zenia mit gespielter Trauer. Ihre Stimme hallte. „Da liegt es in Scherben. Zerstört, genau wie eure Hoffnung –“

Ihr schadenfrohes Gebrabbel brach ab, als sich in der Galerie, auf der sie stand, ein Loch auftat. Zenia verschwand in einer Wolke aus Marmorstaub, die das einfallende Sonnenlicht milchig trübte. Als die Partikel sich wieder legten, rechnete ich fest damit, sie am Boden liegend vorzufinden, leichte Beute für Adi und Adiabola.

Doch weit gefehlt. Sie schwebte und wirkte dabei völlig souverän. Unbezwingbar.

„Ihr kümmerlichen Schwarmkreaturen. Ihr glaubt, eure Einigkeit würde euch Macht verleihen. Ihr haltet euch für wahnsinnig wichtig." Zenia brach in höhnisches Gelächter aus. „Wisst ihr, wer immer eng beisammenbleibt? Schafe. Löwen jagen allein."

Sie hob die Arme und kam auf uns zugesegelt.

Jamila krallte sich entsetzt an mir fest. „So tu doch einer was!"

„Ich kann nicht", zischte Adi, wobei es so aussah, als versuche sie es mit aller Kraft. „Zenia hat um sich einen Schutzschild errichtet, der es unmöglich macht, sie direkt anzugreifen."

„Warum hat sie dem Transmitter nicht auch so einen Schild verpasst?", wunderte ich mich.

Adiabola deutete auf eines der hohen Fenster, welches daraufhin zerbarst. Die spitzen Scherben wurden sogleich von Adi umgelenkt und rasten wie glitzernde Dolche auf Zenia zu. Diese verlangsamte den Flug der tödlichen Geschosse und wich ihnen problemlos aus.

Mit einer schnellen Handbewegung pflückte sie aus der Entfernung die Opalglasuhr über dem Informationsschalter von ihrem Sockel und katapultierte das Schmuckstück des New Yorker Bahnhofs in unsere Richtung. Eines der vier Ziffernblätter donnerte gegen Adiabolas Schädel. Mit einem dumpfen Schlag fiel Adis Doppelgängerin der Länge nach hin und blieb bewusstlos liegen. Und Zenia war noch längst nicht fertig mit der Uhr, sondern wirbelte sie wieder und wieder im Kreis herum.

Ein zweites Mal ging das Chronometer auf Adiabola nieder. Dunkle Flüssigkeit sickerte aus einer Wunde am Kopf und verfärbte ihre silbernen Haare. Ich machte einen Schritt auf sie zu, doch die Uhr riss mir die Beine weg. Auch Jamila stolperte und ging zu Boden. Zenia trieb ein fieses Spielchen mit uns – und lachte uns dabei aus.

Adi erhob sich in die Lüfte, flog auf Zenia zu und rammte diese so hart, dass sie nach hinten taumelte. Sie rangen miteinander und malträtierten sich mit ihren Fäusten. Adi verpasste Zenia einen doppelten Kinnhaken und streckte sie damit nieder. Doch ihre Kontrahentin rappelte sich sofort wieder auf, ging Adi an die Gurgel und begann sie zu würgen.

„Jam“, zischte ich. „Komm, wir müssen was tun.“

„Ja, aber was?“ Jamila stand die Angst ins Gesicht

geschrieben. „In Zenias Augen sind wir nur Ameisen. Auch für den Schwarm sind wir bedeutungslos. Es ist ja nicht mal so, als hätten zwei Teenager wie wir unter ganz normalen Umständen groß was zu melden."

„Ameisen beißen und pinkeln", raunte ich. „Wenn wir Zenia auch nur für einen kurzen Moment ablenken können, reicht das vielleicht schon, damit Adi ein entscheidender Schlag gelingt."

Adi landete krachend auf dem Informationsschalter, dessen Dach knirschend nachgab. Zenia folgte ihr. Ich fasste Jamila beim Arm und zog sie hinter mir her.

„Wo gehen wir hin?", wollte sie wissen.

„Zur Balustrade, auf der Zenia eben noch stand", antwortete ich. „Ich frage mich, warum sie ausgerechnet dort auf uns gewartet hat."

Zwei Stufen auf einmal nehmend eilten wir eine stillgelegte Rolltreppe hinauf. „Meinst du, hier oben ist irgendetwas, das sie gegen uns einsetzen will?", überlegte Jamila.

„Es schadet jedenfalls nicht, mal nachzuschauen."

Das Handgemenge zwischen Adi und Zenia war nach wie vor in vollem Gange. Aus den Trümmern des Infoschalters schraubten sie sich empor und kämpften unter der mit goldenen Sternen übersäten Kuppel weiter. Adi warf Zenia kopfüber gegen das Mauerwerk, blau bemalter Putz rieselte herab. Zenia stürzte ab und schlug mit lautem Poltern auf dem Marmorfußboden auf. Ein Riss breitete sich im Zickzack neben ihrem schlaffen, seltsam verdrehten Körper aus. Doch dann schöpfte sie neue Kraft. Sie fauchte und drehte sich auf den Rücken, blutverschmiert zwar, aber kampfbereit. Adi war plötzlich nur noch verschwommen zu erkennen und verschwand für einige Augenblicke sogar ganz. Schließlich tauchte sie aber auf dem Boden wieder auf, wo sie einen sicheren Abstand zu Zenia einhielt. Sie fasste sich an den Kopf, als sei ihr schwindelig.

„Danny", sagte Jamila. „Da drüben!"

Im Gegensatz zu mir hatte sie nicht Adi und Zenia beobachtet, sondern das andere Ende der Galerie. Zwei kämpfende Gestalten, beide im schwarzen Anzug, stolperten dort herum.

„Alpha. Und Agent Drohnator", flüsterte ich.

Beide sahen zerschrammt und zerschunden aus. Alphas Haut war schweißnass und fahlgelb, in seinen Augen brannte kalter Zorn. Drohnator hielt den Antimateriebehälter fest in seiner blutenden Hand. Die andere hatte er zur Faust geballt und ließ sie auf Alphas

Schädel niedersausen. Der ging in die Knie, stürzte sich aber sogleich auf Drohnators linkes Bein und verdrehte es ruckartig. Der Agent geriet aus dem Gleichgewicht und kippte um. Alpha warf sich auf ihn und hielt seine Arme fest.

„Hier!“, rief ich. „Drohnator, äh, Herr Agent! Die Hantel, schnell! Alpha darf sie nicht in die Finger kriegen!“

Drohnator wandte den Kopf in meine Richtung. Jetzt hatte er mich bemerkt. Sein Gesicht war mit Schürfwunden übersät und blau angeschwollen, aber er schien keinen Schmerz zu verspüren. Er nickte.

Dann stemmte er einen Fuß gegen Alphas Brustkorb, drückte seinen Angreifer von sich und warf mir die Antimaterie zu. Ich machte einen Schritt nach hinten, um den Behälter besser auffangen zu können – und stieß mit der Ferse gegen einen herumliegenden Ziegelstein.

Ich verlor das Gleichgewicht. Wie in Zeitlupe fiel ich hin. Die Hantel flog an mir vorbei, ich erwischte sie nicht.

Gott sei Dank war Jamila zur Stelle: Geistesgegenwärtig warf sie die Arme in die Luft, fing die tödliche Waffe mit beiden Händen auf und presste sie an sich.

„Wir haben sie!“, jubelte ich.

Drohnator allerdings war nicht in der Lage – oder der Stimmung –, die gute Nachricht zu würdigen, denn mit Alpha geschah etwas Seltsames. Er verwandelte sich. Der Mann, der früher als Petr Loborik ein ganz normales Leben geführt hatte, mutierte jetzt zu etwas komplett Fremdem. Seine ohnehin schon sehnige Gestalt zog sich in die Länge – mit einem Geräusch, als zerbreche jemand nasse Stöckchen. Sein Schädel schwoll zur Größe eines Ballons an, die glänzenden Augen traten aus den Höhlen und verfinsterten sich.

„Jetzt wird er restlos zum Malusianer“, hauchte Jamila.

Drohnator schien von dieser Tatsache nicht beeindruckt. Er stürzte sich erneut auf seinen Gegner und drückte ihn zu Boden. Alphas insektenartiger Körper krümmte und wand sich. Dann schlossen sich zwei Paar Fangbeine um Drohnators Rippen und drückten zu. Der Agent rang nach Luft.

„Danny, pass auf!“, ertönte Adis Stimme. Ich riss meinen Blick vom Kampfgeschehen los. Eine Etage weiter unten kniete Adi neben der niedergestreckten Adiabola. Zenia kam auf mich zugerauscht. Im letzten Moment schwenkte sie ab, nahm stattdessen Jamila ins Visier und grapschte nach dem Antimateriebehälter.

Jam wehrte sich nach Kräften. Sie klammerte sich an der Hantel fest und ließ selbst dann nicht los, als Zenia das Ding immer höher in die Luft hob.

Doch schließlich kam es, wie es kommen musste: Jamila konnte sich nicht mehr halten, rutschte ab und fiel aus mindestens acht Metern Höhe in die Tiefe. Verzweifelt warf ich mich ihr entgegen, um ihren Sturz abzufangen. Am Ende lagen wir beide vollkommen fertig auf den kalten Marmorfliesen und klammerten uns aneinander.

Voller Entsetzen beobachtete ich, wie Zenia mit der Bombe in der erhobenen Hand hinter Alpha und Drohnator landete. Nein, ich hatte nicht gewollt, dass der Schwarm die Antimaterie freisetzte. Aber jetzt, da Zenia sie an sich gebracht hatte …

„Das war's", flüsterte ich Jamila zu.

„Game over", erwiderte sie tonlos.

Aber nein, noch war nichts verloren.

In aller Seelenruhe drehte sich Zenia um und legte den Behälter behutsam auf dem Boden ab. Dann kickte sie ihn lässig von sich weg, sodass er quer über den Marmor schlitterte.

„Na, Danny? Überrascht dich das?", krächzte sie. „Dachtest du, wir sind an eurem lächerlichen kleinen

Spielzeug interessiert?“ Sie schüttelte den Kopf. „Die Antimaterie spielt für uns keine Rolle.“

Ich tauschte einen verblüfften Blick mit Jamila. „Aber … Worauf sind Sie dann aus?“

„Darauf“, erwiderte Zenia und deutete auf Agent Drohnator, der nach wie vor in Alphas malusianischem Würgegriff festhing.

Drohnators Zappeln wurde immer kraftloser, wie bei einer Fliege, die schon zu lange in einem Spinnennetz klebt. „Darauf sind wir aus. Auf einen geschwächten Schwarmagenten. Dem Tode nahe.“ Zenia griff in ihre Jackentasche und zog einen merkwürdigen Gegenstand hervor: eine Art stählernen Kopfbügel, den sie Alpha sogleich anlegte. Der Apparat glühte auf. Kurz darauf zuckten und flackerten grüne Lichter rings um die beiden Kampfhähne.

„Danny, Jamila, steht nicht so herum. Ihr müsst da weg!“ Adi hatte sich wieder aufgerappelt. „Ich verstehe jetzt, warum Zenia damals in Beaconsfield die Scans der Schwarm-DNS angefertigt hat. Das hier war ihr Ziel.“

„Das hier? Ich verstehe nur Bahnhof!“, rief ich.

„Och, geht doch jetzt nicht weg, Kinder“, säuselte Zenia. „Werdet Zeugen, wie Malus’ glorreiche Pläne endlich in die Tat umgesetzt werden.“

Hilflos sah ich zu, wie der gespenstische Schein immer intensiver wurde. Es war nur noch schwer auszumachen, wo in diesem Wirrwarr der Schwarmagent aufhörte und der Malusianer begann.

„Sie … Sie werden … *eins*", stammelte Jamila.

„Versteht ihr jetzt, weshalb es keinen Unterschied machte, dass ihr den Transmitter zerstört habt? Er hatte seinen Zweck schon längst erfüllt." Zenia grinste hämisch. „Wir wollten das hier. Genau das brauchten wir." Sie brach in wieherndes Gelächter aus. „Und wir wussten, dass wir es bekommen würden."

„Adi!", brüllte ich quer durch die leere Halle. „Was meint sie damit?"

Adi fluxte sich an unsere Seite. „Der Transmitter … Zenia war es egal, dass er nur auf mittlere Distanz funktioniert. Ihr Versuch, die Menschheit zu unterjochen, war nichts weiter als Schauspiel. Um *uns* herzulocken."

„Wir wissen, wie sehr Sie an den Menschen hängen, Kundschafterin. Sie konnten nicht zulassen, dass der Schwarm Ihre Lieblingspüppchen vom Weltall aus abschießt. Uns war klar, dass Sie alles daransetzen würden, Ihre Freunde zu retten. Also haben wir einen kleinen Coup inszeniert und Sie hoffen lassen, Sie könnten diesen mickrigen, rückständigen Planeten ein weiteres Mal vor dem Untergang bewahren."

Jamila runzelte die Stirn. „Sie wollten also überhaupt keine Armee aus Willenlosen aufbauen?"

„Selbstverständlich nicht", bestätigte Zenia, ohne den Blick von Adi abzuwenden. „Wozu auch? Homo sapiens kann ja nicht einmal sein heimisches Nest verlassen. Eure Spezies ist für uns nutzlos. Wir haben die Menschen nur bedroht, damit die Kundschafterin einen Grund hatte, ihr Superheldinnenkostüm anzuziehen. Sie sollte ihresgleichen davon überzeugen, auf der Erde zu erscheinen." Wieder lachte sie schallend, wobei Spucketröpfchen in alle Richtungen flogen. „Wir wussten, dass ihr kommen würdet. In Körpern aus Fleisch und Blut. So schwach und gebrechlich! So macht ihr uns die Sache hundertmal leichter."

„Jetzt reden Sie doch endlich mal Klartext", schnauzte ich Zenia an. „Was genau haben Sie getan? Wozu ist das Ganze gut? Was ist das für ein Headset, das Sie Alpha aufgesetzt haben?"

„Es verleiht dem Willen der malusianischen Spezies Nachdruck", erklärte Adi. „Der DNS-Hackerangriff auf die Menschheit war nur ein Probelauf. Verstehst du?"

Ich schüttelte verwirrt den Kopf.

„Adiabola, Drohnator und ich“, setzte Adi erneut an, „sind Schwarmcode in menschlichen Hüllen.“

Jamila fluchte. „Und menschliche Körper können die Malusianer hacken …“

„Wodurch sie in diesem Fall die Macht über die digitale Schwarm-DNS erlangen“, vollendete Adi den Gedanken. „Die Scans im Gutshaus haben Zenia gezeigt, dass Schwarmzellen lupenrein, rigide und unangreifbar sind. M-DNS kann gegen sie nichts ausrichten. Aber sobald wir menschliche Form annehmen, schwächt uns eure DNS. Sie fungiert als eine Art Klebstoff zwischen den inkompatiblen Zellen …“

Das grünliche Glühen rings um Alpha und Drohnator ließ nach. Die beiden Körper waren inzwischen gänzlich miteinander verschmolzen. Angewidert starrte ich auf das neu entstandene Wesen. Drohnator, nur noch eine groteske Parodie seiner selbst, wirkte wie aus nassem Ton geformt. Seine Gliedmaßen waren verdreht, hervorquellende Facettenaugen entstellten sein Gesicht. Er war halb Malusianer, halb Schwarmagent, und stand vollständig unter Zenias Kontrolle.

Diese bebte förmlich vor Entzücken. „Das ist unser Zugang zu jedem noch so kleinen Geheimnis des

Schwarms! Jetzt stehen uns alle Wege offen. Wir werden die Malus-Schwarmnation befreien und die Herrschaft übernehmen.“ Zenias Stimme schwoll zu einem jubilierenden Schrei an. „Das Schicksal aller Schwarmnationen dieser Welt liegt in unserer Hand!“

27. SCHWARMUS RISING

„Lass sie reden", flüsterte Adi mir eindringlich zu. „Adiabola und ich brauchen etwas Zeit, um uns wieder aufzuladen."

„Wozu? Das bringt doch jetzt auch nichts mehr. Ihr habt keine Chance. Sie hat längst bekommen, was sie wollte", murmelte ich.

„Nicht ganz", erwiderte Adi. „Noch nicht."

Jamila war offensichtlich immer noch dabei, die Puzzleteile zu einem logischen Ganzen zusammenzusetzen. „Alpha gleich Mensch plus Malusianer. Drohnator gleich Mensch plus Schwarmagent. Das heißt also, die DNS von uns Menschen überbrückt die Kluft zwischen Schwarm und Malus."

„Ja, und jetzt sind die beiden miteinander verbunden. Mental und physisch", spann ich den Faden weiter.

„Ürks", machte Jamila. „Und dabei herausgekommen ist ein *Schwarmus.*"

Ein Nickname, der so widerlich klang wie die Kreatur aussah. Der Schwarmus erhob sich schwankend. Er maß annähernd drei Meter. Seine Haut war von glänzendem Schleim bedeckt. Mit jedem Atemzug hob und senkte sich sein Brustkorb.

Zenia schien mir meinen Ekel anzumerken. „Die Form, die ein Körper annimmt, ist irrelevant“, sagte sie kalt.

„Ach ja?“, fragte ich. „Dafür wolltet ihr uns die Waffe, die eure Körper in Stücke gerissen hätte, aber ziemlich vehement abnehmen.“

„Eine im Grunde genommen unnötige Sicherheitsmaßnahme“, gab Zenia zurück. „Uns war von Anfang an klar, dass der Schwarm die Bombe nicht zünden würde – jedenfalls nicht, ohne vorher sicherzugehen, dass wir überhaupt in Reichweite sind.“ Sie kicherte, was allerdings eher so klang, als würde ein Krokodil auf einem Stück Fleisch herumkauen. „Die oberste Maxime des Schwarms ist Logik. Und genau das macht ihn so berechenbar. Logik ist sein Untergang.“

Der Schwarmus verneigte sich vor Zenia. Es war eine Geste der Unterwerfung, die es ihr gleichzeitig erlaubte, ihm den Kopfbügel abzunehmen – das Gerät, das für die Vereinigung von Alpha und Drohnator gesorgt hatte.

„Wir wissen, dass Sie versuchen, uns hinzuhalten, Kundschafterin." Vorsichtig nahm Zenia das klebrige Headset an sich. „Sie hoffen darauf, sich schnell genug regenerieren zu können, um uns doch noch irgendwie auszuschalten. Dabei verkennen Sie leider völlig die Realität. Wir wollten nur abwarten, bis sich erwiesen hat, dass die Fusion tatsächlich von Dauer ist – und das ist sie." Zenia klemmte das Gerät um die eigene Stirn. „Kommen wir nun also zum nächsten Punkt auf unserer Tagesordnung: der zweiten und letzten Verschmelzung."

Ich sah zu Adiabola, die nach wie vor hilflos auf den Marmorfliesen lag.

„Nein!" Adi war zwar immer noch geschwächt, aber wild entschlossen. „Das lasse ich nicht zu. Die Malusianer bekommen sie nicht. Sie bekommen *mich* nicht."

„Da Ihre Verbindung zum Schwarm gekappt ist, können wir Sie nicht gebrauchen." Schweißperlen traten auf Zenias Stirn. Ihre Haut wurde beinahe durchsichtig und es schien darunter zu brodeln. Sie zeigte auf Adiabola. „*Diese* Kundschafterin ist gehorsam, treu ergeben und obendrein vollkommen fantasielos. Sie wird uns kaum Widerstand leisten." In Zenias Körper gluckerte es, ihre Halsschlagader pulsierte. „Mit der Kombination aus den Zugriffsrechten eines Agenten und der Reichweite einer Kundschafterin wird es innerhalb des Schwarmstocks nur wenige Bereiche geben, auf die wir keinen Zugriff haben."

Adi schüttelte den Kopf. „Durch die Firewall kommen Sie nicht durch."

„Das müssen wir auch nicht", feixte Zenia. „Als Kundschafterinnen kennen Sie und Ihre Doppelgängerin die versteckten Hintertürchen, ergo werden auch wir davon erfahren." Plötzlich schrie sie auf. Wie gebannt verfolgte ich ihre Verwandlung. Ihr Körper verrenkte sich. Die Beine wurden länger, ihre Haut spannte sich. Zenia wandte uns den Rücken zu. Durch ihre Jacke hindurch sah ich, wie ihr Buckel um mehrere Zentimeter wuchs.

„Jetzt wird auch sie restlos zum malusianischen Alien", sagte ich zu Jamila. „Genau rechtzeitig für die nächste Fusion."

Anstatt etwas zu sagen, ließ Adi ihre Hände sprechen und schleuderte unserer Widersacherin einen Lichtblitz entgegen. Zenia geriet ins Wanken.

Da stürzte sich der Schwarmus in atemberaubender Geschwindigkeit auf Adi und riss sie von den Füßen. Beide krachten durch die steinerne Brüstung und fielen ins untere Stockwerk hinab. Wie ein Golem – unverletzbar, unzerstörbar – stand das Monster sofort wieder auf und türmte sich drohend über seiner Gegnerin auf.

„Adi!“, rief ich.

Der Schwarmus hob sie mit einer unförmigen Hand hoch und warf sie quer durch die Halle gegen eine Anzeigetafel. Funken sprühten, Plastikteile regneten herab. Adi versuchte, außer Reichweite zu schweben. Aber der Schwarmus vollführte einen gewaltigen Satz, pflückte sie regelrecht aus der Luft und warf sie erneut zu Boden. Sie prallte mit einem Knall auf, der das Glas in den Bogenfenstern zum Klirren brachte. Dann kickte er sie mit voller Wucht in einen der Gänge, die zu den Gleisen führten.

Ich fühlte mich unglaublich nutzlos. Keine Energene, keine zündende Idee, nichts, womit ich etwas bewirken konnte. Das Einzige, was mir noch einfiel, war, einzelne Geröllbrocken aufzuheben und zu versuchen, das Monster damit zu bewerfen. Vielleicht würde das den Schwarmus so ärgern, dass er stattdessen mich angriff und Adi eine Verschnaufpause bekam? Ich konzentrierte mich auf meine tief sitzende Wut, in der Hoffnung, sie würde mir Stärke verleihen. Aber es war zwecklos: Die Steine verfehlten ihr Ziel. Das Scheusal war einfach zu weit weg. „Jamila, du bist besser im Werfen, kannst du mal –"

„Danny, nein. Da, schau." Jamila zog mich hinter die Rolltreppe und wir duckten uns. Sie deutete zurück auf Zenia, die noch immer mitten in der Verwandlung steckte. Es war, als sei die verschrumpelte Insektenleiche aus dem Bodyprinter zu neuem Leben erwacht und hätte, vor Kraft strotzend, den Ozean zwischen den Kontinenten überwunden. Zenias markante Vorderbeine beugten und streckten sich.

„Wir dürfen uns nicht bewegen", zischte Jamila.

Das Insektoid legte den Kopf schief und schien uns zu studieren. Falls es uns tatsächlich wahrnahm, fand es uns offensichtlich uninteressant. Es heftete den Blick auf Adiabola.

„Adiabola!", brüllte ich aus vollem Hals.

Jamila stimmte mit ein: „Steh auf! Steh doch endlich auf!"

Da erhob sich Zenia in die Lüfte. Der Sprung nach unten war für sie ein Klacks. Geschickt landete sie auf ihren neugeformten Insektenfüßen und trippelte näher an ihre Beute heran.

„Lieg nicht rum!", heulte Jamila auf.

Vielleicht hatte Adiabola uns endlich gehört. Denn als

sich Zenia auf sie stürzte, setzte sie sich ruckartig auf und klatschte kräftig in die Hände. Von der Schockwelle wurde Zenia in die Höhe katapultiert und knallte gegen die Decke. Gips rieselte auf uns herab, das ganze Gebäude bebte. Jam und ich mussten uns gegenseitig stützen, weil auch die Rolltreppe unheilvoll erzitterte.

Adiabola sank zurück in eine liegende Position. Der Angriff hatte sie völlig ausgelaugt.

Aber die Gefahr war nicht gebannt, im Gegenteil. Hoch oben unter der Decke klammerte sich die Malusianerin an einen ramponierten Kronleuchter, starrte auf ihre Beute hinab und – ich schwöre es – fuhr sich mit der Zunge über die Mundwerkzeuge.

Auf einmal gab eine der Säulen, welche die Galerie stützten, nach und brach weg. Der gesamte Balkon sackte ab. Der Behälter mit der Antimaterie kippte um und geriet ins Rollen. Er schlingerte genau auf die Lücke zu, die der Schwarmus und Adi in die Brüstung gerissen hatten. Gleich würde er in die Bahnhofshalle stürzen. Und wenn der Aufprall das Magnetfeld unterbrach …

Geistesgegenwärtig sprang ich auf, warf mich der rollenden Hantel entgegen und schürfte mir die Hände an den Marmorfliesen auf. Der Behälter rollte in meine Arme. „Ich hab ihn, Jam!“

„Du hast ihn." Jamila sah mich mit weit aufgerissenen Augen an. „Du hast die Waffe", präzisierte sie bedächtig. „Danny, sie ist das Letzte, was uns jetzt noch bleibt."

Sie deutete in die Halle. Dort war der Schwarmus gerade dabei, Adi an ihrem rechten, offenbar gebrochenen Bein hinter sich herzuschleifen. Adi wehrte sich nicht, bewegte sich nicht, öffnete nicht einmal die Augen. Zenia war lautlos neben dem Schwarmus gelandet und gab ihm zirpend Befehle, woraufhin er Adi abrupt fallen ließ und zu Adiabola stapfte. Ich betete, sie möge ihre Ohnmacht auch dieses Mal nur vortäuschen. In Gedanken flehte ich sie an, aufzuwachen und zu kämpfen und es diesen verabscheuungswürdigen Kreaturen heimzuzahlen. Aber Adiabola war k. o. und zwar dieses Mal so richtig. Um trotzdem sicherzugehen, trat der Schwarmus gegen ihre Rippen. Sie rührte sich nicht.

Zenia kroch näher.

„Stopp!", brüllte ich.

Der Schwarmus hob den Blick. Zenia ebenfalls. Mit zitternder Hand hielt ich die Antimaterie hoch.

„Weg von Adiabola!", rief Jamila. „Sonst feuert er das Ding ab."

Da begann Zenia zu zittern – vor Angst, wie ich eine kurze, glorreiche Sekunde lang glaubte.

Aber nein – sie schüttelte sich vor Lachen.

„Du zündest die Bombe nicht, Jüngelchen." Dank ihres mutierten Kehlkopfs brachte sie die Worte nur als gutturales Grunzen hervor. „Selbst wenn du wüsstest, wie, hättest du nicht den Mumm."

„Er vielleicht nicht." Jamila trat neben mich. „Ich schon. Ihr Malusianer seid in meinem Kopf gewesen. Ihr *wisst*, dass ich nicht davor zurückschrecke." Jam bemühte sich redlich, aber ich bemerkte das Zittern in ihrer Stimme, und als sie meine Hand nahm, war ihre schweißnass. „Heute stirbt New York."

„Ja, Danny", ertönte Adis schwache Stimme. Sie versuchte mühsam, sich aufzurichten. „Du musst die Bombe aktivieren. Aktiviere sie."

Der Schwarmus öffnete sein grässliches Maul. „Das Gerät … braucht fünfzig Sekunden … um das elektromagnetische Feld … herunterzufahren."

Ich biss mir auf die Unterlippe. Natürlich! Der Schwarmus verfügte über alles Wissen, das Drohnator je besessen hatte. Alpha und der Agent waren eins!

„Fünfzig Sekunden sind mehr als genug, um mit der Probandin zu verschmelzen." Zenias streckte einen zuckenden Heuschreckenarm nach Adiabola aus. „Wird die Antimaterie erst danach aktiviert, müssen wir uns nicht vor den Folgen fürchten. Im Gegenteil, es würde uns sogar helfen. Die Detonation würde unsere Körper zerfetzen, aber unsere kombinierte digitale Intelligenz wäre frei."

„Weil Schwarmwesen an ihren letzten Netzwerkknoten zurückkehren, wenn ihre sterbliche Hülle Schaden nimmt", fiel mir ein. „Und da die ISS zerstört wurde, würden sie in diesem Fall –"

„Im Herzen des Galaktischen Schwarms M31 landen", freute sich Zenia. „Ein Herz, das wir ihm ausreißen werden."

Ich sah zu Jamila. „Was machen wir? Sie hat recht – ich habe keine Ahnung, wie man das Ding bedient. Du?"

Sie schüttelte den Kopf. Eine Träne rollte über ihre Wange. „Wirf es runter. Vielleicht explodiert es direkt."

„Aber vielleicht auch nicht."

„Du weißt, wie es geht!", rief Adi von unten. „Ich habe es dir gezeigt."

„Das ist eine Lüge", fauchte der Schwarmus.

„Vertrau mir, Danny." Adis Kopf sank zurück auf den Boden. Ich wusste, dass sie jeden Augenblick sterben könnte. „Ich habe … die Bombe … neu verkabelt. Berühren … Griff … VERTRAU MIR …"

Ich erinnerte mich daran, wie Adi vor dem Bahnhof meine Hand gehalten hatte. VERTRAU MIR, lautete der geheime Code, den sie in meine Handfläche getippt und mit dem sie mich – das erkannte ich mit einer Mischung aus Furcht und Ehrfurcht – auf genau diesen Moment vorbereitet hatte. Was hatte sie eben noch gesagt? *Berühren.* Was meinte sie damit? Gab es an dem Behälter einen Touchscreen, der auf Berührung oder Klopfzeichen reagieren würde? Aber nichts dergleichen war zu sehen.

Adiabola stieß auf einmal einen Gurgellaut aus. Zenia kauerte über ihr. Fahlgrünes Licht umgab die beiden.

„Griff …", röchelte Adi. Der Schwarmus stampfte zu ihr und kickte sie beiseite wie ein Häuflein Müll. Sie schlitterte in die Überreste des Informationsschalters.

„Was meint sie damit?", fragte Jam atemlos. „Griff?"

„Vorhin hat sie nach meiner Hand *gegriffen* und VERTRAU MIR gemorst", flüsterte ich und drehte die Hantel hin und her. Waren vielleicht doch irgendwo Knöpfe oder eine Bedienfläche versteckt, die mir bislang nicht aufgefallen waren? „Das dürfte der Code sein, mit dem ich die Bombe aktiviere, aber wo soll ich ihn eingeben?"

„Du Pappnase", stöhnte Jamila. „Am *Griff* natürlich."

„Oh“, entfuhr es mir. Das grüne Licht war unterdessen greller geworden und hätte Hulks Teint alle Ehre gemacht. Adiabola wurde von einem Krampfanfall geschüttelt. Wie bei einer Insektenlarve im Puppenstadium überzog eine schimmernde, klebrige Substanz Zenias Körper. *Halte durch, Adiabola*, feuerte ich Adis Doppelgängerin innerlich an, während ich gleichzeitig den Morsecode einzugeben versuchte. Kurz-Kurz-Kurz-Lang für V, Kurz für E, Kurz-Lang-Kurz für R …

Ich stockte. Wie ging es weiter? Mein Verstand war auf einmal wie leer geblasen.

Jamila bemerkte meinen Aussetzer. „Lang!“, rief sie. „T ist einfach nur Lang.“

Natürlich! Jetzt erinnerte ich mich wieder. Das T und die restlichen Buchstaben tippte ich im Nullkommanichts. Meine anfängliche Unsicherheit, wie stark ich dabei aufdrücken sollte und ob die langen Impulse zu lang oder die kurzen zu kurz waren, verflog, als die Hantel rot zu leuchten begann. Sie wurde heiß und fast hätte ich sie fallen gelassen, aber Jamila kam mir zu Hilfe. Gemeinsam hielten wir die Antimaterie fest.

„Lasst sie nicht los“, ertönte Adis Stimme aus den Trümmern. Sie hatte sich mit letzter Kraft auf die Ellbogen aufgerichtet. „Haltet sie … in Zenias Richtung.“

„Zu spät!“, brüllte Zenia. Sie verschmolz bereits mit Adiabola. „Fünfzig Sekunden habe ich noch, schon vergessen? Nichts kann uns mehr aufhalten.“

„Ach ja, meinst du?“ Auf Adis Gesicht stahl sich doch tatsächlich ein Grinsen! Ein wenig Farbe schien in ihr Gesicht zurückzukehren, als sie krächzte: „Wenn wir geplant hätten, das elektromagnetische Feld auszuschalten, um die Antimaterie freizusetzen, müsste ich dir recht geben. Aber ich habe ein wenig an dem Gerät herumgeschraubt. Es funktioniert jetzt *umgekehrt*. Die Antimaterie triggert das elektromagnetische Feld!“

Jamila fasste ihre Gedanken wie üblich kurz und knackig zusammen: „Hä?“

„Starke elektromagnetische Felder können DNS beschädigen“, erklärte Adi. „Und ein so starkes Feld wie das, was hier gleich entstehen wird, hat die Welt noch nicht gesehen.“

„Mit freundlicher Unterstützung von unserer lieben Antimaterie“, flüsterte ich.

„Nein!“ Als Zenia erkannte, in welcher Gefahr sie schwebte, versuchte sie, sich von Adiabola loszureißen. Aber das grüne Glühen fesselte sie aneinander. Der Schwarmus drehte sich langsam zu uns um und ballte die Fäuste.

„Halte den Griff gut fest, Dannyboy." Jamila umklammerte den Behälter nun auch mit ihrer zweiten Hand und redete mir gut zu. „Ich bin bei dir. Wir schaffen es."

Der Schwarmus setzte zum Sprung an.

„Wir müssen es schaffen, wir müssen einfach", sagte Jamila. *„Festhalten …"*

Das graue Ungetüm schnellte auf uns zu. Und dann entlud sich die Hantel. Ein Blitz zischte durch die Luft, so grell, dass ich die Augen schließen musste. Ich hörte Adi schreien.

Nein, *singen*.

In dem Sturm, den wir entfesselt hatten, in dem wilden, mächtigen Strudel erklang Adis triumphaler Freudengesang.

Das war das Letzte, was ich wahrnahm. Dann wurde es schwarz um mich.

SPÄTER

Die Erinnerung an das Geschehene fühlte sich unwirklich an. Wirbelnde Lichtteilchen mit unvorstellbar hoher Photonenenergie. Tanzende Röntgen- und Gammastrahlen. Muster und Farben, die zu erkennen das menschliche Auge eigentlich gar nicht imstande ist. Als wäre ich Zeuge einer Schöpfung geworden, aber nicht mit meinem Sehnerv, sondern mit meiner Seele.

Oder vielleicht hatte ich die Welt auch durch die Augen von jemand anderem wahrgenommen. Jemand, dessen Sinne die von uns Menschen überstiegen.

Allmählich waren die Lichter schwächer geworden. Eine kühle, erholsame Dunkelheit hatte sich ausgebreitet, in der ich mich gern tagelang ausgeruht hätte. Doch dann spürte ich eine Hand auf meiner Stirn.

Ich schlug die Augen auf. Ich lag auf der Aussichtsplattform des Rockefeller Centers in der Sonne. Verwirrung durchflutete mich. „Habe ich das alles … geträumt?“

„Nein, Danny. Das war echt.“ Eine der Kundschafterinnen saß neben mir. Sie sah blass, verschwitzt und müde aus. „Du warst enormen Mengen elektromagnetischer Strahlung ausgesetzt“, verkündete sie. „Aber du wirst wieder gesund.“

„Adi …?“, flüsterte ich.

Sie zögerte, als sei ihr die Frage unangenehm. „Nein“, sagte sie schließlich.

„Adiabola also.“ Meine Enttäuschung war mir vermutlich anzumerken.

„Den Spitznamen … mag ich ehrlich gesagt nicht sonderlich“, bekannte sie. „Meine Kräfte haben die Strahlenschäden an deinem Körper geheilt. Jamila habe ich ebenfalls wieder gesund gemacht. Selbst für jemanden wie dich, der in so unlogischen Kategorien wie Gut und Böse denkt, sind das doch keine teuflischen Taten.“

„Du hast recht“, räumte ich ein. „Tut mir leid. Aber – wo ist Adi, also, *die* Adi?“

„Ich habe ebenfalls überlebt.“

Ich drehte den Kopf. Auf meiner anderen Seite saß Adi. Ein bisschen war es wie in einem Cartoon: Auf der einen Schulter des Protagonisten sitzt ein Engelchen und auf der anderen ein Teufelchen, die jeweils versuchen, seine Gedanken zu lenken. Ich hatte jedoch nicht die Wahl zwischen Gut und Böse, sondern zwischen unwahrscheinlich und komplett unmöglich.

„Wie sind wir hier hochgekommen?", fragte ich neugierig.

„Die Koordinaten hatte ich noch im Gedächtnis, weil ich Jamila und dich ja schon mal hierhergefluxt habe", antwortete Adi.

„Der elektromagnetische Sturm hätte uns um ein Haar ausgelöscht", ergänzte Adiabola. „Aber wir konnten uns regenerieren, indem wir Energie aus der Antimaterie-Druckwelle konsumiert und umgewandelt haben."

„Kein Vergleich zu Pizza und Kung-Pao-Hühnchen", sinnierte Adi.

„Jedenfalls hielten wir es für unklug, uns länger als nötig in Bahnhofsnähe aufzuhalten", fuhr Adiabola fort. „Um die von der M-DNS betroffenen Menschen kümmern wir uns. Den New Yorkern wird nicht verborgen bleiben, dass die Grand Central Station etwas, na ja, renovierungsbedürftig ist. Von den Trümmern der Internationalen Raumstation, die auf einmal in ihrer Stadt aufgetaucht sind, ganz zu schweigen. Sie werden einen Schuldigen suchen."

„Mich müsst ihr gar nicht anschauen. Ich bin viel zu klein, um Deckenmalereien zerstören zu können", sagte Jamila.

Ich schaute sie trotzdem an. Und grinste. „Ich bin megafroh, dass du hier bist."

Sie winkte mir zu. „Hey, Dannyboy. Willkommen im Club der Überlebenden."

Ich seufzte. „Adi und … andere Adi. Ihr wisst, was ich jetzt fragen werde."

„Ja. Was zum Henker ist eigentlich passiert?", rief Jamila. „Ich will es auch wissen. Aber nur die Schlagzeilen. Die Version für Dummies, bitte."

„Intensive elektromagnetische Felder sind eine Hiobsbotschaft für jegliches Erbgut, weil es unter ihrem Einfluss zu Strangbrüchen in der DNS kommt", begann Adi ihre Erklärung. „Ist das Feld stark genug, sterben Zellen sogar vollständig ab."

„Und so ein Feld haben wir erschaffen?", fragte ich. „Schweres Elektromagnetgeschütz dank Antimaterie?"

„Klingt einleuchtend", fand Jamila überraschenderweise. „In *Star Trek* gibt's Antimaterie-Motoren. Die beruhen doch garantiert auf wissenschaftlichen Grundlagen, oder?“

„Auf den diversen Planeten, die ich für den Schwarm ausgekundschaftet habe, bin ich öfter über antimateriebasierte Technologien gestolpert“, berichtete Adi. „Dieses Wissen habe ich mir zunutze gemacht, als ich den Antimateriebehälter umgebaut habe.“

„Ohne uns davon in Kenntnis zu setzen“, rügte Adiabola.

„Und das war auch besser so“, bemerkte ich. „Denn hätte Drohnator davon gewusst, hätten es der Schwarmus und Zenia ebenfalls erfahren – und dann …“ Ich erschauderte und wechselte lieber schnell das Thema. „Was ist jetzt eigentlich aus unserer fiesen Malusianerin geworden? Und was hat sie mit dir gemacht, Adiabola?“

„Oder sollten wir ab jetzt besser sagen: Adivina?“, korrigierte mich Jamila.

„Göttlich oder nicht, jetzt erzähl schon! Du und Zenia wart im Begriff, miteinander zu verschmelzen. Und dann?“

„Malusianische DNS ist besonders anfällig für elektromagnetische Strahlung“, übernahm Adi die Erklärung für ihre Doppelgängerin. „Auf Malus gibt es ein starkes Magnetfeld, das den Planeten immer schon vor der Strahlung der dortigen Sonne geschützt hat. Die Bewohner haben daher keinerlei Resistenz gegen eine solche Art von Strahlung entwickelt. Menschliche DNS wurde bei der Explosion lediglich beschädigt, M-DNS hingegen gänzlich zerstört."

„Zenia ist also tot?", fragte ich.

„Atomisiert." Adi nickte. „Von ihr ist nichts mehr übrig."

„Und der Schwarmus? Äh, ich meine, Drohnator, äh, nein, sorry." Ich seufzte. „Dein Partner, der Agent. Wurde er genau wie Zenia ausradiert? Oder ist er wieder zurück im Schwarm?"

„Letzteres. Seinen Körper hat er, als Alpha starb, beinahe verloren", sagte Adiabola. „Aber glücklicherweise waren genügend Schwarmcode sowie physikalische Materie übrig, dass wir seinen Regenerationszyklus triggern konnten."

Adi nickte. „Wir haben seinen Körper zurückgeholt, weil wir verhindern mussten, dass sein Code in den Galaktischen Schwarm M31 migriert. Wir mussten erst sichergehen, dass die Malus-Mutation vollständig ausgelöscht war."

„Aber inzwischen habt ihr es überprüft und seid euch sicher, ja?", bohrte ich nach.

„Korrekt", erwiderte Adi. „Die malusianische Bedrohung ist gebannt."

Wollen wir es hoffen, dachte ich insgeheim. Ich setzte mich langsam auf und ließ den Blick durch das gläserne Geländer über die Stadt schweifen. Alles war wie zuvor, nur dass jetzt die Presse unterwegs war, überall Polizeihubschrauber herumflogen und aus den Häuserschluchten der Klang von Sirenen zu uns heraufhallte. New York erwachte wieder zum Leben.

Jamila stellte die nächste Frage – und nahm mir mit dieser die Worte aus dem Mund: „Und was ist mit all den Menschen, von denen Zenia Besitz ergriffen hat? Werden sie überleben oder …?"

„Ich werde auf eurem Planeten bleiben und sicherstellen, dass auch wirklich sämtlicher malusianischer Einfluss von der Erde getilgt wird", erzählte Adi. „Genetische Schäden, die beim Entfernen der M-DNA entstehen, werde ich heilen."

„Acht Millionen Menschen waren betroffen", sagte Jamila langsam. „Da hast du eine Weile zu tun."

„Heißt das …" Ich traute mich kaum, Adi diese Frage zu stellen. „Heißt das, du bleibst hier? Auf der Erde?"

Sie lächelte. „Jedenfalls eine Zeit lang. Nicht wahr, Adivina?"

„Deshalb haben wir den Agenten, den ihr Drohnator nennt, zurück in den Schwarm geschickt, ehe er aufwachen konnte", erläuterte diese. „Sobald *ich* nach Hause zurückkehre, informiere ich die Wächter davon, dass Malus keine Bedrohung mehr für die Erde darstellt und jegliche für Menschen ungeeignete Technik und Technologie entfernt wurden. Was Adi anbelangt: Sie hat zur gleichen Zeit wie Zenia und Alpha ihr Ende gefunden."

Jamila verschlug es den Atem. „Du hast vor, den Schwarm anzulügen?"

„Es ist ja nicht so, als hätte ich darin keine Erfahrung." Adivina grinste schelmisch. „Adi, da du vom Schwarm abgeschnitten bist, ich dich vollständig ersetzt habe und als vertrauenswürdig gelte, wird niemand nach dir suchen." Adivina sah sie durchdringend an. „Nutze deine Freiheit weise."

„Freiheit", wiederholte Adi. Ihr war anzusehen, wie gut ihr dieses Wort schmeckte. „Ich bin dir zu Dank verpflichtet, Schwester."

„‚Schwester'? Was für ein überaus unlogischer Gedanke."

„So was würde nur eine Adiabola sagen, Adivina!", sagte ich und grinste.

„Du musst zugeben, dass ohne Adis Fähigkeit zum Um-die-Ecke-denken keiner von uns jetzt hier wäre", schaltete sich Jamila ein.

„Das ist wohl korrekt", erwiderte Adivina ein wenig widerstrebend. Doch als sie Adi jetzt ansah, lag in ihrem Blick tatsächlich so etwas wie Zuneigung. „Ich – wir – haben offenbar eine Schwäche für Mutationen, selbst wenn wir keinen Körper besitzen. Wir lassen uns von Ideen anstecken. Wir sehnen uns danach zu verstehen, was es bedeutet, aus Fleisch und Blut zu sein und … Gefühle zu haben."

„Der Schwarm beschützt und kontrolliert alle Planeten, auf denen Leben möglich ist", rief Adi ihr in Erinnerung. „Denn was wäre das Universum ohne Leben? Ein toter Ort, einsam bis in alle Ewigkeit."

„Leben ist dazu da, beobachtet und analysiert zu werden", sagte Adivina und es klang, als bete sie ein altes Mantra herunter. „Wir katalogisieren es. Wir lernen von ihm."

„Vor allen Dingen lehrt es uns, dass Wandel unverzichtbar ist. Er ist absolut notwendig." Adi lächelte. „Und selbst wenn wir uns nicht aktiv für eine Veränderung entscheiden, sondern sie einfach eintritt, muss das nichts Schlechtes sein."

Jamila nickte. „Die Dinge sind dann einfach … anders.“

„Wisst ihr, was total anders ist als mein Zuhause? New York“, verkündete ich und erhob mich. Ich fühlte mich erstaunlich fit. Bereit für die kommenden Tage und alles, was sie mit sich bringen würden. „Ah, ich freue mich auf daheim. Allerdings … O Gott, wie soll ich Mum erklären, dass ich in den USA war?“

„Und wie sollen wir ohne Pass nach England zurückkommen? Sie lassen uns doch ohne Ausweis gar nicht in den Flieger“, überlegte Jamila.

„Keine Sorge. Ich lasse deine Mutter einfach glauben, dass der USA-Urlaub *ihre* Idee war, Danny“, beruhigte mich Adivina.

„Und für den Flug über den Ozean kann ich sorgen“, ergänzte Adi.

„Solange wir erster Klasse reisen, ist mir alles recht“, sagte Jamila schelmisch. „Wie piekfein ist denn das Hotel, in dem Frau Munday uns unterbringt? Ich meine, da sie ja schon mal die brillante Idee hatte, uns hierherzuschicken …“

Ich lächelte. Hinter den Wolkenkratzern von New York ging allmählich die Sonne unter. Ja, es gab Details zu klären und Probleme aus der Welt zu schaffen. Aber wir würden es hinbekommen. Zusammen würden wir alle Schwierigkeiten meistern, eine nach der anderen.

Und vielleicht gelänge das eines Tages sogar der gesamten Menschheit.

Eines Tages.

WISSENSCHAFTLICHE HINTERGRÜNDE

Alpha-Magnet-Spektrometer: Ein Experimentaufbau an der Außenhülle der Internationalen Raumstation. Das AMS misst das Vorkommen von Antimaterie in der kosmischen Strahlung, um wissenschaftliche Erkenntnisse über die Entstehung des Universums zu gewinnen.

Antimaterie: Eine im Universum sehr selten auftretende Form von Materie. Sie besteht aus Antiteilchen. Materie und Antimaterie besitzen also gegensätzliche elektrische Ladungen und eine Kollision führt dazu, dass beide zerstört werden und eine große Menge Energie freigesetzt wird.

Digitale Biosynthese: Darunter versteht man das Zusammenbringen von biologischen und digitalen Systemen. So können zum Beispiel Roboter mit organischen

Gehirnzellen oder menschliche Körper mit digitalen Gehirnen ausgestattet werden.

Fast Radio Burst: Ein extrem starker, allerdings nur Sekundenbruchteile andauernder Energieschub im Bereich der Radiostrahlung. Es gibt FRBs, die so viel Energie freisetzen wie unsere Sonne in drei Tagen. Bis sie auf der Erde ankommen, sind sie allerdings bereits sehr schwach. Es ist mindestens ein FRB bekannt, der sich regelmäßig wiederholt.

Lichtjahr: Das Lichtjahr ist definiert als die Strecke, die Licht während eines (Erd-)Jahres im Vakuum zurücklegt. Licht reist pro Sekunde 300.000 Kilometer weit – das entspricht siebeneinhalb Runden um die Erde. In einem Jahr überwindet Licht also rund 9,5 Billionen Kilometer.

Quantencomputer: Ein rechenstarker Prozessor, der wesentlich schneller und effizienter arbeitet als gängige PCs.

Quantenverschränkung: Ein merkwürdiges Phänomen aus der Quantenmechanik, bei dem sich zwei Teilchen im gleichen Zustand befinden, auch wenn sie durch extrem große Entfernungen voneinander getrennt sind. Verschränkte Teilchen könnten in der Zukunft potenziell als Kommunikationsweg über lange Distanzen genutzt werden.

Radiowellen: Eine Form elektromagnetischer Strahlung. Radiowellen breiten sich im Vakuum mit Lichtgeschwindigkeit aus.

SCHWARMSPRECH

Agent: Mithilfe von Schwarmtechnologie erstellte Biomaschine. Wird erzeugt, wenn der Schwarm auf einen neuen Planeten gelangt und dort mit physischer Materie interagieren muss. Schwarmagenten ahmen die vor Ort dominierende Lebensform auf krude, wenn auch sehr effektive Art und Weise nach.

Bodyprinter: Ein Gerät, das dank Schwarmtechnologie einen digitalen Code als organisches Material „ausdrucken" kann.

Datenschwarm: Eine digitale Superintelligenz, die per Fast Radio Burst mit Lichtgeschwindigkeit durch den Weltraum reist. Wird normalerweise als „Schwarm" abgekürzt.

Destruktorcode: Ein Code, der vom Schwarm in organbasierte (zum Beispiel menschliche) Körper eingesetzt wird und der, wenn er mithilfe eines Transmitters aktiviert wird, dafür sorgt, dass sich der Körper selbst zerstört.

Digiscanner: Schwarmmaschine, die organgebundenes Bewusstsein (Gehirnströme) in Code verwandelt.

Energene: Energetische Gene, die einem Körper mittels Schwarmtechnologie eingesetzt werden können. Sie verleihen ihrem Träger außergewöhnliche Kräfte: Er kann auf der Quantenebene „würfeln" und dadurch einen bestimmten Ausgang einer Situation erzwingen. Allerdings ist mit starken Nebenwirkungen (Schwindel, Übelkeit etc.) zu rechnen.

Flux: Energie, die entsteht, wenn auf der Quantenebene „gewürfelt" wird, um ein gewünschtes Ergebnis zu erzwingen. Fluxkraft wird auch als Quantenströmung bezeichnet.

Fluxreisen: Mithilfe von Energenen lässt sich die Raumzeit so krümmen, dass zwei weit entfernte Orte aneinander angrenzen. So kann man schnell von einem Punkt zum anderen gelangen. Für Fluxreisen wird eine große Menge an Energie benötigt und sie sind nur über verhältnismäßig kurze Distanzen möglich.

Galaktischer Schwarm M31: Ein Datenschwarm, der vom Schwarmstock in Richtung des Andromedanebels ausgesandt wurde, also in die Nachbargalaxie der Milchstraße.

Kundschafter: Code, der dazu dient, dem Schwarm eine erste Einschätzung eines fremden Himmelskörpers zu liefern. Kundschafter bestätigen den Zustand eines Planeten mithilfe von Trackerbots, infiltrieren die vor Ort vorhandene Technik und ebnen den Weg für Schwarmlösungen. Adi ist die Kundschafterin des Galaktischen Schwarms M31.

Nanomaschine: Winziger Roboter, der aus in der Atmosphäre vorkommendem Metallstaub besteht. Nanomaschinen schwärmen aus, um die benötigten Materialien für den Bau von größeren Objekten (zum Beispiel Agenten) zusammenzutragen.

Malus: Ein Planet im Tau-Ceti-System. Tau Ceti ist ein sonnenähnlicher Stern, der nur etwa zwölf Lichtjahre von der Erde entfernt ist.

Patrouille: Eine Art Schutzschicht rings um den Schwarm. Die Patrouille fungiert wie eine Antivirus-Software und überprüft jeden Code, der den Schwarm betreten will, auf Malware.

Schwarmnation: Wenn Spezies mit geringerer Intelligenz in den Schwarm überführt werden, wird für diese Lebensform eine eigene Schwarmnation angelegt.

Schwarmstock: Eine uralte außerirdische Zivilisation in Form einer singulären Superintelligenz. Vor rund 65 Millionen Jahren verwendeten Außerirdische Quantencomputer dazu, ihre organbasierte in eine digitale Lebensform umzuwandeln. Vom Schwarmstock aus erforscht diese Intelligenz seitdem in Form von Schwärmen das Universum.

Trackerbot: Code, der existierende Technik infiltriert und kontrolliert. Trackerbots arbeiten mit Kundschaftern zusammen. Sie nehmen eine beobachtende Rolle ein und erstatten den Wächtern Bericht.

Übersetzung: Der Uploadvorgang von organgebundenem Bewusstsein (Gehirnströme) in digitalen Code.

Wächter: Code, der sämtliche Aktivitäten innerhalb des Schwarms überwacht und steuert. Wächter analysieren und korrigieren Einheiten, die als fehlerhaft oder defekt gelten.

MORSEALPHABET

A: •—
B: —•••
C: —•—•
D: —••
E: •
F: ••—•
G: ——•
H: ••••
I: ••
J: •———
K: —•—
L: •—••
M: ——
N: —•
O: ———
P: •——•
Q: ——•—
R: •—•
S: •••
T: —
U: ••—
V: •••—
W: •——
X: —••—
Y: —•——
Z: ——••

1: •————
2: ••———
3: •••——
4: ••••—
5: •••••
6: —••••
7: ——•••
8: ———••
9: ————•
Ø: —————

Könnt ihr mithilfe des Morsealphabets die folgenden Nachrichten entschlüsseln?

(Der Schrägstrich symbolisiert den Leerschritt zwischen zwei Wörtern.)

1) •••— • •—• — •—• •— ••— • —•

2) ••—• • •• —• —••

3) •—• •— ••— —— ••• — •— — •• ——— —•

4) ••• •• • / ••• •• —• —•• / •••• •• • •—•

5) • —• • •—• ——• • —• •

Lösungen:
1) VERTRAUEN 2) FEIND 3) RAUMSTATION
4) SIE SIND HIER 5) ENERGENE

© NASA ESA

Tim Peake war als erster britischer ESA-Astronaut auf der Internationalen Raumstation. Davor diente er als Armeeoffizier und war Testpilot. Seit jeher ist das Fliegen Tims große Leidenschaft. So bediente er funkgesteuerte Flugzeuge, lernte zu fliegen, bevor er Auto fahren konnte, und saß schließlich am Steuer eines Raumschiffes. Er erlebt gern Outdoor-Abenteuer und hat den Londoner Marathon sowohl auf der Erde als auch im Weltraum absolviert. Zudem ist Tim Bestsellerautor und begeistert ein breites Publikum für wissenschaftliche Themen.

© Paul Wilkinson

Bestsellerautor **Steve Cole** hat bereits über 200 Kinderbücher geschrieben. Als Autor und Herausgeber hat er mit den Familien von Enid Blyton, Agatha Christie und Ian Fleming zusammengearbeitet und war bei der BBC für die Veröffentlichung von *Doctor Who* verantwortlich. In seiner Freizeit macht Steve Musik und gibt Salsakurse. Er wohnt im südenglischen Buckinghamshire, würde aber eigentlich lieber im Weltraum leben.